—————— 阅读之前 没有真相

午 夜 文 库

学姐的秘密

付强 著

新 星 出 版 社　NEW STAR PRESS

目 录

1	第一章	向日葵
8	第二章	向日葵小队
22	第三章	学姐的秘密（一）
33	第四章	探　索
46	第五章	第一夜
54	第六章	骚　动
66	前史一	没有终点的长跑
90	第七章	坠　落
100	第八章	密　谈
115	第九章	太空与深渊
131	前史二	追逐太阳的日子
170	第十章	斩　首
183	第十一章	烈　焰
193	前史三	翻转天堂
230	第十二章	对　峙
244	第十三章	真　相
261	第十四章	学姐的秘密（二）

第一章　向日葵

夏日的校园，慵懒而宁静。田欣一个人躺在石椅上，任凭阳光透过树叶的间隙打在脸上。

今天是休息日，按照学校的规定，学生不允许出入校园。然而校长时常在人前夸耀的无死角监控系统，在加密算法上却弱不禁风，田欣只用了两个晚上就取得了管理员权限。从那以后，假日的校园便成了他的秘密基地。

田欣大费周章潜入校园，不过是想要找一个视野开阔又安静的空间，一个人静静地玩游戏而已。他每天都会随身携带着增强现实（AR）游戏的手柄，只要抓到机会，就会来上一局。

现如今的AR技术已十分成熟，只需吞下含有纳米机器的胶囊，等上几分钟，待纳米机器在大脑的各个神经突触上固定好，主机就可以通过无线信号让玩家产生虚拟的视听体验。纳米机器几小时后会在体内自行分解，安全且健康。因为省去了屏幕和扬声器，AR游戏已将硬件简化到了极致，唯一的要求就是适当的现实环境。

田欣最近在攻略一款太空战略游戏，已在银河的一角建立了共和国，专注于发展科技与经济，正伺机扩大版图。他在游戏中扮演一名金发微胖的执政官，刚刚来到位于一颗卫星上的兵工厂，准备视察人形兵器的生产情况。掩饰着沙砾的地面缓缓向两侧退开，深藏于地底的兵器库第一次暴露在冰冷的日光下。随着镜头的拉近，立于脚手架之中的兵器渐渐展露出细节，田欣调出控制界面，为兵器装上了反中子干扰器。

"你就是田欣吗？听说你是 AR 游戏高手？"

一名女生突然出现在田欣面前，轻而易举地打断了愉快的游戏时间。女生带着坏笑的脸遮住了太阳，垂下的发丝搔得田欣鼻孔痒痒的。

田欣认得这名女生，她叫作向日葵，是校园里的话题人物。她有着两则尽人皆知的"伟业"：

第一次是帮助校长六岁的孙女寻找宠物。那是一只从地球运来的纯种雪貂，价格足以买下一艘小型太空船。监控系统没有拍下任何蛛丝马迹，就在大家一筹莫展时，向日葵从容地爬上屋顶，发现雪貂正趴在摄像头上打着呼噜。正是在这次事件之后，校长花血本将监控设备升级为无死角的纳米机器摄像机。

第二件事要久远一些。那还是向日葵读初中的时候，某一天，一辆警车突然开进校园，早就等在校园里的向日葵带着两名警察径直闯入了副校长的办公室。面对瞠目结舌的副校长，向日葵将一沓资料扔在他面前，上面写着他近三年来贪污的每一笔钱，还有对一名女学生长达六个月的骚扰。据说副校长被警察带走时，向日葵在他耳边说了一句：

"我会一直看着你。"

入学不久，向日葵的事迹便被传得神乎其神，她倒也毫不在乎别人的评价，自顾自地过着每一天。

"喂，听到我说话没？"向日葵伸出手在田欣面前晃晃。

"按照校规，放假时不能来学校的。"独处的时间被打扰，田欣的心情有点糟。在他的眼中，人形兵器已举起冰冷的等离子炮，将黑洞洞的炮口对准了向日葵的头部。

"你不是也进来了嘛，还一次都没被逮住。"向日葵双手叉腰，若无其事地回应，"我只是跟在你的后面而已。"

"这么说来，你就是所谓跟踪狂喽？"田欣半闭着眼睛回应。

向日葵掏出一副墨镜在手中摆弄着，语气中透着得意："跟踪？我才没那个耐心呢。只要在校门口撒一些荧光粉，跟着你的脚印走就好啊！"

田欣一个激灵坐了起来，匆忙看向自己的鞋底。

"哈哈哈——"向日葵开心地笑了起来，好似恶作剧成功的孩子，"开玩笑啦。在学校对面随便找个天台，你的行踪就能看得一清二楚。看你大摇大摆走路的样子，学校的监控系统一定已经罢工了，对不对？"

田欣叹了口气，这个女人果然如同传闻一般，招惹不得。他投降般地举起双手："你到底想怎样？"

向日葵猛地俯下身子，鼻尖凑到距离田欣面部不足三厘米的地方：

"我有个棒极了的计划，一起来吧！"

"哈？"

"当然我也清楚，这样的邀请太没有诚意了。"向日葵来回摆动着食指，"这样吧，用你最擅长的游戏和我比试，如果我赢了，你就加入！"

"你在胡说什么，我没兴趣……"

"如果你赢了，就可以随意命令我做任何事！"

向日葵的手指点在了田欣的额头上。

本着尽快打发掉向日葵的想法，田欣接受了这个条件。他事后回想起来，自己根本就是一直在被她牵着鼻子走。

田欣选择了一款枪战游戏，与方才只是在视觉上产生虚拟屏幕的战略游戏不同，这款游戏需要与现实互动。系统会自动识别现实世界的场景，通过叠加AR影像的方式构建出虚拟的战场；玩家本人则会扮演游戏中的角色，依靠双脚移动，依靠双手开枪，通过自身的行动决出胜负。

"这玩意儿居然可以变形成手枪？真不愧是高科技啊！"向日葵摆弄着手中的控制器，"只有被虚拟的子弹击中才会判定死亡吗？"

"击中头部是100点，身体其他部位各自有不同的点数，体力削减为0即判定失败。"田欣指着头顶上闪烁的"100"解释道，"受伤状态下，纳米机器会模拟出轻微的痛觉。并不强烈，但会影响行动力。"

向日葵盯着枪口瞧了瞧，又摆出一个射击的姿势。

"我们每人携带四名NPC队友，时间就设为半小时如何？如果时间结束双方均生存，就以分数决定胜负。"田欣提议。

"取消时间限制吧，其余随便。"向日葵一面摆动着手枪，一面云淡风轻地说道。

"为什么？这样一来战斗也许会拖得很长哦。"

"在真正的战场上，一定会拼出个你死我活。"

田欣想都没想就答应了向日葵的要求。他在这款游戏上花费的时间已经超过了一千小时，完全没有设想过自己输掉的可能性。

游戏场景设置在教学楼内，新手向日葵扮演相对优势的守方，游戏初期占据着高层；田欣扮演攻方，从底层向上进攻。

开启游戏，教学楼空旷的走廊上立即砌起了一座座低矮的土墙，地上凌乱摆放着沙袋。这些虚拟的障碍物有阻挡子弹的功能，如果强行"穿墙"行走，体内的纳米机器会产生轻微的痛感，体力也会相应减少。在摆满了桌椅的教室中，增强现实令墙壁斑驳剥落、家具锈迹斑斑，如果仔细寻找，还能在一些角落找到增强武器功能的特殊弹药。

田欣完全不需要这些。他快步跑上三层，躲在掩体后举起枪，瞄准了对面墙壁拐角大约一点八米高处的一个点。最先冲下来的一定是NPC，玩家很难跟上他们的移动速度，也没有哪个笨蛋会自己打头阵。NPC一旦出现，头部就会首先暴露在这个位置。

二十秒后，伴随着几声枪响，向日葵的两名同伴已成了枪下亡魂。

首战告捷。田欣对己方的两名NPC下达了冲锋指令，穿着迷彩装的NPC将冲锋枪挺在胸前，弓着身子跑上楼梯。之后，他调出指挥官页面，将地图放大，上面的蓝点显示NPC同伴已冲到六层。不一会儿，上方传来了枪声和叫喊声，田欣将另外两名NPC当作肉盾上到六层，在他们的掩护下毫发无伤地找到了掩体。在奔跑的过程中，他牢牢记下了掩体的排布。尽管掩体每次都是随机生成，但玩得久了，自然能摸出其中的规律；就连NPC习惯藏在哪里，间隔多久开枪，他都一清二楚。

田欣半蹲着身子，枪口径直瞄准着一个楔形掩体中央偏左的位置。三、二、一，清脆的枪声响起，一道刻意处理过的、不甚真实的血柱喷出。向日葵的同伴只剩下了一人。

田欣挥挥手，四名NPC同伴全力向前冲刺，他自己则背靠掩体坐下，悠闲地计算着时间。半分钟后，枪声平静下来，向日葵的同伴全部见了阎王，而田欣的NPC队员们则只是不同程度的残血。如果是NPC之间的一对四，孤身一人的那方最多可以削减掉对方合计80的体力，此刻攻方的三名NPC体力合计超过300，不可能失败。当然，这也是游戏玩久了才能摸出的规律。

胜券在握了。

在NPC队员们的掩护下，田欣一路冲上了顶层。他一脚踹开走廊中心闲置教室的门——按照游戏设置，这里是守方的大本营。屋子空荡荡的，完全不见向日葵的踪影。他令NPC守住门口，自己端着枪在空屋子里搜查了一番，又透过窗户望望操场。教学楼里只有一道楼梯，按理说向日葵不可能越过他们的防守来到下层；但这个女人的行为可不能按照常理估计，说不定用了窗帘或者消防栓，从窗户逃走了。

事实证明，田欣的担心是多余的。窗帘好好地挂着，消防设施也没有动过的痕迹。

田欣再次调出地图。尽管游戏精心为每一间教室设置了虚拟场景，但在假期的校园里，能打开门进入的教室却只有九间。他在对话框中输入一行指令，这是他为游戏编写的宏指令，可以命令NPC展开地毯式搜索。

四十分钟后。

九间教室全部搜索过了，却完全找不到向日葵的踪迹。田欣咬住嘴唇，原来这才是向日葵的目的——只要不会因为时间结束判负，就能一直纠缠下去！

田欣感到肩膀一阵酸痛。他并不擅长运动，哪怕只是端着游戏手柄走来走去，也已经消耗了不少体力。他再次来到了五层的艺术教室，令两名NPC守住出口，另外两名跟着他开始新一轮搜查。这间教室的杂物最多，说不定向日葵就藏在某处。

他猜对了，可惜的是，只猜对了一半。

一番搜查后，田欣站在教室的角落，用衣袖擦了擦额头的汗。就在这时，他身后储物柜的门突然开启，藏身其中的向日葵一个箭步冲到他身后，有力的手臂勒住了他的脖子。田欣想要反抗，却突然感到一阵天旋地转，自己刹那间便被向日葵一记熟练的过肩摔放到在地。因为与队长扭打在一起，他的两名 NPC 队员不停上下摆动着枪口，却始终没有开枪。

向日葵将手枪抵在田欣头上：

"欢迎加入 Zonnebloemen 小队！"

第二章　向日葵小队

"欢迎加入 Zonnebloemen 小队！"
"那个拗口的单词是什么意思？"
"向日葵，荷兰语。"
"为什么要用荷兰语？"
"因为梵·高是荷兰人嘛。"
……

滴滴的闹钟声响起，田欣缓缓睁开眼睛，擦去氧气面罩上的水汽，斑斓的星空浮现在视野中。太空船已结束了亚光速航行阶段，正在准备降落。

"醒了？"一旁的星忆关掉全息屏上的科幻剧，"我就说嘛，太空服太闷了，最好不要穿着它睡觉。"

"啊……嗯。"田欣打开太空服的内循环系统，一股干燥的压缩空气流瞬间涤荡了全身。他挤挤眼睛，方才的梦境历历在目。自从向日葵消失在太空后，他已经不记得多少次经历相同的梦境了。

星忆哼着小曲，打开星图，将双腿跷在控制台上。这艘租来的太空船是傻瓜式自动操作，驾驶员需要做的事情只有两件——确认出发和降落。田欣瞥了一眼身旁的这位女同学，她齐颈的波波头在透明面罩里晃动，看上去心情很不错。最近临近毕业季，大家都在忙于升学或就业，星忆也在当职业无重力橄榄球队员和去遥远星区读大学之间犹豫不决，田欣已经很久没看到她开心地笑了。

"快看，就是那里！"

听到星忆兴奋的叫声，田欣在观景窗里找到了一颗土黄色的行星。气流在干旱的地表卷起饱含沙土的风暴，从太空看去就好像一锅煮沸的粥。

这颗叫作"奥杜尔"的行星是他们的故乡，也是他们度过了童年的地方，现如今已被居民舍弃，如同无法回收的大件垃圾。

半小时后，飞船在奥杜尔顺利着陆，热流在杂草丛中烧出一片空地。舱门开启的瞬间，即便隔着厚厚的面罩，田欣还是嗅到了熟悉的味道。他轻轻一跃落在地上，抬眼望去，棋盘状的街道，错落的房屋，一切与记忆中并无二致，只是目之所及全都盖上了一层厚厚的黄土。不时有风吹过，扬起的沙尘敲打着那些建筑。在另一个方向，一辆银灰色的燃油机车正卷着沙土向他们驶来。

星忆麻利地扯掉太空服，张开双臂舒展着身体。"六年了吧，离开这里时，咱们还不认识。"

"触景生情了？"田欣摘掉面罩，长长地出了一口气。

"翻过这座小山丘就是市区了。第一街区有家咖啡店，面包烤得特别香。"星忆一面打理着头发，一面披上浅黄色碎花衬衫，"大撤离时，店主同我们一起搬去了新的星球，开了家几乎同样的店。"

"我喜欢黑啤酒面包，向日葵偏爱干酪，宇寒最喜欢嚼硬得要死的法棍。我记得……你是椰蓉？"

"是椰蓉奶油。不过已经不是那个味道了，奥杜尔的土地贫瘠，种出的小麦却有一股特殊的香气。"

田欣耸耸肩，向着山顶另一侧的城镇望去。

两人闲谈期间，机车的隆隆声由远及近，大个子驾驶员一个急刹车，停在了两人面前。他摘下防风镜，上下打量着田欣。

"跨越三个光年回到故乡，你就不能换件夹克？"

"换过了。但我所有的夹克都是一个样式。"

"好傻。"

田欣一拳捶在那家伙胸上，两人大笑，拥抱着拍拍彼此的肩膀。在向日葵小队中，他和叶爽是关系最好的朋友。临近毕业，理科第一名的叶爽早早拿到了跨星际医疗集团的 offer，两个月前就开始了实习。两人已多日未见。

但叶爽的关注点显然不在田欣这里。他不自然地看看星忆，又迅速低下头去，清清嗓子，问道："你怎么样？决定去向了吗？"

星忆撇撇嘴角问道："怎么，有什么建议吗？"

"我实习的那个星区，有所大学还不错……"

"抱歉——"星忆刻意拉着长音，"那所学校的橄榄球队太差了，不列入考虑范围。"

看着闹别扭的两人，田欣偷偷地笑了。被向日葵强拉入伙之前，他们就是一对出了名的欢喜冤家，只可惜两人在感情表达方面都有些闷骚，拖到现在都没能捅破那层窗户纸。

"默默老师呢？她和你一起来的吧！"田欣打破了尴尬。

叶爽匆忙答道："她在校园那边，翻修的工作量很大，八台工程机器人都在满负荷运转。"

"好棒的机车！"星忆绕过叶爽来到机车旁，兴奋地摸着光洁的金属表面，"是默默老师的吗？"

叶爽点点头，星忆边轻盈地一跃骑了上去边说："我去那边看看吧，不打扰你们啦！"

眨眼间，星忆便一阵风似的消失在两人的视线中。田欣看着远方，叹气道："知道吗，一路上，她真是三句离不开你。"见好友沉默不语，他继续说道，"比起'学姐的秘密'，我觉得，你更应该优先把你俩的问题解决。"

叶爽蹀着地上的沙砾，许久，开口道："顺其自然吧。"

田欣耸耸肩，取出太空船的遥控器，按下按钮。驾驶舱后方的集装箱伸出轮毂，从船体中分离成一辆小型的卡车。按照计划，叶爽和默默老师提前一天来到废弃的母星，将破旧的校园翻新成能够使用的样子，田欣和星忆负责搬运物资。

叶爽摆出一副轻松的样子，打开卡车的车门看看，又敲了敲集装箱问："都在这里了？"

"两栋气凝胶便携式房屋，大概一周的水和食物，六人份。"田欣解释道，"宇寒说会多带一个人过来。"

叶爽用力关上车门，感慨道："向日葵一定会很高兴吧！喂，你觉得如果她在这里，会说些什么？"

"她会踹你的屁股，让你去追星忆。"

叶爽叹口气，两人陷入了默契的沉默。少顷，叶爽问道："老田，你认为向日葵还活着吗？"

"魔鬼的证明。"田欣答道，"既然无法证明她真的遇难，那她就可能活着。"

叶爽握紧了拳头："只是在太空中撞上太初黑洞这种事……"

"我们都这么相信着，不是吗？"

两人不约而同地抬头看向天空，在灼热的穹顶之上，恒星的烈焰如同糖稀一般被拉扯出一个长长的旋涡，奔涌向虚空中的一个不可视的点。

六年前,天文学家观测到一颗太初黑洞,按照它的运行轨迹,将在不到二十年的时间内直穿恒星的核心,带来无法避免的毁灭。事情原本会更糟,如果不是一艘商船险些撞了上去,恐怕直到黑洞的引力旋涡肉眼可见之前,它都不会被发现。因为这次乌龙事件,星区的天文观测部门承受了不小的责难。

奥杜尔是一颗以发掘远古遗迹为目标的行星,是宇宙考古热潮中的产物,资源匮乏的地表本就不适合居住,因此舍弃起来也就格外简单。资本渐渐淡出,居民也陆续撤离,当时还在读初中的田欣,就这样稀里糊涂地告别了故乡,去往新的行星定居。

就在三个月前,向日葵以勘察环境为名,只身踏上了返回奥杜尔的旅途。登上太空船时,向日葵带着一如既往的自信笑容,没有人想过她会出事;直到航天公司发来通告,大家才得知了她失踪的噩耗。根据纠缠态通信导航仪的记录,向日葵根本没有在奥杜尔降落,而是驾驶着太空船径直向黑洞撞了上去。

至于她这样做的原因,没有人能够猜到。

向日葵组建队伍的目的,是攻略一款大型 AR 游戏——《学姐的秘密》。与通常的游戏不同,它并不是正规游戏厂商开发的,最初甚至没有一个正式的名字,只在很小的圈子里流传。后来有关它的传说被放到网络上,一时间名声大噪,"学姐的秘密"这个名字,便是粉丝之间口口相传的代号。

"学姐"叫作雪鹰,她既是游戏的作者,又是游戏的主要角色。在学校的历史上,雪鹰是一位充满了神秘色彩的人物,六年前以转校生的身份来到学校。在自我介绍时,她对着全班同学宣布:

"我有一个秘密,无论谁发现了,都可以来找我。"

这件事很快传遍了全校，但话题的热度并没有持续太久，因为在接下来的一周里，校园里发生了连续杀人事件，五名同学死于非命。当时行星的居民正在撤离，城市里一片混乱；在这样的大背景下，警方最终也没能捉住凶手。一周后，雪鹰转学离开了学校，坊间传闻她与杀人事件有牵连，但人们很快便忘掉了这名匆匆的过客。

直到《学姐的秘密》出现，人们才再次记起了雪鹰。

那时大部分居民已完成撤离，这款游戏突然出现在黑市，引起了不小的骚动。它只能在奥杜尔星中学校园的原址，或者1：1还原的场景中进行，完美再现了雪鹰在校一周期间的校园生活。有狂热的玩家返回了废弃的校园尝试，每个玩过的人都赞叹不已——

太棒了，场景的精细程度碾压一切厂商的大制作。

与NPC的互动简直和真人没有区别，人工智能算法怎么写的？

游戏结束，我却分不清现实与虚拟了。

……

网络上充斥着诸如此类的赞美之词。然而，却没有一位玩家敢说自己做到了完美通关：游戏结束后，所有NPC消失，雪鹰学姐会在教室中等着玩家，并对玩家的表现打分。大部分玩家的得分都是个位数，当年的最好成绩也不过三十四分而已。

随着时间的流逝，游戏渐渐淡出了人们的记忆，就连完整的拷贝都难得一见。但有一个人，她才不管什么黑洞、什么撤离，坚持要把雪鹰学姐的秘密挖出来。

"我们要拿到一百分，不，一百二十分！"

小队的第一次集会上，身为队长的向日葵跳上桌子，对着众人宣布。

之后,她研究了网上的每一条信息,奔波筹集资源,还破天荒地获得了校方使用旧校址的许可——奥杜尔一带星域已被划为禁飞区。然而就在冒险即将成行的前夜,她本人却消失了踪迹。

带着失去向日葵的遗憾,小队的众人准备进行最后一次集体活动,完成队长未了的心愿。

行驶在满是沙石的柏油路上,车子上下颠簸着。废弃的行星上没有电力供应,提供定位的卫星群也早已停止工作,比起舒适但过分依赖现代科技的飞空车辆来,还是老式的内燃机车更加实用。一路上,田欣和叶爽谁也没有再说过话。如果向日葵在这里,气氛一定会更加热闹吧,田欣禁不住这样想。

行星奥杜尔土地贫瘠,水源匮乏,唯一不缺的就是土地。在发掘远古文明的热潮中,投资者在这里一掷千金,居民便用这笔钱建设了城镇,各类设施一应俱全。学校建在城郊的山丘上,学生数量不多,却组织得井然有序。为了让学生们跟上其他行星孩子们的节奏,校方甚至花巨资在同步轨道上建设了无重力橄榄球场,而学校的橄榄球队也在星区联赛上取得了不错的成绩。

校园的轮廓在视野中渐渐清晰起来,田欣远远地看到忙碌的机动车,拉着一车车黄黄绿绿的东西,倾倒在远处的空地上。

"光是清理沙石和修剪树木,就花费了八个小时。"叶爽解释道,"刚看到校园和城镇时,我甚至联想到了影片中的废土场景。"

"默默老师怎么想?"田欣问道。

"话很少,这里毕竟是她的母校。雪鹰学姐转学来的那一年,默默老师也是在校生。"叶爽叹口气,"连续杀人事件,对她的打击一定不小吧。"

校方答应使用原校址的条件之一，就是必须有教师陪同。默默老师毕业后便留在了学校任教，可谓这次任务的不二人选。她容貌端庄，不苟言笑，严肃中透着一丝温柔，在学生中人气很高。

车子驶入校门，操场和教学楼已清扫一新，建筑的外壁涂了一层浅灰色的底漆，蜘蛛形状的工程机器人正在喷洒光触媒，以便尽快消除异味。旧址的建筑已十分陈旧，会与游戏中的校园产生差异；灰色底漆能够遮挡陈旧的外表，又不会对视觉产生强刺激，广泛应用在大型增强现实游戏的场景制作中。

空气中氤氲着扫除时的水汽，透过开启的玻璃窗，田欣看到了整洁明亮的课桌和黑板。半人高的工程机器人不时穿梭而过，脚底的履带磨得地面吱吱作响，好似一台坚实的小型战车。在恶劣的环境下，这种老旧型号反而更加实用。

在教学楼的一侧，田欣远远地望到了默默老师的身影，她穿了一身米色方格的复古西装，高挑的身材仿佛T台上的模特。两人上前打了招呼，简单的寒暄后，叶爽问道："进度如何？"

"电路已经接通，水也通了上来。"默默老师叹口气，"不过这是从水源地直接引来的水，喝不得。"

"田欣运来了饮用水，放心吧。"叶爽接过老师手中的平板电脑，皱着眉头看了看，"进度已经百分之九十了，看来再有两个小时就能完工。"

田欣眺望着已漆成浅灰色的教学楼和体育馆，问道："建筑物的承重没问题吧？"

默默老师耸耸肩："进行了简单的加固，但安全起见，部分区域还是少去为妙。"

这时，星忆远远地跑了过来，额头挂着汗珠。

"去操场上跑了几圈，舒服多了。"星忆笑着打开了瓶装水的盖子，豪爽地饮掉半瓶。

"毕业后还准备玩橄榄球吗？"默默老师问。

"当然！"星忆秀出了小臂肌肉，"无论去哪里，我都要做主力！"

顾不上舟车劳顿，田欣也立即投入到工作中。他借用了一台工程机器人，将集装箱上几块预制板大小的矩形物体抬了下来，安放在校门外侧。之后，他取来两瓶压缩气体，将针状的进气阀连接在板材的进气口中，打开阀门，板材立刻膨胀起来，顷刻间已有了两米的高度。在返乡的几天里，这些简易房屋就是他们的临时住所。简易房屋的墙壁和家具由气凝胶材料制成，注入特殊气体后可以膨胀为三室一厅的公寓，压缩状态却只有五十分之一的体积，既精巧便携，又有着远超普通帐篷和气囊的力学强度和隔热性能，甚至能够在上千度的高温中耐受数分钟的时间。离开时，只需再次注入解除凝胶化的气体，房屋就可以化作能被自然环境分解的泡沫。

"哇，能住在这种地方，好奢侈啊！"星忆推开房门，情不自禁地赞叹道。她刚刚推着地牛运来了棉被和食材，默默老师原本建议由工程机器人代劳，星忆却坚持说校园翻新的进度更加重要，动动身子也很好。

"比想象的还要舒适一些。"过来查看的默默老师也不由得称赞，"我有些担心，万一哪块墙壁出了问题，该怎么办？"

"我还准备了一些万用板材，放在太空船的后备厢里。"田欣解释道，"只需编译好尺寸和样式，注入气体就可以生成新的墙壁。"

就在这时,天空中传来了雷鸣般的轰响,星忆连忙跑出房屋,看到一架黑色的大型太空船正悬在高空。在喷射口的高温炙烤下,太空船四周的空气改变了折射率,远看好似古堡的幽灵。船体的下方缓缓开启,一架小型的喷气式飞行器自舱体分离,向着校园方向驶来。大型太空船的升空需要消耗巨大的能量克服重力,因此往往悬停在低重力区域,游客驾驶小型飞行器着陆。

飞行器在校园一侧落稳时,大型太空船早已不见了踪影。田欣和星忆迎了上去,远处的叶爽见状也赶了过来。飞行器的鸥翼门向两侧开启,一名穿着牛仔裤和花格衬衫的男子跳了出来。他就是最后一名到达的向日葵小队成员宇寒,同时也是向日葵的青梅竹马。

"警校的考试通过了吗?"叶爽双手叉腰,问道。

"只剩面试了,走个过场而已。"宇寒不疾不徐地回应。

"集中训练刺激吗?"叶爽追问。

"还好,最困难的是无重力环境爆破物拆除,我可不希望有一天摊上这么个案子。"宇寒一面说着,一面走到飞行器的另一侧,伸出右手,一名女子牵住他的手,轻盈地跳了出来。女子身上淡绿色的波西米亚长裙在风中摇个不停,好似一幅古典主义的油彩。

"介绍一下,这是我的女朋友,翕然。"宇寒看向大家,"翕然,这位是田欣,IT高手;这位是叶爽,理工科天才;这位是星忆,我们学校无重力橄榄球队的王牌……默默老师来了吗?"

"在现场盯着进度呢,稍后就会见到。"田欣回应。此刻他心中却是五味杂陈,学生时代,宇寒一直跟在向日葵身后;可向日葵消失才几个月,他就交了新的女朋友。

翕然走上前来,与大家一一握手。当她握住田欣的手时,露出了一丝深邃的微笑。

"我听宇寒讲了向日葵的故事，"翕然温柔地说道，"现在我是她的铁杆粉丝。"

那一瞬间，田欣明白了宇寒和她在一起的原因。

恒星渐渐落到地平线以下，太初黑洞却依然悬挂在八点钟的天空，拉扯出一道宛若火龙的暗红色流彩。此等奇异的天象，也可谓是难得一见。

田欣安装好厨具，为大家准备了烤肉。可以作为燃料的枯枝败叶此处俯拾即是，为野炊增添了一份天然的草木香气。尽管大家最近忙于前程少了联系，还是很快熟了起来，叶爽和星忆也回复了往常的吵闹——田欣称之为打情骂俏。分配食物时，田欣刻意将星忆最喜欢的羊排给了叶爽，看着两人为了食物撕闹起来。

一轮吃过，叶爽将大家集中起来。他用力地灌下几口汽水，清清嗓子，说道："工程机器人已经完成了校园的翻新，明天一早，我们就会正式开启游戏。有关'学姐的秘密'，我们已经了解得七七八八了，我再强调几个细节。纳米机器可以让大家体验到现实中并不存在的视觉、听觉、触觉，甚至味觉和嗅觉的信号，但与通常 AR 游戏使用的纳米机器不同，我们这次需要服下的是长效胶囊，并不会在几小时内自动分解，对身体的影响还缺少足够的临床数据。尽管有些啰唆，我还是想问一句，大家都是自愿使用的，没问题吧？"

大家不约而同地点点头。叶爽补充道：

"按照 AR 游戏的健康管理规范，我们每天必须有一小时'防沉浸时间'。关于时间段，大家有什么建议？"

即便纳米机器会自行分解，依然有狂热的玩家通过多次服用的方法沉浸其中，导致认知错乱。为了应对这一状况，政府强制纳米机器生产商在通常的机器胶囊中加入"强制脱离"机制，那些特殊的纳米机器会在固定的时间段放电，致使增强现实在一段时间内失效。发动时间和失效的时长，可以在一定范围内自行调节。

"深夜怎样？不影响游戏体验。"宇寒提议。

"这样就失去了防沉浸的意义，在设置上也是不允许的。"田欣反驳道。

"如果玩着玩着NPC消失了，那不是见了鬼的感觉吗！反而更吓人。"星忆不满地皱着眉头。

"晚上十点左右可以吗？"翕然接过了男朋友的话题，"我们还没有入睡，校园里也没有NPC，可谓一举两得。"

田欣点点头说："十点是系统允许的最晚时间，也不会影响到我们解谜。时长就设为一小时吧，这也是系统允许的下限了。"

见问题解决，叶爽继续说道："游戏时间是五天，尽管随时可以从头开始，但我们的食物和水撑不了那么久。所以，除非特殊情况，大家还是尽量以完成游戏为优先。还有就是，游戏的虚拟场景会非常丰富，也许是大家从未体验过的。每一位NPC都可以与玩家互动，说不定会产生他们就是真人的错觉。不过，无论如何，请时刻谨记我们是在游戏。"

默默老师看着一旁的简易房屋，问道："从昨天起我就在担心，这里虽然是被遗弃的星球，但我们就这么露宿荒郊野外，安全有保障吗？"

"我不敢说绝对，但根据太空船上的生物探测器，方圆一百公里内，尺寸超过一毫米的碳基生命，只有我们六人。"叶爽解释道，"简易房间内同样配置了报警器，安全是第一位的，一旦发生危险,即便有些对不起向日葵,我们也必须结束游戏。"

默默老师点点头,抛出了另一个问题:

"游戏时间为五天,也就是说,运行程序的主机也需要不眠不休地工作五天。怎样保证这五天内没人能碰到计算机?"她左右环视着学生们,"并不是怀疑谁,只不过与安全相关的问题,必须万无一失。"

"我来说明吧。"一直在默默聆听的田欣站起身来,拎过一只边长约半米的军绿色立方体箱子,"游戏主机会放在这个保险箱内,它会伸出四只机械臂,径直插入地下三米深的位置固定。由于是军用品,想要靠暴力开启或移动都是不可能的。"

为了搞到这只箱子,田欣花掉了半年的积蓄。

"一会儿会收集大家的虹膜信息。"田欣继续说明,"我的提议是这样的,六人中必须有三人同意,也就是说必须有三人同时扫描虹膜信息,才可以开启保险箱,关闭或重启游戏。系统有记忆功能,不必集齐三人同时去扫描,只要依次扫描,集齐三人同样可以开启。"讲到这里,田欣刻意顿了一顿,给大家一些时间去理解。他原本的设想是只有集齐三人才能开启,但心思细腻的宇寒指出,会出现有人想结束游戏,但不想对大家提起的情况,于是设置了这个功能。田欣看看思考的众人,补充道:"这是出现紧急情况时的应急措施,大家同意吗?"

大家又想了一会儿,随即先后表示了赞同。田欣解释完毕后,主持人叶爽环视着大家,问道:"还有什么问题吗?"

翕然举起手来:"我听说之前的游戏中,有不少玩家离奇丧命。我们会不会有危险?"

"对于这些传言,我更加倾向于不信。既然那么多玩家平安结束了游戏,就证明游戏本身并不具有危险性。这些事故即便真的存在,也是人为造成的。"叶爽挽着手臂,"这颗星球上只有我们,自然不会有事。"

翁然点点头,示意没有问题了。叶爽看看默默老师,问道:"老师还有什么要补充的吗?"

默默老师整整衣摆,站起身来。"无可否认,在一颗荒凉的星球上、一座废弃的校舍里,攻略一款来源不明的游戏是存在风险的。身为你们的老师,我只有一个要求:一旦出现危险,无论如何都要停止游戏。我再也不想看到有学生遇到不测了。"老师顿了顿,无比坚定地说道,"但我此刻的心情同大家是一样的。向日葵也是我的学生,无论她是否平安,我都不希望她在这件事上留有遗憾。让我们共同努力,一道揭开'学姐的秘密'吧!"

大家不约而同地为老师鼓掌。而此时此刻,一种异样的感觉却刺激着田欣的神经。

真的会一切顺利吗?

第三章　学姐的秘密（一）

行星的公转周期为二十三小时四十一分，与地球十分接近。田欣醒得很早，他换好衣服走出房门，地平线上刚刚露出鱼肚白，天空的云层被染成了红黄的色阶。翕然站在不远处的小土丘上，身上穿着昨日那件波西米亚长裙，裙摆在清晨的劲风中猎猎作响。

"哟，好早啊。"田欣走上前去打了招呼。

翕然回头抿嘴一笑："有些失眠，还不适应这里的床铺。"

两人谈话间，恒星已探出半个身子，毫不吝惜地将光芒洒向大地。

"很美吧？"田欣感慨道，"这里有着人类宜居的大气和温度，可惜水源地只发现了一处，探井倒是打了上百口，有一口就在学校后面。"

"黑洞到达恒星的日冕层还需一千零五十三个地球日，恒星膨胀为红巨星则需要更长的时日。人类真是容易被焦虑支配的生物。"翕然凝视着远方，说道，"根据现有的宇宙学模型，可以计算出宇宙中太初黑洞的数量以及动量分布。将这些数值带入目前人类观测到的星图，便能得知这颗恒星被太初黑洞撞上的概率。知道那个数值是多少吗？十的负二十五次方分之一，或者说，十亿亿亿分之一。"

田欣苦笑道："你是想说，我们的运气实在太差了吗？"

"没什么，忘了它吧。"翕然拍拍田欣的肩膀，转身向住所走去。田欣看着翕然的背影，若有所思。就在这时，一声尖叫打破了清晨的宁静。声音来自不远处的女生房间，翕然立即跑了起来，田欣也三步并作两步地跟了上去。

推开房门时，田欣看到星忆正对着睡眼惺忪的默默老师道歉。

"抱歉……是我大惊小怪了！"星忆难为情地低着头。

"到底怎么了？"田欣喘着粗气问道。

"我……收拾房间时以为看到了蟑螂。"星忆涨红了脸，"生物探测器都说了没有，是我胆子太小了，抱歉。"

"吓坏我们了，没事就好。"翕然走上前去，握住星忆的手。默默老师按住学生的头揉揉，示意要再去睡一会儿。田欣松了口气，可他却在不经意间，瞥见星忆对他递了个眼神。

早饭过后，众人一同来到了校园里。田欣将保险箱立在一棵树下，将便携式电脑放入其中，转身对众人说道："我们马上就要开始游戏了，根据游戏的设置，需要在进入前录入玩家的个人信息。"他快速敲击着键盘，在空中弹出几道全息窗口，"我原本想要代劳，但输入的信息会成为游戏体验的一部分，还是自己来比较好。我来示范一下吧。"

他先是在基本信息栏中输入了"田欣，男，学生，三年级五班"。

"大家的相貌和身材属于环境识别的一部分，系统会自动辨认。"田欣解释道，"特别说明一下，由于我们的目标是解开'学姐的秘密'，所以请大家全部选择'三年级五班'，这是雪鹰学姐所在的班级。"之后，他又在"擅长科目"中填写了"计算机"，"所属社团"中填写了"无"，"与其他玩家的关系"中选择了

"朋友"。

完成输入工作后,田欣按下了回车键,全息屏上出现了一幅教室的平面图,最后方有一张红色的桌椅闪烁着光。"大家现在看到的,是系统分配的'座位',需要提前在现实世界中准备好。由于玩家会无一例外地被分配在最后一排,这项体力工程已经由工程机器人完成了。"

"如果不录入信息会怎样?"默默老师在一旁问道。

"同样可以进行游戏,但会被游戏识别为校外人士,活动起来也很困难。"田欣笑了笑,"过去确实有玩家这么做过,无一例外得分都低得可怜。"

说明完毕后,田欣将键盘交给了大家。叶爽同样依照现实输入了数据,他没有参加任何社团,课外时间全部花在了科研上。宇寒在选择社团时犹豫了一下,最终还是填写了学生会。现实中的他是学生会的骨干,也是向日葵安插在校方的"卧底"。

看到星忆为自己选择了"文学社",宇寒好奇地问道:"为什么不选个运动社团呢?"

"嘿嘿,毕竟是游戏嘛,想体验一些与自己反差大的事情。"星忆有些羞涩地回应。

叶爽下意识地摸摸后脑,看到这一幕,田欣记起了一件往事。那是一次学校组织的女子无重力橄榄球邀请赛,偏偏观众席的防护网上有一个破洞,偏偏星忆强力的射门穿过了破洞,偏偏叶爽就坐在破洞的下方。结局是叶爽的头部受创,住了一周院,星忆陪在身边照顾了一周。

默默老师填写"职业"时选择了"教职工",类型则选择了"保健医生"。她自己解释说,这个职位的空闲最多,能有更多精力来观察。当发现"职业"的选择中还有"校长"时,默默老师吃了一惊，这款游戏的精细程度连当今最先进的游戏厂商都望尘莫及。

翕然最后一个录入信息，她选择了"合唱团"，"恋人"一栏却空着没填。"看宇寒被其他女孩子追也很有趣嘛。"她如是说道。

完成输入后，翕然合上了保险箱的盖子，第一个录入了虹膜信息。第一次使用的机器反应了几秒，才完成了信息的采集，但随后便恢复了正常。大家按照说明录入了虹膜信息后，叶爽配发了长效纳米机器的胶囊，又打开一只盒子。盒子中是识别环境的纳米机器，已经与主机进行了匹配，只需十几分钟就能完成工作。不一会儿，系统弹出了识别完毕的信息，田欣开启游戏界面检查了一番，没有发现任何异常。他关闭了计算机的屏幕，又合上了保险箱的盖子按下红色按钮，下方的三根支撑杆便自动向地底插去。机械泵嗡嗡地响了起来，箱体内部的循环液氮制冷同步开启，毕竟要运行如此大规模的游戏，机器的负担不容小觑。

默默老师点点头，对大家说：

"我们的旅程即将开启了。尽管是游戏，但可以想见，这五天绝不会过得轻松。"她伸出拳头，"请大家加把劲，为了向日葵。"

"为了向日葵。"

大家将拳头抵在一起，声音整齐而清晰。

开启游戏的瞬间，即便是每天泡在游戏里的田欣，也不禁为眼前的壮观场面咋舌。

如同缓缓拉开的魔法幕布一般，空旷的操场上一下子嘈杂了起来。形形色色的学生穿梭在校园中，看到树下摆弄保险箱的六人，不时投来好奇的目光。光秃秃的教学楼顶上垂下了条幅，橱窗里投影出全息屏，上面播报着学生获奖的新闻。几名胖墩墩的成年男性穿着厨师的大褂，快步推着堆满食材的板车；红色的卡车刚刚卸完货，慢悠悠地驶出校门。不远处一名低年级女生拉开窗户向外张望——当然，虚拟影像是无法操控现实设备的，游戏系统连接了教学楼的控制电路，配合虚拟角色控制着门窗的开合。

一位教师模样的男子走过，对众人说："要上课了，快回教室吧！"

那一瞬间，田欣甚至看到了他牙齿上沾的菜叶。男教师又看看默默老师：

"这不是默默医生吗？您怎么也在这里？有人受伤吗？"

"我今天准备去三年级五班听课，正在和他们交流。"默默老师应对道。

"这样啊，辛苦了。"男教师没有继续追问，扶扶眼镜走开了。

待男教师走远后，星忆忍不住欢呼起来："天啊，这真的是游戏吗？我以为他会批评我呢！"

宇寒若有所思道："根据记录，当时全校大约有七百名学生，加上教职人员接近千人。要处理这么多虚拟角色的动作、言行以及互动，想想就是无比浩大的工程啊！"

"还有更厉害的呢。"IT担当田欣再次做起了解说员，"游戏中每一位NPC都是根据现实中的人物设置的，可以说，雪鹰学姐用AR技术完美还原了当时校园的每一个人。我想想看……"田欣努力回忆着翻过的资料，"刚才那位老师姓金，朝鲜族，教授科目应当是英语。"

距离第一节课还有十几分钟，六人一同走向位于教学楼三层的教室。透过窗户看去，教室光秃秃的黑板上写了板书，即便玩家不在的区域，NPC们也完美地进行着校园生活。楼道里两名男生不知为何打了起来，很快便被同学们按住，赶来的老师对他们一通训斥。楼梯上散发着潮湿的水汽——这颗星球的空气相对干燥，需要对建筑不时加湿，游戏连这种细节也一并还原了。

走到三年级五班门前时，已临近上课时间，隔壁的六班班主任已经走进了教室，同学们在渐次回到座位。田欣推开五班教室门，同学们看看他们，又回到了自己的小世界。在设定上，大家是班上的学生和学校的老师，同学们理应习以为常。有几名女生围到默默老师身边询问着来意，星忆和宇寒左右打量着教室，田欣和叶爽则径直走到座位坐下。

翕然来到田欣身边，拉出座椅坐下，又拿出手机四处拍摄着。她望着黑板问道："不知雪鹰学姐坐在哪里呢？"

田欣解释道："忘了吗？游戏还原的是雪鹰学姐在校一周期间的历史，也就是说，游戏开始的第一节课，就是雪鹰学姐入学的班会。"

翕然俏皮地吐吐舌头："只有一周……不过这也是宇宙世纪的特色了吧。能在同一所学校念完中学，反而十分难得。"

就在这时，上课铃声响了起来，全班同学立即回到座位坐正，默默老师也扯过一把钢管椅在最后一排坐了下来。半分钟后，一身灰色西装的班主任老师走上讲台。田欣记得这位老师姓梁，四十岁依然单身，教授历史。随着班长的一声"起立"，大家一同向老师行礼，默默老师也起身致意。

"同学们早上好。"班主任看看坐在教室后方的默默老师，"默默医生早上好。在上课前我们开个班会，今天要为大家介绍一位新同学。"

田欣绷直了身子。关于雪鹰学姐的故事，他查过太多的资料，做过太多的调查，她就像是一位素未谋面的笔友。此刻，他终于要同这位笔友见面了——

教室的门缓缓开启，穿着黑色格子裙的雪鹰学姐迈步走入众人视线。

那一刻，田欣的身体止不住地颤抖着，瞳孔不由自主地扩大。事后回忆起来，他只觉得当时天旋地转，有一种坠落深渊般的无助。

雪鹰学姐走上讲台，正对着全班同学。

"开什么玩笑！"叶爽猛地一拍桌子站了起来，他身边的星忆用力捂住了嘴，眼圈红红的。

"叶爽，你给我坐下！要不然立即离开教室！"班主任厉声呵斥道。一旁的宇寒用力拉拉叶爽的衣服，后者强忍着身体的颤抖回到座位。

"对不起，我出去一下。"默默老师阴沉着脸，三步并作两步地离开了教室。

班主任和学姐投去好奇的目光，却没有说什么。

"咳咳……一点小插曲。"班主任清清嗓子，"自我介绍一下吧。"

田欣完全理解大家的反应，他十分希望自己此刻能闭上眼睛，然而视线却完全不听命令地停留在了"学姐"的脸上。

"大家好，我叫雪鹰，从今天起就是大家的同学了，请多多关照。"学姐一面自我介绍，一面向后撩撩发梢，"我有一个秘密，无论谁发现了，都可以来找我。"

讲台下同学们议论纷纷，而田欣的视线却完全不受控制地停留在"学姐"的脸上。从四年前的那天开始，田欣无数次在梦中见过这张脸，但他从未想过，自己会在游戏中与她再会。

讲台上的"雪鹰学姐"，长相与向日葵别无二致。

田欣甚至不记得自己是怎么熬过那一堂班会课的。下课铃声响起，他依然魂不守舍地坐在原地，盯着窗外灰色的地砖发呆。梁老师看看他，无奈地摇摇头，夹起教案离开了教室。

突然间，一只手搭在了田欣的肩膀上，吓得他一激灵。宇寒使了个眼神，随后向教室外走去。

几分钟后，五人聚集在教学楼角落一张无人问津的石桌旁。叶爽坐在石椅上，不停地挠着蓬乱的头发，星忆将双臂抱在胸前沉默不语，翕然虽然无法对向日葵小队成员的心情感同身受，却也因为压抑的气氛沉着脸。

"分析一下现在的状况吧。"宇寒打破了沉默，他看向田欣，顿了一顿，"我觉得有些话还是说在前面比较好。田欣，发生这种事，你的嫌疑最大，因为游戏的软硬件自始至终都是你在负责。"

田欣靠在一棵树上，叹口气，淡淡地回应："啊，我相信大家也都是这样想的。"

"我认为不是老田。"叶爽将手肘挂在膝盖上，"他没有理由开这种恶劣的玩笑，我也不认为他做得到。我看过这个游戏的源代码，那绝对是见了鬼的天才才能搞懂的东西。"

"我也相信田欣。"星忆缓缓地举起右手。

"确实，我也不认为田欣有能力做到这种事。但如果是他的妹妹田溪……"宇寒的视线一瞬间与田欣对上了，他摇摇头，叹气道，"抱歉，我不该提起这件事。"

"没什么，小溪的事情已经不是秘密了。"田欣冷冰冰地答道。

"对不起，这个讨论就到此为止吧。"宇寒再次道了歉。

星忆攥紧拳头，问道："雪鹰学姐变成了向日葵，你们怎么想的？"

"我有个想法……"一直沉默的翕然开口道,"会不会,雪鹰学姐确实和向日葵长得很像?"

"我们都见过雪鹰学姐的照片,包括向日葵本人。"宇寒回答了女友的疑问,"学生会的档案室里存有过往的学生档案,我借助职务之便借了出来。这两人的身材和相貌确实有些相似之处,但无论如何也不可能看错。"

"那会不会有另一款AR游戏同时运行,覆盖掉了雪鹰学姐的容貌?"星忆问道。

叶爽答道:"也不可能。AR技术只能在人的感官上做加法,不能做减法,所以我们才做了那么多准备工作。"叶爽捶了捶贴着海报的墙壁,"这面墙上灰色的底漆,我们并不是看不到了,而是由于灰色和彩色同时被看到,大脑不会去注意灰色罢了。如果同时运行两个AR游戏——我做个比方吧,同时有两台投影仪,将不同的画面投影到同一块幕布上,你会看到什么?"

"画面会叠在一起,什么都认不出来。"星忆立刻领会了这个解释。

田欣补充道:"想让我们同时看到两个AR场景并不困难,只要把纳米机器混在空气中、水中,待我们吸入体内,再准备一台小型的主机即可。社会上也有不少通过AR作案的例子,都是采用了类似的手法。但我们要经历的游戏时间很长,另一重增强现实必然会面对同我们或者'学姐的秘密'互动的情况,很容易露出破绽。至少在我看来,雪鹰学姐与周边的互动是完美的。"

沉默许久的翕然问道:"会不会,这本就是游戏的一部分呢?毕竟这是雪鹰学姐的游戏啊!"

宇寒叹气道:"无论雪鹰学姐多么厉害,也不可能预测到六年后的玩家吧?那时我们还是小学生呢。"他看了看田欣和叶爽,

"会不会有这种可能性，田欣虽然做不到，但如果是 IT 公司工程师的话，还是能够暴力破解，并且修改游戏内容的。且不论那个人的目的何在。"

"没关系的。"叶爽点点头，似是在为自己打气，"我们还有'防沉浸时间'这张王牌。只要到了十点雪鹰学姐会消失，她就不过是 AR 影像而已，不构成威胁。游戏刚刚开始，大家还是忍耐一下吧！说不定通关时，真相也会水落石出。"

讨论没有结果，大家稀稀拉拉地返回了教学楼。田欣留在队尾，正想迈开步子时，突然察觉到有谁轻轻拉了他的衣角。他回头看去，星忆依然留在原地，眼神里满是不安。田欣对她使了个眼色，二人先是跟着大家进了教学楼，待众人走散后，再次拐回了方才的角落。

"怎么了？"田欣还是第一次见到星忆如此不安的样子。

星忆看看四周，小声说道："你还记不记得，当年的第一个死者是怎么遇难的？"

田欣有些不明所以，但还是认真地答道："我记得是文学社的学生，死法是跳楼。因为死得有些蹊跷，最终才被归于连续杀人事件之中。"

那一天，一名叫作优理的女生从教学楼顶上一跃而下，倒在了一片血泊中。但通往楼顶的门被厚重的铜锁紧紧锁住，没有其他通道，锁也没有被动过的痕迹，没有人知道那名女生是怎么去楼顶的。这些案件在游戏中被一并还原了，但凡讨论"学姐的秘密"的文章，都会花大篇幅讨论它们。

星忆沉默片刻，仿佛下了很大决心一般，从裤兜中掏出一张皱巴巴的纸条。田欣接过纸条展开，上面用歪歪扭扭的字体写着："明天下午四点，教学楼的天台上将出现第一名死者。"

田欣举起纸条在阳光下看看,又拿在手中轻轻揉搓。少顷,他问道:"早上听见你大叫,就是因为这个吧?"

"嗯,收拾床铺时发现的,当时我吓坏了。"星忆低着头,用脚尖踢走一块石子,"这颗星球上只有我们六人对吧,其余所有人都是 AR 影像。"

田欣点点头说:"更何况,当时游戏压根儿就没有开启。"

"也就是说……"

"写下这张纸条的,是我们六人中的一位。"田欣代替星忆说出了那个她并不愿意接受的设想,"而且,与你同屋的默默老师和翕然的嫌疑更大。"

星忆咬咬嘴唇:"即便是开玩笑,也太过分了吧?"

"暂且忘了它吧!"田欣将纸条揣进衣兜,拍拍星忆的后背,"这件事仅限你我知道。"

星忆点点头,两人一起向教室走去。尽管嘴上在安慰着星忆,田欣自己也在心中嘀咕:这张纸条上的文字,究竟是游戏的提示,还是说……

杀人预告?

第四章　探　索

第二节是物理课。

老师拿着磁性笔在白板上飞快地画着,先是画出一道斜面,又在斜面的末端连接上一条半圆形的轨道,最后均匀地画上许多"×"形记号,代表着垂直于黑板平面向内的磁场。在教学方式的发展史上,人类先是淘汰了黑板,在经历过幻灯片、全息影像等发展历程后,最终证明还是老师写板书最符合学生的认知规律。

老师最后在斜面上画了一辆七扭八歪的小车。"已知斜面角度、斜面的滑动摩擦系数和磁场强度,求小车最终脱离轨道时走过的路程。这个问题……"他环视着班上的学生,目光最终锁定在转校生雪鹰身上,"雪鹰,你来解答一下吧!"

听到雪鹰的名字,田欣终于将思绪拉回了课堂。只见雪鹰理理裙子,走上讲台。她没有接过老师手中的磁性笔,示意自己手中的笔也拥有在白板上写字的功能。

雪鹰麻利地在白板上书写着。田欣斜眼看看身边的同伴们:叶爽正全神贯注地盯着讲台上的学姐,恨不得将黑板看出一个洞来;星忆一副心不在焉的表情,目光始终停留在没有翻开的课本封面上;宇寒倒是一副淡然的表情,时不时在笔记本上写着什么。最让田欣在意的,是翕然第二节课不见了踪影。她是去调查线索了，还是去寻找默默老师了？想想看，在游戏中翘课又不会影响学分，老老实实留在教室听课的自己反而死脑筋。

雪鹰为小车画出了受力分析图，又写下洛伦兹力的公式，只要将所有受力带入牛顿第二定律公式，再对距离积分，就可以求出小车到达斜面底端、冲上绝对光滑的半圆形轨道前的速度。遒劲有力的汉字和字母在雪鹰的笔下不疾不徐地流淌而出，让人感觉她既不会被难题所牵绊，又不会因为自身的渊博而恃才傲物。在田欣眼中，雪鹰学姐游刃有余的样子，和记忆中的向日葵渐渐重合了。在每一次的讨论会上，向日葵都会借来一块白板，在上面奋笔疾书着自己的想法。

就在田欣陷入遐想之际，他瞥见了不得了的光景——雪鹰用眼角余光看向教室最后方，当两人的视线交错的瞬间，她笑了。笑意透过向日葵那仿佛能工巧匠雕琢出的眼角流出，好似一曲轻盈的柔板。尽管只是短暂的一瞬间，但田欣确信自己没有看错。

雪鹰在主动向他传递什么信息吗？

第三节体育课，田欣也翘课了。

到达这颗星球还不足二十四小时，但由于发生的林林总总，田欣感觉像过了几天那般漫长。他穿过走廊，教室里不时传来老师们或沉稳或高亢的讲课声。这里的恒星日与地球接近，学校的课程安排也与地球十分相似：上午是早自习和三节课，下午两节课后便进入自习时间，学生可以留在教室学习，也可以去参加社团活动，在黄昏前离校。

由于学生数量有限，旧校区的结构简单明了。教学楼与校门正对，高中有三个年级，因此教学楼也有三层，每层六个班级。教学楼在用地上十分奢侈，教室无论是面积还是层高都十分可观。教学楼右手边是两层的餐厅，正午学生和老师都会在这里用餐。餐厅二层有天桥与教学楼的二层相连,二年级和三年级的师生不需要下到一层就可以来到餐厅。田欣在天桥入口站立片刻便匆忙离开,尽管进行了简单的加固,毕竟十多年疏于打理,万一垮塌了可不是闹着玩的。

教学楼后方是宽阔的操场,可以看到同学们正在整理队列,田欣一眼便认出了站在队首的雪鹰和大个子叶爽。餐厅的一侧是多功能体育馆,不管是篮球、排球还是乒乓球、羽毛球,所有室内运动的场地统统塞进了这里。穿过操场,再经过校园的后门,就来到了学校的后山上。这里有一口探索地心远古文明遗迹用的深井,在证实下面什么都没有后,学校便干脆低价买来用于行星内部探索的教学。

与体育馆正相对的是多媒体教学楼,同样只有三层,楼体细长,与教学楼构成了直角的两个边。建筑顶层设置了小型的天文台,好似一块蛋糕放在托盘中;由于合唱团会在体育馆二层练习,这里通常很安静,教师的办公室也设在这里。

穿过教学楼前的空地,田欣来到了多媒体教学楼。化学实验室和力学实验室空着,有几名学生聚在光学实验室里摆弄着激光器,尝试用最原始的方式制作全息影像。走上楼梯,田欣径直来到了位于二层走廊尽头的医务室。他推开房门,没发现身为校医的默默老师,却看到翕然正站在操作间的纱帘旁,举着手机拍来拍去。看到有人来,翕然笑着打了招呼:

"哟,你也翘课了?"

"默默老师不在这里吗?"田欣走到近旁,看了看桌上的注射器。真空封装还没打开,金属针头闪着寒光,勾起了他儿时的痛苦回忆。

"所有物品都没有动过的痕迹,椅子也摆在原位,想是没有人来过吧。"翕然笑笑,仿佛读懂了田欣的心思一般,又指着桌上的注射器说道,"我来这里,是想测试一下这款游戏的精细程度。"

"用这支注射器?"

"想要试试吗?"

在翕然的指导下,田欣撕开真空封装,将针头装在针管上。翕然问他感觉如何,田欣盯着细细的针头,说道:"还原度几可乱真,只有塑料的触感与实物有微妙的差异。"

翕然点点头:"接下来尝试采血吧,没有采血针,只能用注射器了。毕竟是虚拟体验,酒精消毒的步骤倒是可以省去了。"

田欣咬住嘴唇,将针头扎在了自己的无名指指尖上。他眉头微皱,豆粒大小的血滴冒了出来。之后,他将注射器丢入黄色的医疗垃圾桶,又摸过一块脱脂棉擦擦指尖。

"指尖好像被电了一下,这里的体验差了些。毕竟增强现实与沉浸式虚拟世界不同,无法通过深度睡眠来屏蔽身体对现实世界的感知。"说罢,他拿起一支泡在酒精里的水银体温计,又放了回去,看着问道:"测试游戏的精细度,有什么意义吗?"

翕然扯过木椅坐下,答道:"我在寻找'游戏中的游戏'。在缺少线索的情况下,继续思索雪鹰学姐为何变成了向日葵是没有意义的。因此,我转而思考,雪鹰学姐口中的'秘密'究竟是什么。我认为,游戏本身就是最明显的提示。想要记录自己当年的事迹,小说、纪录片、沉浸式体验……各种方式应有尽有,为什么偏偏选择了增强现实游戏呢?"

田欣立刻答道:"因此你怀疑,那个秘密与增强现实有关?"

翕然微微一笑,继续说道:"如果雪鹰学姐藏了另一个游戏在游戏中,那么,就一定会留下可以识别的破绽。"

"增强现实的精细度……"田欣终于明白了翕然的目的。

翕然离开后,田欣一个人留在医务室翻看资料。当然,所有的资料都是增强现实体验,但游戏连同纸张的污渍都一并还原了,各类记录更是一应俱全。田欣取出一本厚厚的病历集,翻开第一页,上面密密麻麻地写着学生的病历,医生的工作十分细致,包括当时的处理方法及药方都一并记录在案。多是感冒、腹泻或外伤,但一名女同学的情况却引起了田欣的注意。她从入学之初就经常来医务室休息,频率一周有两三次,时常带着外伤。在诊断结果一栏里,医生写下了"运动神经元病"的名字,也就是俗称的渐冻症。然而更加吸引田欣的,却是这位学生的名字——

默默。

为了咨询叶爽一些医学方面的知识,田欣回到了操场。体育课必须换上运动服,田欣看看自己身上古板的夹克,只得偷偷溜了进去。叶爽正在参加一场三对三的篮球赛,体育老师是场上裁判,眼见无法蒙混过关,他只得远远地坐在看台上等待。

向操场另一侧望去,田欣在长跑的队伍中找到了雪鹰学姐的身影。这是一次男女混合的比赛,从选手们疲惫的样子判断,他们至少已经跑了三千米。田欣四处张望,却没有找到宇寒的身影,又将视线移回跑道。场边的同学举起红旗,竞速进入最后四百米。选手们使出最后的力气冲刺,很快地,两个人影在人群中脱颖而出。星忆一马当先,雪鹰紧随其后,她们甚至将一干男生甩出去好远。

哨声响起,星忆领先一步冲过终点。她踉跄着走到场边,拿起草地上的水壶,躺倒在草地上喘着粗气。无论多么逼真,增强现实中的瓶装水也是无法解渴的，玩家必须自备水和食物。输掉比赛的雪鹰反而是一副轻松的样子，她婉拒了同学递来的水，仰头深呼吸几次，迈开步子向一旁走去。

田欣会心一笑，即便在游戏中，星忆也是这么认真，这么拼命。可他突然间发现，雪鹰正不疾不徐地向自己这边走来。田欣不禁想到课上雪鹰传递的信号，莫非她真的要主动与玩家互动？他深吸一口气，努力装出若无其事的样子。

果不其然，雪鹰径直来到了田欣身旁，坐了下来。

"田欣同学，对吧？"

看着雪鹰学姐那张与向日葵别无二致的脸，田欣恍然间回到了与向日葵初识的那一日。看到田欣木然的表情，雪鹰敏锐地笑道："怎么，我让你很紧张吗？"

"如你所见，我在逃课。"田欣顺口编了个理由，"你太显眼了，如果被老师发现，可就不妙了。"

雪鹰笑笑，仰视着天空，继续说道："我向女生打听了你的情况，你是个游戏高手，还是计算机天才。"

田欣努力地告诉自己，一切都是来自游戏开始前输入的资料，但他还是听到了自己急促的心跳声。他看着天空，尽可能平静地答道："如果她们说我是个不合群的古怪家伙，可能更贴近事实一些吧。"

雪鹰突然凑到田欣面前，田欣甚至能够听到她轻微的呼吸声。对视片刻后，雪鹰露出从容的微笑："嗯，我明白了。"

"你明白什么了？"

"没什么。"雪鹰站起身来，拍掉衣服上的枯草，"我很中意你，因此有些话想单独对你讲。如果有兴趣，晚上九点来教室吧，我会在那里等你。"

雪鹰说完，便起身向人群走去，只留下田欣目瞪口呆地留在原地。

午饭时间，五人聚在了一起。由于餐厅的桌椅都是四人桌，翕然主动坐到了不远处的位置上。与各自端了一大盘饭菜的四人不同，翕然似乎对餐厅的食物兴致寥寥，只在桌上摆了一杯没有动过的橙汁，用手机拍摄着过往的人群。

"这东西也是AR影像吗？"星忆夹起一只炸鸡腿，凑近鼻尖嗅了嗅。

"当然是真的。"叶爽解释道，"增强现实确实可以令人产生短暂的饱腹感，可身体需要的营养和能量还是需要真正的食物供给啊！"

宇寒将烧鱼送入口中，赞叹道："很香啊！田欣，你带来的机械厨师手艺不错嘛。"

"那你可夸错人了。"田欣苦笑道，"想要做出这种味道，机械厨师的价格至少要翻上五倍，我可承担不起。你实际吃到的只是简单的饭菜，增强现实补充了部分味觉体验。所以厉害的不是我的机器，是雪鹰学姐的游戏。"

宇寒夹起鱼腹上一块肥肥的肉，端详了许久，放入口中。

"交换一下情报吧。"叶爽一口气灌下大半杯可乐，"你逃课去侦察了吧，发现了什么？"

"我去了医务室，默默老师没在那里。"田欣偷偷看了不远处的翕然一眼，对方却只是温柔地笑笑，于是他没有提起在医务室的相遇。"另外，我发现当年的文字资料也一并被还原了，仔细找找说不定能有发现。你们那边呢？"

"我先说吧。"宇寒用一如既往的沉稳语气讲述道，"课间的时候，我去找雪鹰学姐搭话了。班上的女同学还介绍了我的情况，除去在学生会工作外，她们还说我很受女孩子欢迎。"宇寒用怼怨的眼神看着田欣问道："这是怎么回事？我可不记得输入过这些信息。"

"不满意的话，和我换换吧。"田欣冷冰冰地答道，一旁的翕然忍不住笑出了声。

"总之，我能提供的信息只有这些，我要去陪翕然了。"宇寒说罢，端起餐盘坐到了邻近的餐桌。翕然对他笑笑，两人在小声交流着什么。

田欣叹口气，看着星忆问道："我说你啊，体育课那么拼命跑，不怕太累吗？"

"只要踏上跑道，身体就会不由自主地想去争第一，哈哈哈。"星忆爽朗地笑笑，"不过雪鹰学姐的体力还真是好啊，尽管我赢了，但我敢打包票，她没有尽全力和我比试。"

"你和AR影像比个什么劲！"一旁的叶爽吐槽道。

"哦？被AR影像盖帽盖到爽的又是哪位呢？"星忆凑到叶爽近旁，用手肘顶着他的腹部。

田欣剥开一只元宝虾，看看叶爽，问道："运动神经元病，现在有方法治愈吗？"

"治愈方法早在宇宙世纪前就有了。"叶爽解释道，"通过干细胞定向培养神经细胞，再对发病的部位进行手术移植。不过患者通常存在基因缺陷，因此复发率很高。"

"没有更好的方法吗？"田欣追问。

叶爽点点头："到了宇宙世纪，发明了可以完美替代神经细胞的传导纤维。只要患者对此类技术不排斥，治愈已是相对简单的事情。你问这些做什么？"

"在医务室的资料中看到了类似的病例，有些好奇。"田欣随意应付过去。这时，星忆夸张地伸了个懒腰，自言自语道："默默老师到底去哪儿了？真有些担心她啊！"

田欣吞下最后一口菜，起身准备离开餐厅。就在这时，他瞥见刚刚用餐完毕的雪鹰将餐盘端至残食处，注视着他的眼睛微微一笑，旋即消失在人群中。

下午的两堂课，田欣老老实实地留在了教室。默默老师依然不见人影，第一节课后，宇寒也拍屁股走人了。出人意料的是，翕然在上课铃声响起前回到了教室，看样子冲过了淋浴，换上了一套以墨蓝为主色调的拼色针织连衣裙。面对星忆疑惑的目光，她轻描淡写地说道：

"出了些汗，宇寒的体力太好了。"

星忆当即涨红了脸，那些事情对她而言，还是远在另一个世界的话题。

这段时间里，田欣一直注视着雪鹰，可对方再也没有对他传递过任何信息。即便在偶然间视线相接，雪鹰也只是礼貌性地笑笑。

下课后，星忆和翕然立即不见了踪影，雪鹰也在一群女生的簇拥下不知去了哪里。正在田欣犹豫应当做些什么时，叶爽拍了拍他的肩膀：

"老田，能不能借你的太空船用一下？"

田欣抬眼看看损友，问道："你想干什么？"

"我有个想法，需要用到太空船上的零件。"叶爽解释道，"我的太空船是租来的。"

"明明收入比我老爸还高。"

田欣一面咕哝着，一面把太空船的识别卡丢给了叶爽。对方摆摆手,示意田欣两小时后来太空船找他。

同学们渐次离开了教室,田欣看看时间,决定再去校园里探索一番。社团活动时间,说不定能有什么新的线索。他先是来到了多媒体教学楼,文学社的活动室在一楼,隔着玻璃窗,田欣看到星忆紧张地坐在最后一排,不停地记着笔记。对于星忆而言,这一定是难得的体验吧!

走到道路尽头,田欣再次推开医务室的门。房间里依旧空无一人,夹带着黄沙的风从窗口吹入,纱帘波浪般地摇曳着。田欣关好窗,正准备离开时,一名女生推门进入。

"请问医生在吗?啊……抱歉。"看到田欣,她吃了一惊,田欣匆忙解释自己也在找默默医生,可惜对方不在。

"这样啊……多谢你。"女生露出为难的神情,继而转过身子,跟跄着向门外走去。田欣上下打量着她,很快便发现她左腿的膝盖处有一处瘀青。

几分钟后,田欣翻出了外用药的医疗包,准备好了碘酒和绷带。他让女生坐在病床上,解释道:"没找到碘伏,碘酒会有些痛,忍耐一下。"

田欣从小就很宅,却有个活蹦乱跳的妹妹,经常带着各种伤口回家,因此他很擅长处理。田欣用棉签蘸好碘酒,轻轻把伤口处的瘀血擦拭干净,又垫上了脱脂棉和纱布。过程中女生的腿在微微颤抖,她却始终没有喊痛。

"社团活动时受的伤吗?"为了缓解有些沉闷的气氛,田欣搭话道。

女生苦笑着摇摇头:"走路不稳是我的老毛病了,所以我一直没有参加社团。小黑医生一直很照顾我。"

"小黑医生?"田欣皱皱眉。

"啊，不好意思。"女生抿嘴一笑，"我和默默医生同名，叫起来总觉得怪怪的，便起了这么个昵称。"

田欣真想给自己愚笨的脑袋来上一拳。看到这位女生的一刻他便觉得眼熟，却没有想到她就是学生时代的默默老师。田欣偷偷端详着比自己还要年轻的老师，眼前的这位女生看上去比较内向，很容易害羞，与他印象中高冷的女教师相去甚远。她会在不久的未来接受手术，迎来崭新的人生——想到这里，田欣感到了一丝宽慰。

处理好伤口，田欣搀扶着小默默走出校门，小默默微笑着对他挥挥手，向远处走去。对于通常的 AR 游戏而言，游戏场景非常有限；但直到小默默消失在田欣的视野中，他都没能看到游戏区域的边界。

看看时间还早，田欣又来到了体育馆。刚刚踏上楼梯，他便听到了高昂的小提琴声。是帕格尼尼的《第二十四号随想曲》。乐曲快速地跳动着，好似一只不安分的精灵。片刻后，清脆的歌声响起，初闻采用了花腔女高音的唱法，细听却带着摇滚的节奏。随着歌手的演唱，小提琴手也对乐章进行了即兴的改编，帕格尼尼古典的悠扬仿佛渲染上了一层星空的绚丽。

走到排练室的门前，田欣不禁吃了一惊：方才的歌声来自禽然，为她伴奏的，正是今天刚刚入校的雪鹰。

"漂亮的演奏！"一曲唱完，指导老师带头起立鼓掌，同学们将两人团团围住，七嘴八舌地称赞着，田欣也在门外默默鼓掌。

耗过了两个小时，田欣如约回到了太空船。推开舱门，叶爽高大的身躯正蜷在一堆管线之间，不知忙碌着什么。

"喂，坏了你赔我啊！"田欣走到近前，却依然看不懂好友在折腾什么。

"不行啊……"叶爽叹了口气，擦擦额头的汗珠，将手中的扳手丢在一旁。"太空船上的电力倒是可以接出，但少了一个整流器。"

"你想做个电击器护身吗？"田欣吐槽道。

"可以的话，我希望人手一个。"叶爽拿起一瓶水，一口气喝掉一半。"我们做了充足的准备，就是忘了护身的武器。"

"你的假想敌是谁？"田欣问道。

"这一天来，我一直在想，那位向日葵模样的雪鹰学姐究竟是何方神圣。生命探测器否定了对方是人类的可能性，但如果是人工智能呢？"

田欣心头一惊，匆忙问道："照你这么说，原来的雪鹰学姐哪里去了？"

"最初我的推理也卡在了这里。"叶爽踢了踢脚下的电缆，"然而一旦想通，答案简直简单到可笑。这款游戏的自由度极高，你可以做任何在现实世界能够做到的事情，自然也包括杀死真正的雪鹰学姐。"

"杀死游戏的主角？"田欣尽力按捺住心中的惊讶，他确实没有设想过这样的可能性。

"这可是'学姐的秘密'，没有什么是不可能的。"叶爽一屁股坐在工具箱上，"再怎么说，雪鹰学姐也是游戏的主角，能够杀死她，凶手也是个狠角色。"

"所以你要准备防身武器。"

叶爽点点头。田欣想了想，说道："我倒是有个提议。我去看过理科实验室，那里的配件挺全的，凑出一台电击器应当问题不大。"

"当我是白痴吗？"叶爽瞥了好友一眼，"即便那里有台机枪，也不过是游戏的……"

"没错，但那是'学姐的秘密'。"田欣抢先说道，"你也看到了，这个游戏精细到什么程度。如果用虚拟的电源、虚拟的设备，说不定可以达到你想要的效果。"

直到最后，田欣也没有说出今晚要去和雪鹰面谈的事情。

第五章　第一夜

　　傍晚很快到来，田欣没了返回校园的心情，干脆为伙伴们烹饪起来。最先回来的是翕然，看上去心情大好；不久后宇寒也走出了校园，田欣问起下午的行动，他只是淡淡地回应在学生会查了资料。

　　在往来的人流中，田欣始终没看到雪鹰的身影。

　　七点左右，星忆终于返回了基地。与她并肩而行的是一位身材清瘦的女生，脑后细长的麻花辫不安分地摇晃着。

　　"这位是优理，我在文学社刚刚交到的朋友。"星忆向大家介绍道，"听了咱们的情况，她很感兴趣，便一起跟来看看。"

　　田欣偷偷地看看同伴，宇寒和叶爽轻轻点头，他立即心领神会，匆忙说道："晚饭是火锅，要一起吃吗？"

　　"哇！太棒了！"优理的眼中放着光，"有黄喉吗，或者鸭肠？"

　　"抱歉，我准备的清汤锅，食材也只有肉片和蔬菜。"田欣苦笑道。

　　"没关系！小料拜托多放韭花！"

　　"田欣厨艺很棒的，交给他吧！"星忆拉住优理的胳膊，"我带你参观一下。"

　　离开前，星忆也向田欣递了个眼神。田欣叹口气，搞来搞去，还是神经大条的星忆做了切中要害的事情。她带来的优理，正是多年前连续杀人事件的第一名受害者。

用餐时间，优理眉飞色舞地动着碗筷，不时发出赞叹声。为了她能够正常用餐，宇寒借着学生会的身份便利，去学校后厨取了虚拟的食材。

"优理，你最近有没有遇到什么烦心事？"星忆看准机会，问道。

优理匆忙吞下口中的毛肚："为什么问这个？"

"就是……看你今天社团活动时，总是心不在焉的样子。"不擅长扯谎的星忆强行掰出一个理由。

"哼哼哼……"优理坏笑着凑到星忆身旁，"别装了，你难道不清楚吗？"

星忆被搞得一头雾水，优理继续说道："就是你们班新来的转校生啊！当着大家的面说自己有个秘密，这样的女人不是很奇怪吗？"

宇寒接过了话题："别的班级也知道了吗？"

"差不多全校都知道了吧。"优理若无其事地答道。看来无论到了什么时代，口口相传永远是最高效的信息传输方式。

"优理同学，关于雪鹰的秘密，你有什么看法吗？"田欣看准机会问道。

优理左右看看环境，确认没有人偷听后，向大家做了个手势，压低声音说道："其实直到社团活动前，我一直在偷偷关注她的动向，你们对我有一饭之恩，我就透露一些吧。我注意到，雪鹰从不接受同学给她的零食。"

"也许只是担心发胖吧。"田欣质疑道。

优理摇着食指说："肯定没有那么简单。不能说更多了，我明天会去找雪鹰确认。我猜她是个有特殊爱好的富家大小姐,说不定能有什么值钱的奖赏呢!"

"要我说,你是故弄玄虚吧?"宇寒面带微笑,尝试使用激将法。

"当然不会。"优理非但没有中计,反而露出了自信的笑容,"即便是当刑警的哥哥,也经常赞叹我的推理能力呢!"

一来二去,大家也没能再从优理口中得到有价值的信息。吃饱喝足后,优理风一般地消失了,临走前还大大赞赏了田欣的厨艺。眼看着优理在视野中消失,宇寒问道:"你们有什么看法?"

"要不要盯着她,看看她会和雪鹰说什么?"叶爽提议。

"就我们这点三脚猫功夫,还是算了。"宇寒叹气道,"且不论优理,雪鹰学姐可不是一般人物。"

"按照历史,优理会在明天下午,从教学楼的天台上跳楼身亡。"星忆提议,"我们可以守住天台的入口,阻止她。"

宇寒反驳道:"我们的目的是完美通关游戏,而不是救下谁。这样做有什么意义吗?"

星忆为难地看看田欣,田欣立刻接过话茬:"看优理今天的样子,绝不是会轻易自杀的性格。如果她还是选择跳楼,那就一定与雪鹰的秘密有关。我想,这正是完成游戏的关键一步。"

星忆感激地连连点头,大家也没有提出反对意见。最后商议的结果,明天下午由翕然和叶爽负责盯住优理,田欣和星忆负责守住天台入口,宇寒通过学生会提前组织救援工作。

那张纸条依然留在田欣的裤兜里,讨论期间田欣一直紧紧握着,以至于手掌上满是汗水。

写下那张纸条的人,就藏在同伴中。田欣不想去怀疑谁,但又不敢相信谁。

看准机会，田欣溜出了基地，同伴们大都回房间休息了，没有人注意到他去秘密赴约。

距离九点还有些时间。夜晚的校园静得出奇，没了吵闹的同学们，空旷的校园仿佛再次与行星衰败的景象融为了一体。保安在值班室里打着呵欠，田欣几乎是大摇大摆地走进了校园。

深夜走在教学楼悠长的走廊里，听着脚步的回响，田欣总有一种在做坏事的感觉。他回想着同学间口口相传的各种或惊悚或搞笑的传说，不知不觉已来到了教室门前。推开门，一阵凉风吹来，夹带着行星特有的干涩黄土味道。

"你来啦。"雪鹰坐在窗台上，发梢和长裙在夜风中柔和地翻舞着。月光打在她的侧脸上，好似一幅细腻的油彩。"感谢你接受了邀请。"

恍然间，田欣再次回想起了与向日葵的过去。那一夜，同样是在无人的校园里，向日葵向他讲述了"学姐的秘密"。

田欣点点头，尽量保持着冷静地问："我来了。你想对我说什么？"

雪鹰微微一笑。"想和我们的计算机天才探讨一些问题。"她直视着田欣的双眼，"你对增强现实技术怎么看？"

田欣心头一惊，雪鹰居然主动提了增强现实技术。或许这次与她的密会，正是揭开谜底的关键。他字斟句酌地答道："我想，除了游戏或游乐场外，不会有更多的用途了吧！"

"哦？为什么这么讲？"

"增强现实只能在认知上做加法，无法做减法，这个原理限制了它的应用。即便可以通过心理盲点等手段达到某些效果，用户想要区分'增强现实'，总能做得到。举个例子，假设站在你面前的我实际是增强现实影像，这时你递给我一支笔——"田欣顺手拿起了讲台上的磁性笔,"自然,身为虚拟影像的我是无法接过这支笔的,它会掉在地上。"

"很棒的说明。"雪鹰自窗台上一跃而下,在课桌间踱着步子。"你有没有想过,想骗过你,其实有更简单的方法?"见田欣皱着眉头,她继续说道:"让你无法拿到真实的笔就好了。只要增强现实做得足够精细,身在其中的你是无法区分的。"

"想找到漏洞有很多方法。"田欣反驳道,"我可以不选择一支笔,而是一瓶水。如果我始终无法拿到真正的水,尽管通过屏蔽神经信号可以让我不产生'渴'的感觉,但身体的脱水却是不可避免的。正是因为'虚拟'和'现实'可以互动,增强现实在原理上与'缸中之脑'有着本质的区别,这决定了它总可以被识别。"

"确实如此呢。"雪鹰点点头,"我们可以换一种说法,只要做得足够精细,想要在一定时间内骗过你,总是能做到的。"

田欣得意地笑笑,他早就料到了对方会这样讲:"想要识别增强现实,有更简单的方法不是吗?"

这个方法,每一位对增强现实技术熟悉的人都心知肚明。也正是因此,尽管遇到了雪鹰学姐变成向日葵这种事,大家却没有过度恐慌。田欣取出手机,打开拍照程序,对准了雪鹰学姐——

"增强现实只对人脑有效,而对仪器设备无效,不是吗?"

雪鹰是通过刺激大脑产生的虚拟影像,不可能被光学镜头捕捉,这是十分简单的物理原理。

所以当田欣在手机屏幕上看到雪鹰的影像时,险些惊掉了下巴。

"这……"田欣熄灭屏幕,又再次打开,雪鹰依然完美地呈现在画框中。他移开镜头,屏幕上映出的教室同样是装修好的样子，现实中灰色的底漆完全不见了踪迹。

"无论何种设备，最终都需要把结果反馈给人。因此，增强现实自然可以篡改设备测量的结果，只需让人这样认为就好了。"雪鹰走到田欣身旁，看着手机屏幕，意味深长地笑笑。

那一刻，田欣在脑中闪过了即将到来的"防沉浸时间"。多亏还有这张王牌，否则就只有停止游戏一条路了。

雪鹰拍拍他的肩膀，笑道："终于可以进入正题了呢，请跟我来。"

田欣偷偷地看看时间，距离"防沉浸时间"还有半个小时。

在雪鹰的带领下，两人走出教学楼，一路来到多媒体教学楼的顶层。推开通往楼顶的木门，田欣方才发觉本次的目的地——位于多媒体教学楼顶层的天文台。

深夜的天文台安静得仿佛一座古堡，大大小小几十只小型望远镜陈列在柜子中。雪鹰开启电脑熟练地操作着，天文台的穹顶渐渐开启一道缝隙，大型望远镜伴随着机械的马达声探出头去。她又打开了望远镜的内置CCD和投影仪，三维的星空影像随即投射在了房间狭小的空间中。雪鹰不停转动着望远镜的方向，同时微微调整焦距，星空的全息投影随她的动作不停变换。

"就是这里了。"雪鹰为望远镜装上滤光用的偏振片，按下回车键，星空图顿时变得明亮起来。田欣眯起眼睛，待瞳孔适应光亮后，他看到了被扭曲成糖稀状的恒星外层，难以计数的等离子体如同翻滚的海潮一般，向着遥远的奇点奔去。

"看到了吗？这是一颗太初黑洞，此刻距离它到达恒星核心，只剩下了十年左右的时间。"雪鹰讲解道。在雪鹰的时代，太初黑洞距离毁灭恒星还有二十年之久，看样子程序读取了系统时间，并修改了角色的说辞。"可是直到它能够被光学设备观测，地面的引力探测装置依然毫无反应。你不觉得很奇怪吗?"

田欣摇摇头,他已经完全向这位学姐缴械投降了。

"太初黑洞撞上恒星核心的概率是十的负二十五次方,十亿亿亿分之一。"雪鹰伸手触摸着恒星的全息影像,"这并不是自然现象。通过空间曲率引导太初黑洞,已经不是不可能的事情了。能够定向发射的太初黑洞,便是一颗最为锋利的子弹。"

这场灾难也许是人为的,星球上的每个人都设想过这种可能性。

"奥杜尔已经被证明了没有什么价值,我并不认为毁了它能给谁带来多大好处。"田欣说出了居民们心照不宣的答案。

"你刚才也提到了,人类对现实的认知,无非两个手段:通过自己的感官,或者通过仪器。"雪鹰将双臂挽在胸前,"增强现实的第一阶段,是骗过人的感官,让大脑产生现实中并不存在的感官体验。"

田欣的大脑飞速运转着,突然间,他捕捉到了雪鹰想要传达的信息——

"第二阶段,便是骗过仪器。诚然,与'缸中之脑'不同,增强现实总有识破的方法;但如果能做到同时欺骗感官和仪器,那么被发现的概率便是微乎其微。例如这颗太初黑洞,如果骗过引力探测器,再通过欺骗大脑让观测者无法通过光学设备侦测,除了直接撞上去,还有什么方法识破它吗?"

田欣半晌才挤出一句话来:"做到这一步代价很高吧,有什么理由非要发展这种不能回本的技术不可呢?"

"如果应用场景局限在游戏或游乐场里,确实没有价值。"雪鹰笑笑,"但在战争中,就不同了。"

一股恶寒顺着田欣的脊柱蹿了上来,雪鹰继续说道:"星际时代,战争消耗的资源已是难以计量。一颗反物质爆弹的成本,能买下两颗奥杜尔级别的行星。这种情况下,自然希望它能够一击命中。如果能借用增强现实技术,干扰对方的感知和设备,命中率就会大幅提高。第二阶段的增强现实技术确实成本高昂,但和战争的成本比起来,已是微乎其微。"

"你是想说,地面的引力探测装置没能探测到太初黑洞,是因为增强现实吗?"

"正是如此。"雪鹰露出赞许的笑容,"这颗星球经历的一切,不过是某些人的星际武器实验罢了。引导太初黑洞摧毁恒星是一次实验,通过增强现实干扰设备使其无法被发现,同样是实验的一部分。"

换言之,这颗行星上居民的性命,都不过是实验品、小白鼠罢了。

田欣闭上眼睛,深吸一口气。尽管雪鹰的说辞令他受到了不小的震撼,但他并没有忘记此行的目的。看看时间,距离十点只剩下不足两分钟了。

"为什么告诉我这些?"田欣语气平淡地问道。

"这个校园里,有一些知道了真相的同学,他们的生命无一例外地都在遭受着威胁。"雪鹰的语气渐渐严肃起来,而田欣的视线,一秒钟也没有从她的身上移开。"田欣同学,我希望你能够保护——"

审判时刻到来。如同破碎的梦境一般,雪鹰在一瞬间不见了踪影。墙壁失去光洁,露出丑陋的灰色底漆;望远镜也停止了工作,如同风化的石像一般,孤零零地指向夜空。

田欣打开手机的照明,认真检查了房间内的每一个角落。理所当然地,完全不见雪鹰的踪影。他自嘲般地笑了笑,踱着步子离开了天文台。

第六章　骚　动

清晨，田欣被隆隆的机车声吵醒了。时间刚刚六点半，气凝胶墙壁的隔音效果不好，能隐约听到隔壁叶爽的鼾声。田欣摸过眼镜戴上，用凉水冲了一把脸，摇晃着身子走出房间。早起的宇寒和翕然正在晨风中舒展身体，星忆穿着睡衣走出房间，头发乱蓬蓬的。

几秒钟后，一辆银灰色的燃油机车停在男女生房屋中间的空地上，默默老师跃下机车，驼色风衣轻轻摆动着。她摘下头盔挂在车把上，甩甩长发，疑惑地看着学生们：

"还没到上学时间，你们不多休息一会儿吗？"

"老师，你到底去哪儿了？"星忆双手叉腰，嗔怪道，"担心死我们了。"

"抱歉，本想联系你们，奈何手机在这里没有信号。有面包吗？"默默老师抓起一瓶水，径直向房间内走去。

五分钟后，田欣把熟睡的叶爽从被窝中拎了出来，大家聚在女生房间的大厅，默默老师坐在了正中的位置上。

"我去了东面的城镇，那里是我长大的地方。"默默老师咬了一口凉面包，"这所学校建在高地，没有小型飞行器，从地面走要花些时间。"

"老师，您想要煎蛋吗？"翕然温柔地问道。

"多谢，要单面熟。"默默老师摆了个OK的手势，继续说道，"那里有好多撤离时没来得及带走的物资，我找到了临时住处，还给机车加满了油。可惜没有食物能吃了，我只带了水。"

"至少晚上要回来吧！"星忆叹了口气，"要不是宇寒拦着，我都跑出去找您了。"

"不好意思啦，同学们。"默默老师双手合十，"实在不习惯集体生活，那边又有无数房间可以随便使用。"

谈话间，翕然为默默老师端来了热气腾腾的煎蛋三明治，并告知大家早饭正在准备。

"雪鹰学姐变成了向日葵的样子，老师你怎么想？"宇寒问道。

"我就是为了这件事去的城镇。"默默老师干脆利落地答道，"雪鹰变成向日葵的样子，只有两种可能性：是你们干的，或者不是。"

大家都没有作声，老师继续推理道：

"如果是你们谁的恶作剧，我认为可以放着不管。"默默老师一面吃三明治一面说着，"因为你们的目的是完成游戏，我就睁一只眼闭一只眼了。"

如果默默老师看到了星忆捡到的纸条，大概就不会这么想了吧！

"但如果不是你们，事情就比较麻烦了。校园清理过一遍，那位老兄既然没有藏在这里，就只能藏在附近的城镇了。"

"可是，生物探测器显示那里并没有人啊！"星忆不解道，"有必要特意跑一趟吗？"

"'人'确实不可能有，但如果是'人工智能'呢？"老师淡淡地反问道。

"您发现什么了吗？"田欣皱了皱眉。就在昨天，叶爽做出过相同的推理，还试图制作武器防身。

"城区里有人生活过的痕迹，可惜无法判断是什么时候留下的。"默默老师耸耸肩，吞下最后一口早饭，"我还找到了其他的东西，谁跟我走一趟？"

十分钟后，田欣匆匆吃过早饭，坐上了默默老师的机车，与她一同飞驰向远处的城镇。他认为心思缜密的宇寒更适合这种工作，但大家投票时却一致选了他。通往城镇的盘山路几年来无人整修，布满了沟沟壑壑；默默老师将机车开足了马力，车身如同过山车一般猛烈地颠簸着。

"哇——"冲下一个陡坡时，田欣险些被抛了出去。

"抓好了，男子汉！"默默老师笑道，随即再次开大了油门。

抵达城镇时，田欣大口喘着粗气。后半程他紧紧抱住了默默老师的腰，成熟女人的香气不时撩拨着他的神经，但过山车一般的体验却让他完全无暇享受。默默老师看看时间，自言自语道："七点四十分，刚刚好。"

"这里会有什么吗？"田欣问道。

"跟我来。"默默老师推开面前锈迹斑斑的铁门，田欣方才注意到，墙边落满灰尘的牌子上写着"警察局"三个大字。

田欣紧跟着默默老师的步伐，穿过了好似办公室的大开间，这里堆满了废弃的家具，散落的纸质资料已老化发黄。声控灯感知到脚步声，忽闪了两下，终于彻底休息了。一路来到地下，默默老师在一扇不锈钢推拉门前停住了脚步。门上的尘土被擦拭掉了，看来她昨天来过这里。

"就是这儿了。"默默老师拽住把手用力一拉，金属门缓缓移开了沉重的身体。映入眼帘的是大大小小布满一面墙壁的显示器，交错闪烁着不同的画面。

"这里是城市监控系统的中控室吗？"田欣惊讶地走到操作台前，移动鼠标拖拽着画面，"十多年过去了，居然还有能源。"

"城市地下的核聚变供电中心还在工作，坚持个上百年问题不大——如果星球不毁灭的话。"默默老师淡淡地答道。

田欣扫视着一幅又一幅的监控画面，理所当然地，画面中看不到人影。"您想给我看什么？"他问道。

默默老师拿过鼠标，麻利地调节着视野范围。田欣顺着她的指示看去，在学校山丘的底部，陆陆续续的人影魔术一般地凭空出现，他们或沉默不语，或谈笑风生，有些骑着电动单车，好像刚刚从城镇中走来一般。田欣盯着屏幕看了好久，也没有找到雪鹰——或者说向日葵——的身影。

"看来游戏的区域到此为止了，毕竟计算NPC们和城镇建筑的互动，要比学校难上几个数量级。"田欣自言自语着，"这样也好，只需要关注校内就好了。"

"你不觉得奇怪吗？"默默老师眉头紧皱，"学生们是AR影像吧，怎么会被监控摄像拍下来呢？"

"监控摄像并没有拍到任何东西，是游戏让我们认为它拍到了。"

之后，田欣将昨晚刚刚在雪鹰那里学到的，增强现实欺骗设备的知识讲述了一遍。他自己都没有想到，雪鹰的理论这么快再次得到了证实。为了瞒好昨天密会的事情，他最后补充了一句："我经常关注科技新闻，看到过类似的报道。"

默默老师若有所思地点点头："难怪，昨天看到时吓坏我了。要知道那些学生中有不少是我的朋友，现在还有联系，那一刻真是见了鬼的感觉。"

这也是默默老师不想留在游戏中的原因吧，那里甚至有过去的她自己,田欣暗想。他漫无目的地拉动着影像,不经意间,屏幕一黑,继而映出了一片模模糊糊的空间。他匆忙调高亮度和对比度,却看到一张张钛合金的座椅整齐地排列着,纳米细丝编织的薄膜型防护网包围出一个球形的区域,其中还能看到绿色的太空植物在成长。

"这里是……轨道上的无重力球场吗?"田欣吃了一惊。

默默老师立即凑了上来,盯着屏幕看了半响,没有作声。

"天啊,原来游戏区域也包括这里!"田欣不由感慨道。年久失修,球场应当是一副破败不堪的样子,但屏幕中的设施显然经过了增强现实的润色。就在这时,一道黑影在镜头前一闪而过,田欣想了想,问道:"球场上的人工智能设施还在运作吗?"

"也许吧!"默默老师叹气道,"太阳能设置还在运作,撑到现在也不稀奇。"

"雪鹰在校一周期间,球场有没有使用过?"田欣追问道。

默默老师摇摇头:"因为成本太高,除了比赛都不会用到。"

田欣没有再说什么。他将画面调回地面,继续注视着上学的人群。直到上课铃声响起,他也没有看到雪鹰的身影。

默默老师将田欣送回了基地,路上她劝说学生们也可以搬来城镇居住,田欣只得推托回去会和同伴们商量。这么远的路,每天的通勤都是个问题。

时间已是第一节课过半,田欣索性慢悠悠地向教学楼走去。学校的监控系统可进行人脸识别,翘课或迟到的学生会被自动记录下来,在期末扣掉相应的学分,因此校园里并没有四处巡视的教师。但即便身在游戏中,田欣还是产生了一丝负罪感。

"田欣同学,是吗?"

正当田欣神游之际,一个陌生的声音叫住了他。回头看去,一位身材瘦小的男生正站在身后,锐利的眼睛仿佛猎鹰一般打量着他。

"我是学生会会长,许洋。"见田欣没有反应,矮个子男生自顾自地推进了话题,"你是宇寒的朋友吗?"

田欣点点头。许洋环视四周,继续说道:"这里不太方便,可以借一步说话吗?"他随后补充道:"反正,看样子你也翘课了。"

田欣甚至一句话都没有说,就被许洋拉到了位于多媒体教学楼的学生会办公室。一路上许洋步子很快,神色严肃,一言不发,搞得田欣很是不自在。学生会办公室有一间教室左右的大小,靠窗放着一张深棕色的木桌,房间正中是茶几和沙发,两侧的书架上堆满了文件。许洋请田欣坐下后,亲手端上了茶具。

"水烧开还需要几分钟,不介意的话,我们就喝普洱?"

"随意。"田欣坐在沙发上,偷偷瞥着茶几上的资料夹,"学生会会长不需要上课吗?"

"职务之便,我可以免予考勤。"许洋笑着说,"这算滥用职权吗?"

田欣抿嘴一笑,许洋的幽默令他放松了些。

一番熟练的茶道操作后,许洋端上了一杯红得透亮的茶水。

"我就开门见山吧。"许洋也为自己倒上一杯,"最近,你有没有注意到宇寒有奇怪的举动?"

田欣摇头。

"我一向认为宇寒是一位品行良好的学生会干部。然而,昨天发生了一起欺凌事件,虽然没有直接的证据,但我认为就是他干的。"田欣默默听着,许洋不疾不徐地继续说了下去,"昨天中午,大概是十一点的时候,有一名女同学被反锁在体育仓库里长达两个小时。有人说,曾看到宇寒和那名女同学一起进入了仓库。"

"你有没有问过那名女生?她自己怎么说?"田欣思考片刻,问道。

"她一口咬定,自己根本没有去过。"许洋扶扶眼镜,"更离奇的是,当丢失的钥匙终于被找到后,仓库内却空无一人。"

田欣挠头道:"会不会,最初的发现者自己看错了?"

"不会,因为那名发现她被反锁的人,就是我。"许洋给出了惊人的信息,"我隔着仓库的门和她进行了简短的谈话,之后便去找钥匙了。"

田欣努力地回忆着:昨天中午十一点前后恰好是体育课的时间,他却没有在操场上看到宇寒。从时间上推算,宇寒完全有可能"作案"。

"抱歉,我无法提供有价值的信息。"田欣答复道,"但我会密切关注宇寒的动向,学生会干部欺凌女同学,太恶劣了。当然我希望这一切并没有发生。"

"体育仓库有后窗,想跳窗逃走也不困难。但这样一来,就证实了那名女生受到了宇寒的胁迫,不敢说真话。如果你肯帮忙,那真是不胜感激。"许洋帮田欣满上了茶杯。

田欣注视着水面上自己的倒影,问道:"方便告诉我那位女同学的名字吗?"

"她叫默默,与你同级。"

许洋大方地说出了那个名字。

看准课间休息的间隙,田欣混在人群中回到了教室。

"回来了?那边怎样?"正在座位上玩手机的宇寒若无其事

地问道。

田欣将在城镇的见闻讲述了一遍,其间他一直注视着宇寒的表情,对方却没有露出丝毫破绽。小默默的膝盖受伤了,她因为渐冻症作祟本就不擅长活动,从体育仓库的窗户跳下,自然会受伤。这一切都是宇寒干的吗?他的目的又是什么?

听过田欣的故事,宇寒陷入沉思。许久,他说道:"照理说,雪鹰学姐不会在游戏中设置无用的场景,球场一定会发挥作用才对。"

田欣耸耸肩问:"学校这边有什么事情发生吗?"

"要说有的话,那就是雪鹰迟到了。"宇寒笑笑,"她快下课了才走进教室。"

就在这时,叶爽和星忆气喘吁吁地跑了进来。

"我去找优理确认了。"星忆双手扶住桌子,小声说道,"她一早就去见了雪鹰,但发生了什么,却守口如瓶。"

"我编了个理由,死缠烂打地要求看了监控……"一路跟着星忆跑来,叶爽很明显体力不支了,"确实有那么几秒钟,拍到了优理和雪鹰在一起。"

谈话期间,翕然也从一群女生中间走了出来。她摘下耳机,小声说道:"雪鹰刚才自己提到,早上去见了一个文学社的女生。"

多方证据表明,雪鹰迟到的理由是去和优理密会了。难道优理真的发现了"学姐的秘密"?上课铃声响起,带着无数的疑问,田欣坐回了座位。

学校的午休从十一点半开始，下午一点半上第一节课。吃过午饭后，同学们大都回教室休息，有些会去社团教室或者操场。向日葵小队的五人都绷紧了神经，按照他们对这段历史的了解，今天下午会出现连续杀人事件的第一名死者。

因为那张纸条，田欣和星忆心中的紧张要更甚一分。

用餐期间，田欣以调查为由，开始了独自行动。他从窗口打好饭菜，径直向着一早看好的位置走去。

"一个人吗？"田欣自顾自地放下托盘，问候坐在对面的女生。正在玩手机的女生吓了一跳，匆忙抬起头来："你是……田欣同学？"

田欣微微一笑："你好，默默同学。"

在有待调查的事项中，田欣将许洋的委托放在了最优先的位置上。只要没有搞清这件事，他就无法停止对宇寒的怀疑，下午的行动将会在猜忌中举步维艰。他看到小默默桌面上只放了一杯可可牛奶，问道："怎么，在节食吗？"

"不好意思，今天肠胃不太舒服……"小默默脸颊微微泛红。

田欣吃下两口蔬菜沙拉，清清嗓子，切入了正题："昨天，你被锁在体育仓库里了吧？"

小默默吃了一惊，双手不由自主地捂住了嘴。田欣将这个动作当作了她的默认，继续说道："我听到了一些不好的传闻。我和宇寒那家伙算是老交情了，如果真的是他干的，我会帮你狠狠教训他。"

小默默低下头，犹豫了好久，说道："其实……大家误会了。我原本是请宇寒帮忙搬东西的，放下器材后，他就离开了。我正在仓库里整理物品，门却突然关上了。"

田欣皱皱眉头："怎么回事？"

"我当时蹲在角落里，可能是路过的老师或同学顺手带上了吧。"

"那你为什么不把话说清楚？"

"这种事情……越描越黑吧。"小默默不自然地蜷着膝盖，"我在想，等事情自己过去就好了。"

如果确实如小默默所言是场误会，宇寒就不过是帮忙搬了东西而已。但从小默默的表现来看，她似乎隐瞒了什么。不过现阶段，看样子也问不出更多的信息了。

"也许我有些多管闲事了……"田欣拿起托盘上的纸杯蛋糕，"食堂的蛋糕做得不错，应该很好消化。只喝牛奶反而会刺激肠胃。"

"啊，不，不必了！"小默默匆忙摆手，她站起身来，"我还和朋友有约，多谢关心了！"

说罢，她便飞也似的消失在人群中。直到离开，桌面上的可可牛奶都没有动过一口。田欣伸手取过来啜饮一口，还热腾腾的，嘴里满是可可的香气。

十二点过后，餐厅里人少了许多。昨晚优理说过自己是二年级四班的学生，田欣决定在她身上寻找突破口。他原本准备先去二年级的教室，如果找不到优理就去文学社碰碰运气，没承想还没离开餐厅，便瞥见了优理的身影。她站在餐厅二层通往教学楼的通道上，好像在等什么人。田欣找了一个靠门的位置坐下，装出一副在玩手机的样子，默默注视着优理的动向。

同学们渐渐离开了餐厅，取餐窗口也关了灯，胖墩墩的清扫机器人已经开始了工作。就在这时，一名男生从教学楼一侧走向优理，田欣一眼便认出了那个矮瘦的身影——学生会会长许洋。

优理同许洋打了招呼，两人谈了几句。听不到声音，田欣只得通过两人的表情和动作猜测。最初只是普通的谈话，渐渐地，优理的情绪激动起来，不停摆动着小臂。许洋不为所动地说了两句，优理用力一跺脚，向着教学楼跑去。

糟了！

田欣立即行动起来。他飞也似的冲向楼梯口，三步并作两步地跳下一楼，险些撞翻一台推着清洁车的机器人。冲出餐厅后，他顾不上灼烧的肺部，径直向教学楼冲去。餐厅二层通往教学楼的通道已年久失修，作为AR影像的同学们可以若无其事地走在上面，人类踩上去可就危险了，所以他必须绕远路。

上到二楼，田欣并没有去往优理所在的四班，而是继续向上攀登。优理会去哪里，他心里大概有了数：优理原本的跳楼时间是在下午，但谁也无法保证，这次游戏中的时间不会提前！

三层再向上便是天台，冲到楼梯顶层时，田欣的双腿已酸痛发麻。在他的正前方，许洋站在通往天台的门前，将钥匙拔出厚重铜锁的锁孔。

"田欣？"看到气喘吁吁的田欣，许洋波澜不惊的面孔上浮现出一丝惊讶。

"你……你在干什么？"田欣顾不上伪装，匆忙问道。

"这里的电磁锁不好用了，经常有同学用蛮力开门后，躲在天台上吸烟。"许洋亮出手中的钥匙，"所以我加了一把锁。"

"刚才有个女生和你在一起吧，她去哪里了？"

田欣此刻决定，即便用武力，也要从许洋手中夺过钥匙。可许洋却不慌不忙地走到他身边，微笑道："你看到了？抱歉，那不是你想象的告白。二楼有一间空教室，她想借来用用，我一开始拒绝了，所以她很生气。"说罢，他拍拍田欣的肩膀："不过后来我想，那里没什么重要物品，原则也不必太强了。现在她应该在那里吧。"

目送许洋离开后,田欣匆忙赶往二层。空教室在三班和四班之间,原本是教师的办公室,后来教师们统一搬去了另一座楼,这里便成了杂物间。

田欣趴在门口,偷偷向里面看去。窗外的树木很是茂盛,透过射入的阳光,他看到房间里堆满了缺胳膊少腿的桌椅,还有一些残缺不全的教具。优理正坐在一张皮椅上,悠闲地看着一本纸质书。她的神情十分淡然,完全不像刚刚吵过架的样子。

"哟,你怎么跑到二层来了?"

突然有人拍了田欣的后背,吓得他一个激灵。田欣匆忙转过身去,看到雪鹰正带着一脸坏笑,学着他的样子向教室里看去。

"嗯,嗯,原来你喜欢的是这种类型。"雪鹰一面偷窥着优理,一面连连点头。

"你怎么也来这里了?"田欣干脆放弃了辩解,反问道。

"我也是来看优理的。"雪鹰笑笑,"吃惊吗?"

田欣想起优理早上同雪鹰的密会,但他并不认为雪鹰会如实相告,于是点点头,应付了过去。雪鹰凑到他的面前,招招手,继而对他小声耳语道:

"优理就是知道了那个秘密的同学之一,你要保护好她哦!"

前史一　没有终点的长跑

阳光直射在塑胶跑道上，燥热感透过跑鞋刺激着星忆的脚底，空气中满溢着汗水的味道。几名同学围坐在跑道旁，不时喊着加油。

"最后一圈！"

叶爽举起旗子，木然的表情好似一座雕塑。星忆轻微调整呼吸，逐渐加快了步频。她很想回头看看，但此刻一丝一毫都不能松懈。那个人一定紧跟在身后，稍有不慎，就会被反超。

最后两百米，星忆加快到了极限速度。胸口火烧一般地痛着，她却听不到自己的呼吸声，反而是那个人的呼吸声近在耳旁。星忆俯下身子，用尽最后的力气向前一跃——

哨声响起，星忆领先一步冲过终点。衣服已被汗水浸透，她踉跄着走了几步，最终疲惫地仰倒在草地上。

"恭喜你，又赢了。"叶爽为星忆递来一瓶水，呆板的脸一点都不像在祝贺。

"啊……还是跑不赢星忆啊！"向日葵将毛巾披在脖颈上，若无其事地接过叶爽递来的水。每次看到向日葵跑完后轻松的样子，星忆都在怀疑她是不是根本没有用出全力。

"我赢了多少？"星忆看着天空问道。

"一点三秒。"向日葵代替叶爽回答。

星忆没有作声。上次比试,她领先了一点七秒,向日葵再一次缩小了差距。必须进一步加大训练量了,星忆在心中暗想。

因为这是一场不能输的比赛。

热水透过花洒淋在头上,水珠顺着皮肤滑下。星忆透过镜子看看自己的身体,围上浴巾走出浴室。身为一名运动员,她拥有矫健的四肢,恰到好处的身材,小腹上甚至隐约能看到腹肌;但作为恰逢花季的少女,却总免不了为自己的样子自卑。

但星忆此刻却无暇自怜,她有着更加重要的事情要做。冲过淋浴后的一小时是她的"黄金时间"。

星忆打开电脑,将手指放在键盘上。

"翔子,来决一胜负吧!"

索菲娅驾驶的卡奥斯降落在训练场上,挡住了翔子的去路。喷气口的余热尚未散去,细碎的沙砾被卷向半空。

"还不死心吗?"翔子毫不畏惧地站在三十五米高的钢铁巨人前方,小声嘟囔着,"真麻烦。"

翔子和索菲娅是星忆小说中的两位主角,为了新奇感,她特意采用了日本和西方的人名。卡奥斯是架空的人形机甲战士,从真空的狄拉克海中吸收能量作为动力。星忆可不敢将这个设定讲给叶爽听,估计那个男人会花上两个小时,为她指出科学常识上的错误吧。

索菲娅紧张地环视四周,比赛开始后的三分钟里,她打光了一半的弹药,而翔子只是一味躲闪。

十秒钟前,翔子更是在一群障碍物间不见了踪影。

太空训练场地中遍布着碎石,高速运动时一个不慎就会令机体重伤,即便对方没有进攻也会被判定为失败。索菲娅停在原地,将机枪挺在胸前,通过瞄准器扫描着场地的每一个角落。

冷静,索菲娅,冷静。她在心里不停对自己说着。重要的是去了解对手。想想看,如果自己是她,会怎么办?

索菲娅调整着呼吸,令躁动的心脏平复下来。她迄今为止已与翔子有过八十三次交锋,无一胜绩。但即便如此,她也已经对那个女人有了十分的了解。

如果我是翔子……

猛然间,索菲娅扣响了扳机。105毫米的练习用橡胶弹雨点般喷射而出,顷刻间贯穿了正前方的石块掩体,弹壳和碎石四下飞溅。

后方空空如也,翔子并不在那里。

"判断过于简单。动作全是破绽。开场不足五分钟就打光了弹药,这完全就是新手的水平。"对讲器中传来了翔子冰一般的声音,"无论多少次,你都不可能战胜我。"

翔子驾驶的深红色卡奥斯鬼魅一般地出现在索菲娅身后,机甲手中的光剑仿佛沸腾的熔岩一般,毫不留情地在索菲娅的机甲上撕开一道裂口。

"那不是激光!"某次聚会时,叶爽气愤地对着一群科幻迷大喊大叫,"你随便打开一支激光笔看看,侧面有散射吗?我都说过很多次了,那是用'8'字形强磁场束缚的高温等离子体!而且早就被科学家做出来了!只不过由于实用性太差,军队不肯投资量产罢了。"

"啊——真是够了!"

星忆用力地一拍桌子,将鼠标丢在一旁。好在父母没在家中,否则又短不了一通训斥。她苦恼地揪着头发,难得的写作时间,却总无法控制地想起叶爽那个傻瓜。她努力平复下心情,看看字数统计,今天已经更新了小几千字,翔子和索菲娅的故事也渐渐进入了高潮。

照这个速度,应当赶得上。

星忆检查了一遍错别字,便将今天的内容上传到了网络空间。这是一个适合新人上手的网络连载平台,她在这里的ID叫作"看星星的猫"。

按下回车键,星忆双手抱膝,在旋转座椅上蜷作一团。新章节上传的一小时内是读者们反馈的高峰期,那种既期待又紧张的感觉,是只属于创作者的苦恼与幸福。

叮咚的提示音响起,显示着各类留言的全息对话框纷纷弹了出来,又在几秒钟内渐次消失。

"哇,猫猫终于更新了!"

"支持翔子。"

"为什么结尾处战斗没有结束啊,作者也学坏了吗?"

多是些点赞的内容,不到十分钟便积攒了百余条——星忆目前的粉丝还不算多,这个留言数已经相当可观了。但她依旧一动不动地蜷在座椅上,等待着她想看到的那条留言。

又过了大约五分钟,提示框中弹出了名为"Zonnebloemen"的头像。星忆匆忙展开身子,点击鼠标关闭了全息对话框的弹出,将留言显示在屏幕上:

"打斗的描写有提升,作为连载作品,水平足够了。然而,索菲娅一定要战胜翔子的理由是什么?处理好这里的情绪点,是作品成功的关键。"

连载之初,这位读者每次更新都会留言,以独特的角度为作品提出建议。后来星忆在现实世界结识了她,名为向日葵的奇怪女同学。

"因为索菲娅不愿意服输……不可以吗?"星忆回复。为了体恤新人作者,这里的对话只有留言者和作者可以看到。几分钟后,向日葵发来了回复:

"作品的关键在于翔子与索菲娅二人的关系,'不服输'只是表面,必须挖掘角色更深层的心理,才能使角色的情感更加强烈,故事更加动人。"

向日葵的建议总是直来直去,切中要害。

是啊,索菲娅为什么要不停地挑战远强于自己的翔子呢?

渐渐地,星忆的思绪乱了,她又一次地将现实代入了作品。向日葵为什么一定要坚持和自己比试长跑呢?想找个"记录员"的话,优秀的人才多得是吧?

从意难平的深海中爬上来的时候,星忆发现自己居然挂着泪花。她匆忙回复了"谢谢",便一头钻进了被窝。明天无重力橄榄球队有一场重要的练习赛,必须保存好体力。

十分钟后,横竖睡不着的星忆从床上爬了起来,打开电脑,将作品中所有的"光剑"修改为了"等离子剑"。

每次进入无重力环境,星忆都感到自己仿佛长了翅膀。有朋友开玩笑说,她天生就是宇宙的孩子。

更衣室里气氛凝重,平日里谈笑风生的队员们此刻全都一言不发。这也难怪,校方不知搭错了哪根筋,请来了星区排行前三的队伍来打练习赛,所有人都清楚,今天会输得很难看。而星忆却没有沉浸在必败的压抑气氛中,她匆忙换上队服,再次检查了腰间的压缩空气罐——在无重力橄榄球比赛中,压缩空气是克敌制胜的法宝。一切准备就绪后，星忆悄悄地溜出了更衣室。

无重力球场位于行星的同步轨道上，从更衣室到外围有几百米的距离，如果对无重力环境不够熟悉，就必须借助来往其间的机器人移动。星忆对于悬浮移动早已轻车熟路，但为了保存体力，她还是抓住一只圆滚滚的机器人，一路来到了紧急出口处。在那里，向日葵正等着她。

"哟，英雄！"向日葵远远地挥着手臂。自从某次比赛射入制胜球以来，总会有人对星忆以"英雄"相称，尽管她并不喜欢。

"不要揶揄我了……"星忆叹口气。

"大方些，你毕竟是球队的王牌啊！"向日葵一面说着，一面将一只大袋子丢入星忆的怀中。星忆的双眼一下子亮了起来，迅速掏出一管牙膏状的物品，上面写着"Godiva"。

"我最喜欢的巧克力！太谢谢了！"星忆激动地叫了出来。适合无重力环境的零食并不好买到，可她偏偏嗜甜如命。平日里球队训练很严格，一来二去，便只得拜托向日葵帮忙购买。

向日葵笑了笑道："总吃高热量食品，不担心长胖吗？"

"我马上就会参加高强度的比赛！热量很快会消耗掉的……大概。"

星忆狼吞虎咽地吃下了"赛前甜点"，向日葵在一旁只是默契地看着。吃下最后一块巧克力，星忆低着头，小声问道："你看到对手的积分了吗？"

"53星区前三，今年很有冲冠潜力。"向日葵如同背诵课文一般说出了对方的情报。

"你觉得我们的胜算如何？"

"这还用说吗？输定了。"

尽管早已是心知肚明的事情，但从别人的口中听到，星忆还是感到一阵无力。她撕开饮料的包装，慵懒地靠在墙壁上："你这么一说，还真是没干劲了。"

"未必哦，虽然输定了，但你也不是无事可做。"向日葵俏皮地笑笑。她凑到星忆近旁，耳语了几句。那是教练下辈子都不可能想出的，破天荒的战术。一面听向日葵说着，星忆的双眼渐渐回复了神采。

"……真有你的，我尽力吧。"

"加油吧，英雄！"

"我说向日葵……"又一次短暂的沉默后，星忆说出了藏在心底的疑问，"为什么一定要我来做你的记录员呢？即便你自己来写，也……"

"因为看星星的猫只有一只。"向日葵若无其事地答道。

"七次了，你还从没赢过。"

"怎么？想让我用别的方法吗？"向日葵一下子来了兴趣，"例如，我去勾引叶爽，将他抢走——这样来威胁你？"

星忆一下子乱了阵脚，脸颊涨得通红，险些将手中的食品袋抛出去。向日葵却乐得大笑起来。"哈哈哈，你太可爱了。"她捏捏星忆的脸颊，"在长跑中胜过你，你就加入我的计划，挑战次数不限。最初是这么约定的，那就执行到底吧，因为这样比较有趣嘛！"

星忆赌气般地抵抵向日葵的额头，便转身赶回了更衣室。距离开赛只有十分钟了。

那一刻，星忆做出了决定，她会竭尽所能地赢下去。

球场上响彻啦啦队的助威声，距离比赛结束还剩三分钟，主队0∶15落后。面对如此强劲的对手，她们顽强防守了接近八十分钟，对方只获得了两次达阵和一次射门的机会。

赛前，星忆将向日葵的想法讲给了教练和队友们，意外地获得了大家的赞同。

"不错嘛，就这么干吧！"嗜酒的教练老师豪爽地笑笑，在他的理念里，学生参加体育运动的主要目的就是开心。

按照赛前确定的战术，身为前锋的星忆至今没有一次像样的进攻，只是参与了几次防守。因此，临近比赛结束，她的体力依然十分充沛。

敌方的前锋再次持球进攻了，即便是久经锤炼的强者，此刻也露出了疲态。队长比画出一个手势，六名队员一齐围了上去，其余则悄悄地聚集到星忆身边。

负责防守的队友们开启了最后的压缩空气，六人仿佛飞舞的定向导弹一般，从不同角度向着对方的前锋包夹。前锋犹豫片刻，一个急刹车，将球从防守队员的间隙中传了出来。

星忆终于等到了这一刻。

她开启压缩空气，迅速提高速度，几乎分毫不差地将球拦截了下来。对方见状，立即调整阵型，摆出防守态势。

星忆此刻位于自己的后场，距离对方的球门还有超过一百码的距离。与地表的橄榄球赛不同，这里是球形的无重力场地，必须一口气突破对方在三维空间的重重阻隔。在无重力球场的移动方式有两种，借助空间中间隔十米、以立方状均匀排布的"落脚点"，或是使用压缩空气。但压缩空气的储量十分有限，大概只够穿越场地一次。何时使用压缩空气，是球赛最大的看点之一。

星忆开始进攻了。她十分清楚，这将是一次单刀赴会，不可能得到队友们的帮助。

第一名防守队员，星忆操作压缩空气一个急刹车，以近乎直角的角度过掉了。对方四名前锋包夹上来,她匆忙调整方向,以一道颀长的弧线绕开了对手。

"注意,她有不止一罐压缩空气!"对方的队长大喊着。

如果只借助自己的压缩空气,一定会在到达球门前全部用光。因此,五名队友将自己的压缩空气全部交给了星忆。对方只注意到了这边的收缩防守,却没有意识到,近乎一半的队员一直在节约使用压缩空气。因此,即便临近比赛结束,星忆还是集齐了六罐压缩空气。

球门越来越近了,对方剩余的六名队员全部集中在球门前方。星忆此刻可以选择射门,但这样一来战术就全盘失败了,况且射门也很有可能被拦截下来。

星忆深吸一口气,想象着索菲娅面对翔子的画面。

实力差距太大,不可能取胜。既然如此,那至少要做到让对方尊重自己。

给予对方漂亮的一击,然后不带遗憾地输掉。

星忆将剩余的三罐压缩空气同时打开。三倍的速度,三倍的身体负担。即便是职业队员,这也是非常冒险的战术。

第一人擒抱,低头闪过。

第二人、第三人,绕着 S 形过掉。

突然间,星忆感到腰部的负重变大了,对方后卫最终还是抱住了她。速度减慢后,又有两名后卫从身后拉住了星忆的腿,她的速度几乎降为零,而此刻距离球门只剩下了不足五码的距离。

结束了吗?

不!

星忆将所剩无几的压缩空气一齐打开,身体再次获得了前进的速度。在无重力场地中,队员们的碰撞严格遵循动量守恒原理。其余防守队员匆忙赶来,想在到达球门前阻止她。

"我不会输的!"

星忆用力蹬腿,一名防守队员连同运动鞋一同飞了出去,而她也因此再次获得了向前的速度。哨声响起,星忆艰难地取得了一次达阵,主队全场唯一一次。

观众们沸腾了,而筋疲力尽的星忆,几乎是被队友们拖着离开了赛场。

"结束了。"翔子看着索菲娅被贯穿的机体,冷冷地说道。几秒钟后,系统就会宣告她的第八十四次胜利。翔子松了口气,她不得不承认,这一次,索菲娅将她逼到了极限。

然而系统的提示音并未响起。

胸部被贯穿的索菲娅并没有停止行动,损坏的卡奥斯手臂向后方扭转,牢牢钳住了翔子机甲的腿部。

翔子吃了一惊,这时,通信器中传来索菲娅的声音:

"我不可能在运动战中捕捉到你,这一点我比任何人都要清楚。"索菲娅喘着粗气,"所以我唯一的机会,就是你击中我的瞬间!"

索菲娅的另一条机械臂拔出光剑,反手向着翔子刺去。翔子紧紧咬住嘴唇——在短短几秒的时间内,她不可能挣脱索菲娅的束缚。

场地上亮起了"DRAW"的提示,翔子击穿了索菲娅的胸甲,对方却削掉了她的左臂。两人的第八十四场战斗,以平局收场。

写完两人的战斗场景,星忆长长地出了一口气。白天比赛的疲劳还未散去,肩膀酸酸的。今天完成的字数不多,没有必要上传。她思来想去，给向日葵发去了邮件：

"深挖索菲娅的心理好难啊！"

说来奇怪，与向日葵面对面的时候，星忆从来问不出关于小说的问题。看来即便到了宇宙世纪，网络依然能够帮助人们保持舒适的距离感。少顷，"Zonnebloemen"回复道：

"不妨换个角度想想，翔子为什么一定要接受索菲娅的挑战呢？"

星忆半躺在电脑椅上，将双腿跷在桌上。在她的故事里，翔子是天才，是佼佼者，与作者是身处两个世界的存在。这样的角色应当怎样带入呢？就在这时，"Zonnebloemen"的头像又闪了起来：

"照现在的进度，应该可以赶在截稿前完结。怎么样，要参赛吗？"

星忆心头一颤。向日葵所言的"比赛"是网站每年的固定活动，所有连载到一定字数的作品都可以参赛。但是与网络连载不同，一旦参赛，作品就要接受专业评委的点评和打分，他们一眼就能看穿作品的不足，尖锐地提出批评。这意味着星忆再也不能躲在自己的小温室了，她担心心中那朵羸弱的幼苗，会在风吹雨淋中死去。于是她把自己扔在床上，蜷作一团。

如果换作向日葵，一定会笑着说"很有趣啊"，然后不顾一切地参赛吧。那才是强者应当有的姿态。

不知不觉间，星忆回想起了与向日葵的相遇。那天她刚刚打完了一场地面模拟赛，满身汗水地走回更衣室。向日葵立在狭长的走廊里，冷不防地说道：

"你就是星忆吧？可不可以借一步说话？"

向日葵在学校算是名人了，星忆完全不想和这类人物扯上关系。她装作为难的样子，看着路过的队友，说道："我今天不太方便，要不换个时间，或者就在这里说？"

星忆原以为向日葵能听出弦外之音，没承想她却凑到耳旁，说出了那句改变自己命运轨迹的话：

"我倒是没关系，但对你不太好吧，看星星的猫？"

几分钟后，星忆推着向日葵来到了体育馆无人问津的角落，涨红着脸问道：

"谁告诉你的？"

"想调查很简单啊！"

星忆感到一阵天旋地转。文学创作者是敏感而脆弱的，星忆作为学校无重力橄榄球队的主力，却做着与自己反差这么大的事情，更是不想让别人知道。她特意选择了保密功能最完善的网站，使用了全新的ID，从不在学校提及此事，甚至不会在学校打开网页。她认为不可能有人知道这个秘密——包括叶爽。不过星忆转念一想，向日葵可是把贪腐的公务员办掉的狠角色，自己在她面前还不是弱鸡一只？

"说吧，你想怎样？"星忆万念俱灰地问。

"想请你帮忙喽！"向日葵轻描淡写地回应，"难得你有文字才华，正好我有个很棒的计划，想请你来做记录。"

"哈？"

向日葵瞪大了眼睛，一副不可思议的表情："怎么？不愿意吗？我们的事迹将来一定会被当作传奇的。"

"找我就为了这个？"

向日葵点点头。

"抱歉。"星忆毫不犹豫地答道，"我没有兴趣，麻烦你找别人吧。"

怀着无比忐忑的心情，星忆转身准备离开。只要向日葵说出那句话……

"等一下！"向日葵叫住了她。

星忆不由自主地握紧了拳头。果然，要来了吗？

"你看这样如何？"向日葵晃动着食指，"你很擅长运动吧，只要我在长跑中赢了你，你就加入。长跑距离由你来决定。"

"哈？"在短短的几分钟内，这个女人第二次让星忆目瞪口呆。

"不过要有一个附加条件。毕竟我不比你那么专业，你要允许我一直挑战下去。"

星忆惊讶得说不出话来，向日葵却自顾自地说了下去："就这么定啦！不如今天先赛一场？我看你也有些累了，就跑个三千如何？你去休息一下吧，我在操场等你。"

说罢，她便向操场跑去。

"等……等等！"星忆一把拉住了疯癫癫的向日葵，"我还没答应吧！你急着去操场干什么？"

"这不是明摆着吗？"向日葵微微皱眉，"你刚训练完，我先去跑个五千，再比赛才公平吧！"

那天与向日葵的比赛，星忆领先了半圈以上。

晚上泡在浴盆里，星忆不禁回想起向日葵的脱线行为。同学间都传言和她扯上关系没有好事，真的如此吗？向日葵只要用写小说的事情威胁一句，自己一定会乖乖就范。然而她没有。非但如此，那个家伙甚至还对比赛的公平性斤斤计较。

睡前星忆打开电脑，查看读者的留言。点开收件箱，里面有一封来自"Zonnebloemen"的未读邮件。这位读者在连载之初就在与星忆互动，两人早已成了好友。点开邮件，上面只写了一句话：

"今天的比赛很有趣,期待明天哦!"

比赛?今天?

难道说……

星忆连忙将"Zonnebloemen"这个陌生的词条输入搜索引擎,屏幕上赫然出现了三个大字:

向日葵。

橄榄球练习赛后的第二天,星忆的心情一团糟,昨天胜利的喜悦早已被抛到了九霄云外。放学后,她愤怒地推开了家门,将运动鞋踢落在门口,一头扎进了自己的房间。冲过淋浴后,心情依然没有平复,于是星忆打开电脑,给向日葵发了信息:

"把翔子和索菲娅设定为情敌,你觉得如何?甚至可以更夸张一点,有个男人曾经爱着翔子,却为了保护索菲娅牺牲了。"

点下发送键,星忆扯过一条浴巾,习惯性地将身体蜷成一团。愤怒过后,是深深的无力感。每当紧张、焦虑、悲伤时,她都喜欢做这个动作,好似这样可以保护自己一般。

早上,星忆同往常一样来到学校,教室里却不见了叶爽的身影。想到叶爽时不时会去附近的高校旁听,她便没有在意。午休期间,星忆习惯性地跑去社区超市买冷饮,路过一间咖啡店时,远远地看到了叶爽坐在靠窗的位置上,正对面是一位看上去像是大学生的女人。那个女人有着长长的黑发,穿着恰到好处的碎花衬衫、若即若离的凉拖;星忆匆忙放慢脚步,躲在附近一棵树后观察着两人。

那天午后的太阳很毒,不消片刻星忆的汗水便浸透了衬衫,好在两人没有聊太久便一起走了出来。女大学生将叶爽领至一辆纯白的飞空跑车前,叶爽为她打开驾驶席的车门,自己坐在了后座。

星忆呆呆地杵在原地,直到上课铃响才匆匆赶了回去。午饭没来得及吃,一下午都在浑浑噩噩中度过了。

蜷在电脑椅上,星忆依然心乱如麻,想到最多的居然是那次比赛,她的射门正好穿过护网的破洞,砸中了叶爽的头。星忆咻咻地笑了出来,擦擦眼角,却带着泪水。

就在这时,"Zonnebloemen"发来了回复:

"情感动机倒是足够了,但前文缺少铺垫,十分突兀。如果你一定要这么写,现有的章节都需要大改。"

这样的话,比赛一定来不及。要不干脆放弃吧。星忆盯着屏幕,不知如何是好。突然间,手机响了起来,向日葵通过手机发来了信息:

"要不要跑两圈?"

向日葵总是这样,小说的问题只会通过网络发送,生活琐事一律使用手机,泾渭分明。星忆立即从电脑椅上跳下来,用力擦擦头发,忙不迭地跑出家门。

学校已经关门,两人相约来到了市区的公共体育场。草坪上零星散布着一些打拳或跳舞的大叔大妈,器材区还能看到带着小孩的家长。

"跑多远?"向日葵问道。

"就五千吧。"星忆有些心不在焉地答道。

最初,星忆维持着慢跑的速度,向日葵刻意保持着相同的步调。两圈过后,身体渐渐热了起来,向日葵压低音量对星忆说:

"听说了吗?叶爽要退学了。"

"什么!"

星忆目瞪口呆地看着她,甚至感觉不到脚步的移动。

"咦？你不知道？"向日葵反而吃了一惊，"看你大半天情绪低落，还以为是这事儿呢。"

"到……到底怎么了？"星忆半晌才挤出一个疑问句。

"Heart医疗集团，你知道的吧！"

这是个覆盖了多个星区的大型医疗机构，在医疗资源紧缺的宇宙世纪赚取了巨额利润。叶爽和这家公司也算颇有渊源，他虽然成绩好得吓人，家境却有些困难，上高中后，一直在这家公司领取奖学金。

"我听说，他们认为叶爽早就远远超出了高中生的水平，具备了入职的资格。"向日葵继续说道，"我想叶爽很快就会退学吧，毕竟入职Heart公司是当初领取奖学金的条件。"

那位漂亮的女士并不是什么大学生，而是公司派来的人力资源经理吧。星忆完全乱了阵脚，险些在转弯时崴到脚。一直默默跟在身后的向日葵问：

"你不准备做些什么吗？"

"我……"星忆咬了咬嘴唇，"大人的世界，我能做什么？为了让叶爽留下来，帮他交违约金吗？且不说我没有这个积蓄，叶爽他是怎么想的？入职Heart是很好的机会，我能为了自己耽误他吗？我又是他的什么人呢？"

"办法也不是没有。"向日葵一面跑着，一面说出了惊人的话语，"无论是谁，入职Heart这样的巨型公司，一些流程还是必要的。"看看星忆木讷的表情，向日葵只是笑笑，继续解释道："我的意思是，我们赢下Heart公司每年都要举办的青年课题研究大赛。"

青年课题研究大赛是Heart公司每年都会举办的赛事，参赛者限定为高中生。比赛中选手可以自拟题目进行研究，课题只要与医学有些许关系就好，公司会提供资助。这项比赛难度极高，每年优胜的队伍可以无条件入职 Heart 公司。

尽管不是为了参赛，叶爽已经进行过十几个课题的研究了，每一项都有足够在科研领域发表文章的水平。换言之，只要让叶爽参赛，再随便拿出一项已有的研究成果，他就能名正言顺地获胜并入职。

星忆思考片刻，问道："你想让我在比赛中赢了叶爽？"

"只有这一个办法。当然，我可以帮你。"

之后，向日葵一如既往地，在星忆耳边轻轻耳语着。那是魔法的咒语，能够带来希望的咒语。讲述完毕，向日葵注视着星忆的眼睛，问道："要不要大干一场？"

星忆深吸一口气：

"啊——"

她大叫着冲刺起来。周围健身的居民投来好奇的眼光，但此刻她只想跑得快些、再快些。不一会儿，她追上了一辆单车的速度，车手对着她竖起了大拇指。

根据跑道边的测速仪显示，星忆当晚的单圈速度刷新了本市的纪录。

"搞定！"向日葵移动鼠标，点下了"上传"按钮。她回头看看星忆，带着一如既往的坏笑。

两周来，她们过得肝肠寸断，甚至为了完成课题翘了三天的课，考勤在留级的边缘徘徊。而原本是局外人的向日葵，却毫无怨言地陪着星忆，完成了大部分的工作。

每天早上，叶爽那个笨蛋都会推开教室门，对着星忆没心没肺地咧嘴笑笑，好像没事人一样，搞得星忆很想揍他两拳。但此刻星忆想得更多的却是向日葵，在她心里，长跑比赛的约定早已没了意义。只要刻意在比赛中放个水，或者干脆说一句"我加入，不用比了"，这场闹剧就可以结束。

然而星忆却始终没有这么做，和向日葵的长跑比赛，仿佛成了生活的必修课。

刺耳的警报声在基地回荡，伙伴们只用了三分钟便在广场列队站好。罗教官神色匆匆地走上高台，那张不苟言笑的脸看上去更加沧桑了。

"科学部的预测出了问题，情况十万火急。"罗教官开门见山地说道，"numos在太阳系边缘打开了虫洞，正以亚光速向地球飞来。这比预测早了至少半年。"

一张巨型全息投影屏浮现在半空，映出了太阳系的边缘宙域。空间中凭空出现了一道木星般大小的虫洞，无数被称为numos的怪物扭动着身躯从洞穴中爬了出来。最初见到这种生物时，大家都叫它独角仙；可实际上numos的形态多种多样，除了像独角仙的，还有像蜈蚣的、像鲨鱼的，甚至有一种大型个体怎么看都像是人类的胚胎。

"我们需要为虚空炮紧急充能，然后由大部队护送到至少土星轨道的位置，一举消灭虫洞。"罗教官布置着战术，"然而，根据敌人的移动速度计算，无论如何我们的时间是不够的。"

台下响起议论声，教官清清嗓子，继续说道："因此，需要两个人去拖住敌人的大军，其余人员全部参与虚空炮的护送。"

广场上顿时鸦雀无声，罗教官走到队伍中，看看站在最前方的两名女学员：

"翔子，索菲娅，你们能完成任务吗！"

"遵命！教官！"翔子一个标准的立正。

"保证完成任务！"索菲娅也毫不示弱。

"请问……"负责战术分析的晓霞举起手，"她们需要面对多少 numos 呢？"

罗教官正正衣领，答道：

"根据目前的观测，一百三十五万七千三百四十一只。"

完成了今天的更新量，星忆满意地点点头。她不会再去烦恼翔子与索菲娅的情感了，因为答案已经找到了。她上传了最新的篇章，取过手机给向日葵发了信息，约定明天一早来一次长跑。

翌日清晨，两人一同来到了市郊的山区。昨晚刚刚下过雨，空气里夹带着泥土的气味。

"环境不错嘛！"向日葵换好运动鞋，将背包递给寄存处的大叔，"今天准备跑多远？"

"不限距离，一大早过来，就是想来一次没有终点的长跑。"星忆笑笑，答道。

这大概是星忆第一次看到向日葵吃惊的样子。她像个恶作剧成功的孩子一般，继续解释道："这里的山路不算陡峭，很适合长跑。全程下来大约一百五十公里，我们就这样一直跑下去，直到有一个人坚持不下去为止。"

向日葵露出一如既往的灿烂笑容，说出了那句永远能扫清星忆心头阴霾的话语：

"很有趣嘛！"

最初的三千米，两人基本在并肩前进。盘山路的两旁种满了绿植，阳光间或透过枝叶打在脸上，暖暖的。她们如同商量过一般，全程保持着默契的沉默。

挺过身体的假性疲劳期，星忆的双腿躁动起来。她驱使着小腿上的肌肉开始发力，向日葵逐渐被甩在了身后。然而，她的呼吸声依然清晰。

星忆终于明白了，为什么每一次，无论领先多少，总能够清晰地听到向日葵的呼吸声。因为那个声音并非来自后面，而是来自前方。不是向日葵在追赶自己，而是自己一直在追逐着她的身影。一道可望而不可即的背影。

最初，星忆同其他人一样，认为向日葵是个奇怪的家伙，对她敬而远之。渐渐熟络之后，星忆却发现向日葵简直就是她的另一极，或者说，自己理想中的样子。

索菲娅对翔子也一定抱持着相似的想法吧！

情感的起点是不服输的倔强，然而支持索菲娅屡败屡战的，却是憧憬与向往，一种对自我缺失之物的渴望。

那么翔子对索菲娅又是怎样想的呢？

自己为什么拼了命也不想输给向日葵？

一旦输了，自己就不会被当作目标了吧！

虽然会成为向日葵完成计划的一分子，但在她的心里，自己就没有现在这般重要了吧！

想被她一直追赶，想被她一直重视。

长跑时间已超过两个小时，山林里渐渐燥热起来。而星忆却像是被蛊惑的人偶一般，机械地向前冲刺着，冲向两人的结局——

能量表只剩余百分之一，索菲娅早已忘记自己究竟击杀了多少 numos。机体装甲损毁率高达一半以上，不知从何时起，她再也感觉不到自己在驾驶卡奥斯，那就是她身体的一部分，她会因为它的受损而疼痛，它也会因为她的疲惫而喘息。

不远处，翔子机械一般精准地将又一只怪物砍成碎片。战斗至此已持续了接近十个小时，两人始终一言不发，配合却娴熟得宛如几十年的老搭档。

战斗至身体突破疲劳的极限，索菲娅终于明白了，自己为什么始终追不上翔子的动作。那种人机一体的境界，翔子想必早就达到了吧！

可是突然间，索菲娅看到一只numos在背后突袭翔子，而翔子却毫无反应。

是啊，翔子虽然有如机械一般的强悍，但支撑那份强悍的，不过是十六岁少女柔弱的肉体。

身体在思想之前行动了，索菲娅扳下操作杆，抢先一步挡在了翔子和敌人之间。一阵剧痛袭来，numos尖锐的麟角贯穿了卡奥斯的腹部。

"索菲娅！"

索菲娅还是第一次听到翔子惊慌失措的声音。她忍着剧痛挥动刀子，将numos的尖角斩成两段。

下一瞬间，索菲娅手中的离子剑贯穿了numos的身躯。

难以计数的敌人围了上来，两人维持着背靠背的姿势，准备共同迎接最后的时刻。

就在这时，真空的宇宙中响起一声尖锐的啼哭，好似婴儿的初鸣。numos全部停下了动作，仿佛在等待君主降临的奴仆一般。

巨大的圆球状物体自虫洞中缓缓探出，圆球一侧翻滚着扭曲的混沌，好似婴儿狰狞的五官。那东西就像从母体内分娩的婴儿一般，每一次蠕动，整个空间都随之颤动。

那是numos中最强大的个体"噬星者"，可以独自消灭行星的可怕存在。如果让它通过虫洞，地球将在劫难逃。

"我们怎么办？"索菲娅抽出身体中的尖角，问翔子道。

"你看那东西，是不是它的嘴？"翔子指着混沌中的一个孔洞，问道。

"我想是吧。"

"冲进去，自爆吧。"

"正合我意。"

突然间，一道五彩的光芒照亮了虚空。横截面有如行星一般大小的光束划破寂静，径直射向了虫洞正中。啼哭声愈加尖锐起来，仿佛太阳都在随着它的恸哭而痉挛。

索菲娅和翔子仰视着虚空炮的光芒，巨大的numos在人类最强科技的攻击下，渐渐化作浓稠的血水……

完成了最终章的写作，星忆点击了"提交"按钮。系统闪出提示："您的作品将提交评委，一旦提交，无法撤回或修改。您确定吗？"

她毫不犹豫地选了"确定"。

故事的最后，翔子和索菲娅并肩解决了一次巨大的危机。她们的故事，将会继续下去。而星忆和向日葵的故事，可就远没有这般浪漫了。

冲过六十公里的界限时，两人的体能早已超过极限。步伐跟跄起来，只是一股不能输的劲头，撑着剧痛的肉体在向前挪动。

突然间，星忆摔倒在地。向日葵匆忙冲了过来，却发现出问题的并不是星忆的身体。她左脚上的跑鞋开胶了。

"这算……结束了吗？"确认星忆没有受伤后，向日葵皱着眉头问道。

"啊，结束了。"星忆大字形躺在地上，"不管是跑鞋坏了还是别的，输了就是输了。"

"总觉得有些不尽兴呢。"

"还想跑的话，多远我都奉陪。不过……"

"怎么？"

"回去的出租车，就麻烦你了。"

Heart 公司那边的比赛还前途未卜。不过此时此刻，星忆反而觉得没那么重要了。即便叶爽退学，自己也能继续缠着他，就好像自己会一直缠着向日葵一样。

向日葵裹着浴巾躺在床上，空调的凉风吹下来，身体的疲劳终于缓解了一些。

手机响了起来，来电显示是"叶爽"。

"向日葵吗？"叶爽的声音一如既往的紧张又生硬，"不，从今天开始，该叫你'队长'了吧！"

"哼哼，亏你还记得自己的委托。"

"只要让星忆能鼓起勇气完成作品并参加比赛，我就加入。怎么可能会忘呢。"

"很好，我就是欣赏你这点。星忆的作品我刚刚看过，胜面不大，但应当能收获好评。"

"能够迈出这一步，便已经足够了。"

"其实从中途开始，你加不加入都无所谓了，我只要有星忆就好。"

"那还要谢谢不忘之恩呢。话说回来，我刚刚收到了 Heart 公司的内部消息，即便评委会想让我获胜，他们也一致认为，一等奖必须是你们的。"

"嗯，意料之中。"

"'AR模拟中的无重力橄榄球赛模型'，那种东西怎么做出来的？"

"我自然不可能赢过你，但雪鹰学姐可以。我需要的，只是一名优秀的无重力橄榄球玩家罢了。"

"果然是她拜托你的。"

"我可没这么说。话说回来，事情已告一段落，你还要继续盗用人家的名字给心上人留言吗？"

"故事还没有结束，麻烦再让我用一段时间吧。"

"你们两个啊……算了，晚安，Zonnebloemen先生。"

第七章 坠 落

下午三点四十分，全天的课程结束了，大部分同学离开了教室，少数成绩至上主义者依然趴在桌面上努力着。从下课铃响的那一刻起，向日葵小队就进入了备战状态，最重要的战役即将打响。

宇寒一下课就匆匆跑去了学生会，叶爽和翕然按照计划分别去二年级四班和文学社寻找优理的动向。田欣和星忆对视后轻轻点头，一起走向通往天台的楼梯。

教学楼的层高十分可观，从三层到天台要转过三个弯，爬上总计六十六级的台阶。来到通往天台的铁门前，厚重的铜锁好好地挂在上面。田欣拽了拽铜锁，又用力推了推门，只能开启一道两指宽的缝隙，人是不可能通过的。

星忆打开了手机的群聊功能，上面显示着宇寒的留言：救援物品已准备就绪，但出现一点小问题，你们谁到教学楼前来一下？

荒废的行星上自然没有通信卫星和基站在工作，这是一种模仿步话机的功能，有效范围在一千米以内。校园内的通信尚可维持，想要联系城里的默默老师就做不到了。

"你去一趟吧，这里有我守着就好。"星忆提议。

"可是……"田欣双手比画出一个矩形，示意那张纸条的事情。

"相较而言,这里是最安全的地方,不是吗?因为根本不会有人来。"星忆宽慰道,"而且我和优理最熟,是阻止她自杀的最佳人选。"

田欣犹豫片刻,留下一句多多小心,便匆忙赶到了楼下。其间手机两次震动,叶爽和翕然都没有发现目标。教学楼前人不多,同学们大都去了社团教室,田欣很容易便找到了宇寒。他拉着一辆金属推车,上面堆满了花花绿绿的橡胶垫子,四只压缩罐立在一侧。

"这些是我一早准备好的气垫,尽管不是防摔用的,这个高度跳下来,应该不至于摔死。气瓶全装好了减压阀,充满只需二十秒。但我来到现场才发现了问题。"宇寒皱着眉头,指指教学楼的顶部,"天台是矩形的,除去连接餐厅的南侧,要三个人才可以兼顾。我们根本不知道她会从哪里跳下来啊。"

"南侧不需要看守吗?"

"那一侧有通往餐厅的天桥,为了防止高空坠物,砌了很高的防护墙,其余三侧则出于美观考虑,没有加装。"

田欣顺着宇寒的指引看去,教学楼天台的南侧确实多出了一些雕花的装饰,没想到它们还发挥着防护墙的作用。他们目前所在的位置,即教学楼西侧空间最大,从这里跳楼能被最多人看到;但大家都猜不透优理为何要自杀,更不知道她会从哪边跳下来了。田欣想了想,提议道:"这边需要三个人,让叶爽过来如何?优理就算回了教室,去往天台也会被星忆拦住。"

宇寒先是发信息询问了大家的情况,三人不约而同地汇报说一切正常。之后他提议叶爽一起来楼下,两分钟后,便看到叶爽扭动着魁梧但缺乏运动的身体跑了下来。

"有些怪啊!"一见到两人,叶爽便匆忙说道,"我赶到二年级四班时,班上的学生说优理半分钟前刚刚离开。宇寒和翕然走在我前面,教学楼又只有一道楼梯,按理说应当能碰到她才对。"

"会不会通过天桥去了餐厅?"田欣猜测道。

"餐厅不准备晚饭,从下午起通往天桥的门就是关闭的。我昨天就试过了。"宇寒否定了他的想法。

叶爽叹了口气:"优理没有守到,倒是遇见了另一位熟人。"

宇寒皱皱眉问:"谁?"

"雪鹰学姐,她向我打了招呼,还寒暄了几句。"

两人讨论期间,一股异样的感觉刺激着田欣的神经。两天来发生的林林总总闪过脑海,既然优理没在教室,又不可能走出教学楼,那么就只有……

"啊!快看!"

叶爽一声惊叫打断了田欣的思考。他匆忙抬头看去,原本空荡荡的天台上凭空出现了一个身影,黄色碎花连衣裙无力地搭在身上,麻花辫在风中摇摆着。尽管距离有些远,他还是一眼就认出了那个人是优理。

视野中的优理淡然地看着远方,慢慢向天台边缘走去。

"就在这边,快,还来得及!"宇寒大喊一声,拉起推车向着教学楼正下方赶去。紧随其后的叶爽扯下一张垫子,熟练地插入气阀,橡胶垫迅速膨胀了起来。他一面拉着垫子,一面对着愣在原地的田欣喊道:"快来帮忙啊!你在发什么呆!"

田欣一言不发地指指上方,叶爽后退几步,顺着他的手指看去,顿时呆住了——

星忆出现在了天台上,她用力地拉住优理的手臂,嘴里不停地说着什么。

"笨蛋!快下来!"叶爽声嘶力竭地大声喊道,但高台之上的星忆却毫无反应。只见优理奋力挣脱了星忆的手臂,向着天台另一侧跑去。

叶爽二话不说,拔起步子向着教学楼的东侧跑去,田欣和宇寒匆忙跟在了后面。三人奔跑期间,田欣也没忘记关注他们的联络群,只有星忆留下一条语音,翕然那边还是没有反馈。

这大概是田欣这辈子最卖命的一次冲刺,然而即便如此,他们也还是没能赶上。就在他们转过第二个转角时,不远处传来了一声闷响,紧接着是第二声。

谁都能猜到发生了什么,但谁都没有说出口,只是默不作声地在树丛中寻找着。不一会儿,田欣突然看到叶爽双腿一软跪倒在地上,他匆忙赶到好友身边,却发现他居然在抽搐地笑着——

星忆的尸体趴在草地上,小臂处满是树枝的刮痕,一道血液顺着后脑淌下,浸润着阴暗的土地,染红了视野。在她的一侧,优理的尸体以扭曲的姿势倒在地上。

警车开进校园,几名警察草草检查了现场后,便得出了自杀的结论。想必游戏对玩家进行了特殊设置吧,警察只是带走了优理的尸体,对同时遇害的星忆却视而不见——即便系统设置了互动,虚拟的警察也不可能将真实的尸体带走。

案发后,翕然接到宇寒的通知,匆匆赶了过来。她对尸体进行了简单的处理后,对大家说:

"我们应当尽快将星忆的身体放进密封舱,充入惰性气体,再发射到太空冷冻保存。尽管她的呼吸已经停止,但如果能够送去大医院的话,说不定能够通过替换身体器官救活。所以现在最关键的,就是通过低温保存好大脑。"

翕然刻意没有使用"尸体"一词。宇寒咬住嘴唇,强作冷静地说道:"翕然、田欣,我们去把游戏停止吧。星忆被害了,不管有什么理由,都不应该把游戏继续下去。"

宇寒找来担架,与叶爽两人抬着星忆的尸体,在翕然的引导下离开现场,暂时安放在一旁。叶爽对着星忆的尸体发呆,他和星忆相互暗恋了三年,两人之间的情愫是其他人无法比拟的,应当留给他们一些独处的时间。这里毕竟是荒芜的废弃行星,比起一味地陷入悲伤,不如尽快关闭游戏,脱离险境。

宇寒、田欣与翕然,三人来到放置了游戏主机的保险箱前,田欣按下按钮,地下发出微弱的隆隆声,军绿色的保险箱缓缓升起,好似从冬眠中苏醒的甲虫。大家依次录入虹膜信息,保险箱发出一声清脆的放气声,液氮循环制冷机停止了工作,为了防止箱体短时间内结满水汽,在开启前,系统花了些时间注入惰性的氮气。几分钟后,回升到室温的保险箱咔吧一声打开了。氮气枪顷刻间便将空气中的雾气一扫而光,可进入三人视野的,却是保险箱空空如也的内胆。

游戏主机不见了踪影,有人先一步开启了保险箱取走了它,同时也夺走了"关闭游戏"这个选项。

即便一向冷静的宇寒,也愣了半晌,才支支吾吾地问道:"你们两人,有没有录入过虹膜信息?我记得田欣说过,系统有记忆功能。"

田欣摇摇头,翕然甚至表示从未接近过这里。宇寒叹口气:"这不是又见鬼了吗?且不说默默老师根本不在这里,录入虹膜信息的不会是叶爽和遇害的星忆吧!"

纠结下去也没个结论,三人匆忙返回了教学楼东侧,却发现叶爽和星忆的尸体一起不见了。田欣打开手机,看到叶爽留言说已经回了基地,方才想起群里还有星忆的一条留言。点击播放后，扬声器中传出了星忆气喘吁吁的声音：

"发现优理了，我这就去制止她！"

优理去往天台了？看上去弱不禁风的她怎样越过星忆的阻拦去往天台的？她手里有钥匙吗？星忆又怎么可能在她进入天台很久后才匆忙赶到？

田欣的大脑里塞满了疑问，但疲惫的精神已经不允许他继续思考了。

就在这时，不远处传来了隆隆的巨响，三人匆忙走到空地，却看到一艘太空船正喷射出淡紫色的等离子体，呼啸着飞向大气层的外围。这一刻田欣方才想起，自己借给叶爽的太空船钥匙，至今也忘了要回。

赶回基地，众人发现叶爽并没有离开。他孤独地站在土丘上，抬头眺望着天穹，好似一尊灵魂被抽走的石像。

"叶爽！你到底在干什么！"宇寒厉声质问。

叶爽缓缓转过身来，风沙和泪水在脸上混成了暗黄的泥渍。"我把星忆装进了密封舱，充好惰性气体，发射到太空去了。"他用少了音调的语气解释道。

"你知道自己在做什么吗？"宇寒一把揪住他的衣领，"我们现在应当立即联系默默老师，逃离这里！现在只剩下了一艘太空船，根本坐不下我们所有人啊！"

"逃离？"叶爽的嘴角露出一丝冷笑，"和凶手一起逃离吗？"

空气顿时凝固，众人一言不发，叶爽抓住宇寒的手臂推开。他取出手机，展示出一个界面："放心吧，我做好了匹配，只要通过我的手机发送信号，老田的太空船就会降落回来。"说罢，他将手机装回衣兜，又取出了另一艘太空船的钥匙，"这把钥匙也放在我这里。在捉到凶手前，谁都不能离开，我可不想在船上被杀。"

翕然走上前去,劝说道:"叶爽你冷静点,我们有两艘船吧?每艘船最多坐三人。你和星忆在一起,再选一位你最信任的人,不可能每个人都是凶手吧!"

"你们刚才去关闭游戏了吧?"叶爽抛回了一个问题,他看看周围断续离校的学生们,"既然游戏还在进行,那就证明,主机被人拿走了。开启保险箱至少需要三个人的信息,好吧,我就假设星忆她稀里糊涂地被骗着录入了信息,这么一来,凶手也至少还有两人。四选二,这可是一半的概率。"

宇寒拉住女友的手,示意她不要再说下去了。之后,他盯着叶爽的眼睛,用平静但力度十足的语调说道:"你说得不无道理,但我们的担心是同样的。照现在的情形看,我们很难彼此信任了。默默老师不在,今晚我会住进翕然的房间,你自己看着办吧。"说罢,他看着田欣说道:"马上要天黑了,明天一早,辛苦你去城里把默默老师叫回来吧,星忆遇难,我们需要她的帮助。"

田欣一言不发地点点头。他插入裤兜的手中,依然握着那张满是褶皱的纸条。

田欣一如既往地准备了简单的晚餐,然而大家显然都没有胃口。叶爽一早就不见了踪影,翕然早早回到房间,宇寒在门口守了一会儿,抱起被褥住进了女生的房间。

夜晚,校园里已一片沉寂,看准时间,田欣再次溜进了校园。他先是来到空置的保险箱处,制冷与氮气喷淋早已停止了工作,远远看去就像厚重的棺木。田欣取出准备好的棉质手套,伸入箱体摸了摸,又在地上捡起一块拳头大的石头,对着内部用力砸去。石头与金属外壁碰撞,发出清脆的声响,很快又归为沉寂。

证实了主机确实没有留在此处,田欣无奈地叹口气。这段时间里,他想到也许是另一个增强现实令主机在保险箱内不可见,但基于增强现实只能做加法的原理,那不过是寻找注意力的盲区而已,不可能这么折腾都无法察觉。看样子没有必要等待"防沉浸时间"了,田欣合上保险箱的盖子,快步向教学楼后侧走去。

在缺少照明的夜晚,茂密的树林显得愈加阴冷。田欣打开强光手电,向着记忆中的位置走去。不一会儿,他便找到了蹲坐在那里的叶爽,大个子男人双手抱膝蜷作一团,目光呆滞地凝视着地面。田欣一言不发地走到他身边坐下,土地上的血迹早已干涸,化作与尘土无异的硬块。

时间一分一秒地流逝着,叶爽同样沉默不语,时不时抬起头看看腕表。秒针指向"0",晚上十点了,"防沉浸时间"再次到来。叶爽猛地抬头看去,地面上依然空空如也;他手忙脚乱地取出手机,一个没抓稳掉在地上。田欣捡起手机递到他手中,叶爽打开一个程序,屏幕上显示出星忆安详的脸,好似熟睡中的婴儿。

那一刻,叶爽的泪如决堤般地流下。田欣抱住他的肩膀,在一旁默默地陪着。他清楚,叶爽心里还抱有最后一丝希望:或许星忆的死亡现场也好,尸体也好,都不过是增强现实,是虚幻的;然而"防沉浸时间"的到来,令这仅存的一丝希望也化作了泡影。星忆遇害了,她的尸体此刻正飘浮在冰冷的太空。

不知过了多久,叶爽平静下来。田欣从裤兜里翻找了一番,取出一张纸条,确认后递到他手里。叶爽展开看了看,问道:"这是什么?"

"昨天早上,星忆在房间里找到的。"

田欣原本以为叶爽会大怒,可他只是将脸埋在臂弯里,无力地嘟囔着:"她为什么不告诉我呢……"

"你的脑子确实比我好使,但遇到这种事,你沉得住气吗?"田欣叹气道,"星忆只是捡到了这张纸条,又不是谁特意写给她的。如果你搞得动静太大,岂不是打草惊蛇了?"

"看来还是因为我靠不住啊……"叶爽还是没有抬起头来。

田欣没有理会好友的自怨自艾,继续说道:"宇寒和翕然对你已经很大度了,换位思考的话,任何人都能说出你那套说辞。可他们默许了让你持有太空船的钥匙,这证明,他们至少没有当你是凶手。"

叶爽缓缓抬起头来,许久,问道:"那我该怀疑谁?你吗,还是默默老师?"

"与其用这种道德困境折磨自己……"田欣站起身来,拍拍裤子上的泥土和干草,"不如先做一些力所能及的事情。"他低头看着好友问道:"一起来吗?"

五分钟后,两人再次爬到了天台的入口前。

在游戏中,许洋为通向天台的门装上了铜锁,但实际情况如何呢?如果现实中的门只需稍加用力就可以推开,那么星忆就可以跑上天台,发生的事情也有了合理的解释。

铁门同样喷涂了暗灰色的底漆,没了显眼的金色铜锁,靠着天花板上刚刚装好的马达控制开闭。田欣向内一拉,由于马达与天花板的固定处有些许松动,确实能拉开一道两指宽的缝隙;他用力地拽门,又关上门踹了几脚,门跟着晃动了几下,却完全不见脱落的迹象。

"至少,想要一个人靠蛮力打开是做不到的。"田欣揉了揉酸痛的手腕。

"工程机器人呢?"

"全都躺在仓库里，我一早检查过了。"

叶爽一屁股坐在楼梯上。"现在我们掌握了两个矛盾的事实，不可能有人打开这道铁门去往天台，我们却在天台上看到了星忆和优理。"

田欣点头道："那么就只有一个解释，我们看到的并不是她们本人，而是增强现实。"

叶爽用力地揪着头发，刚刚从激烈的情绪中平复下来，脑细胞还不肯好好工作。少顷，他说道："确实，这和雪鹰学姐的'变脸'不同。那时的天台上没有同学，不与谁互动，也就很难露出破绽。"

"对增强现实影像而言，穿过铁门也完全不成问题。因为它们并不真实存在，只是我们认为存在罢了。"田欣补充道。

叶爽抽抽鼻子，拼命压制住再次涌上来的心绪："我只能想到一种可能性，星忆是在别处跌落的，落点恰好也在那里。从星忆落地到被我们发现中间有一段空白时间，只需解除增强现实，就实现了真实尸体与虚拟尸体的互换。增强现实影像不可能将真人从楼上推下来，凶手混在了增强现实里，欺骗了我们所有人。"

没有找到决定性的线索，两人悻悻地离开了教学楼。路上，田欣瞥见一个黑影，在体育馆附近的阴影里一闪而过。尽管只是短暂的一瞬间，他还是立即认出了黑影的真实身份。

"你怎么了？"叶爽发觉了好友的异常，问道。

"没什么，快些回去休息吧。"田欣转过身去，头也不回地向校门外走去。

第八章 密 谈

"躺好了，不要动。"

田欣睁开模糊的睡眼，看到默默老师不知何时站在了他的床前，手中拿着一只手机大小的仪器，将针状的探测头插入他的指尖。他刚刚做了一个噩梦，梦里星忆一个人被关在太空船舱里，不停地拍打着、呼喊着，他却听不到声音，也无法触及。

"不错，身体状态良好，从激素水平判断，心理应当也没有太大问题。"默默老师扭头看着隔壁的方向，"那边的大个子，五羟色胺没达标。"

田欣记起，默默老师手中的设备是 Heart 公司最新推出的健康测试仪，只需少量的指血就能检测上百种成分，方便快捷，价格不菲。他撑起身子，发现自己只穿着内衣，于是匆忙披上外套，问道：

"老师你知道星忆的事了？"

"翕然都告诉我了。"默默老师将测试仪装回收纳袋，"发生了凶杀案，这是我的失职。"

十分钟后，众人再次聚集在女生房间的大厅里。翕然递过一杯水，默默老师只是抿了一口，便放在了茶几上。

"我就直截了当地说吧，我不赞成留在这里。"默默老师挽着手臂，面色阴沉。"你们只是学生，发生了命案，这应当是警察的事情。"

"最近的星区距离这里有三光年,仅仅为了回到奥杜尔,我们几乎都花光了积蓄。"宇寒立即回答道,"并且这里已经被判定为高危星域,我们不认为会有警察愿意为了一名女学生过来调查。"

叶爽感激地看着宇寒,补充道:"尽管我们并不想互相怀疑,但不能就这样放过凶手,星忆和向日葵也不会答应。"

默默老师叹口气,转换了话题:"游戏主机丢了吧,想要让咱们的脑子收到信号,有效距离是多少?"

"纳米机器与主机的通信借助了量子纠缠态,理论上的距离是无穷。"叶爽给出了令人沮丧的答案,"当然,实际应用中由于受到各类因素影响,还是越近越好。"

"你们那台机器要好好运行,首先需要电力供应,其次需要良好的制冷,满足这两个条件的地方并不多。"默默老师补充道,"这件事交给我吧,一旦发现,我会立即关闭游戏。不需要你们的同意,这是我身为校方代表的权力。"

同学们先后点头表示了理解。叶爽盯着默默老师握在手里的小盒子,问道:"老师,您的健康测试仪,能给我用一下吗?"

默默老师撇了手中的仪器一眼,便递到了叶爽手里。大个子男人解释道:"我在Heart公司实习,很熟悉它的构造。只要稍加改造,就可以用它来检测咱们体内的纳米机器。"

田欣问道:"你还是怀疑存在第二重增强现实吗?"

"这是目前最合理的解释。"叶爽答道,"我只是个理工宅,不是什么侦探;与其去找线索,或者进行什么推理,倒不如做些我擅长的事情。只要我们体内检测出其他型号的纳米机器,就证明了无论是雪鹰学姐变成向日葵,还是星忆的遇难,都是另一重增强现实在作怪。"

田欣点点头,对大家说道:"历史上,连续杀人事件还有四位受害者,试着在他们身上找突破口吧。"

"默默老师还不熟悉吧,我来解释一下。"宇寒流利地讲述着,"一位叫克劳斯,英裔男生,学生会干部,我从第一天起就在盯着他,没有发现异常。在连续杀人事件中,他在参加深井探索课程时被害。另一位是叫作艾晗的女生,二年级五班的学生,成绩不错,没参加社团。她被锁在了体育仓库里,凶手放火烧死了她。"

"我去打听过了,艾晗在同学之间有不好的传言,说她用恶劣的手段报复和她有过节的同学。"翕然顿了顿,"据说,她用了慢性的神经毒素。"

默默老师叹气道:"这样的学生什么时代都少不了,因为科技的发展,原本小小的恶都会被无限放大。"

"最后两位是无重力橄榄球队的双胞胎主力,文江和文山,原本计划由星忆接近的。"宇寒继续讲解着,"不提这些了,我在学生会比较便利,今天由我去摸摸底吧!"

"橄榄球队?我以为咱们学校长期以来都只有女队呢。"叶爽感慨道。

"由于队员不好凑,星区很长一段时间都是男女混合打比赛,无重力环境中男女的体能差异没太大影响。直到四年前,男女队才分开。"默默老师进行了科普,"这些人的遇害顺序是怎样的?"

"现实中,第一位死者就是优理。"宇寒十指交叉放在胸前,"然后是克劳斯,艾晗和双胞胎兄弟在同一天遇害。"

"找主机的同时,我会盯紧那个英国学生。"默默老师说罢,起身戴上单车头盔,"我今晚搬回来住,现在就去拿行李。"

看上去,默默老师的心情相当糟糕。

时间还早,一旦静下来,田欣的脑子里便会涌出各种各样的想法。他早早来到学校,留下叶爽一个人对着工具和电路板努力。

他要去赴一场重要的约会。

校园里有些早到的同学,大部分是去操场晨练的,还有一些坐在石椅上晨读。田欣独自来到了空荡荡的多媒体教学楼,几位早到的教师与他擦肩而过,他们个顶个的神色慌张,两名学生刚刚跳楼丧生,想必校方也背负了不小的压力。

田欣一路来到楼顶上,天文台孤零零地矗立着,好似一座冰冷的坟墓。走进天文台,雪鹰果然等在那里。

"多谢你如期赴约。"雪鹰坐在台阶上,微微一笑。

田欣将手指间夹的纸条在雪鹰面前摆摆,上面用潇洒的行楷写着一行小字:明早七点,老地方等你。

"你什么时候将这东西塞进我课桌的?"田欣问道。

"你猜呢?"

田欣没有追问下去,他扯过一把钢管椅坐下,注视着雪鹰的双眼,说道:"昨天的事,你都知道了吧。"

"我提醒过你,会有人针对优理。"雪鹰丝毫没有逃避田欣的视线,"不过星忆是个意外,我真的没有想到,她居然会冲上天台。"

田欣皱眉道:"你都看到了?"

雪鹰点点头:"事发前我正要离开教学楼,看到星忆急匆匆地从天台方向跑了下来。我猜她原本想在那里守着优理吧,一定是趁着这个间隙，优理躲开她去了天台。离开教学楼后，我看到许多同学在仰着头围观，那时两人已经在上面拉扯起来了。"

按照雪鹰的说明，星忆曾经离开过天台入口，优理正是趁着这个间隙去到天台的。铁门钥匙在学生会长许洋手里，也许优理要了些手段从他那里搞到，又或者许洋和她本就是同谋关系。之后，星忆发现了真相，匆忙赶回天台。这样一来，那几分钟内两人的行动轨迹便清晰了。

此外，无论"学姐的秘密"如何逼真，优理也不过是增强现实体验。即便星忆和她发生了推搡，大脑内的纳米机器也只能让星忆产生触觉上的压迫和疼痛，绝不可能从身体外部施加作用力，将她推下天台。因此，天台上一定还藏着第三个人，即来自现实世界的凶手。这人将星忆推下楼后，离开天台，锁上铁门，完成构造密室的最后一步。

如此一来，只剩下了最后的疑问：星忆为何会离开天台入口？为什么体能和反应能力都出类拔萃的星忆，会被轻易推下楼顶？

看着陷入思索的田欣，雪鹰微微一笑："今天叫你来，是有东西想给你看。"说罢她打开手机，在空气中投影出一张全息屏。画面中一位高挑的金发男子端着一杯咖啡走进办公楼，坐上电梯，途中还向几位女士送了秋波。之后他来到位于顶层的会议室里，与等在那里正襟危坐的人们一一握手，最后坐上主宾的位置，主持了一场商务谈判。谈判桌上男子运筹帷幄、神采飞扬，轻松地搞定了一笔大单子，双方同意会后立即准备协议。最后画面一转，一位与主角一模一样的男子正穿着睡衣站在房间里，眼上戴着VR眼镜，对着空气挥手说再见。原来参与商务谈判的他，只是增强现实影像罢了。

"通常的增强现实不过是视觉信号，自然无法谈判、无法握手，但随着技术的发展，五感已经很难识别出增强现实，如果再骗过仪器，就能做到视频中这样的效果。"雪鹰解释道，"这种技术甚至不需要什么复杂的脑机接口，真人在远处表演，纳米机器会在彼此的大脑中远距离传输感官体验。"

这！

雪鹰带来的信息，填补了最后一块拼图。另一个增强现实与"学姐的秘密"互动，会产生明显的破绽，这是一切推理的起点。但如果操作另一个增强现实的不是程序，而是人呢？这个人同样参与了"学姐的秘密"，能够感受到游戏中的一切；只要其持有类似的技术，就可以远距离扮演优理，通过精巧的布局，骗着星忆离开驻守的天台入口。之后，去往天台的并不是增强现实影像，而是装扮成优理的凶手本人，因此星忆才会放下防备，不经意间被推下天台。

楼下出现的优理的尸体同样可以解释：游戏中真正的优理，早就被凶手杀死了。这人只需将尸体藏在天台上，推落星忆后，再将尸体丢下去即可。

凶手的诡计已经清晰，剩下的，就是找出其真实身份。

田欣偷偷看着雪鹰，向日葵模样的学姐只是神秘地笑着。恍惚间，田欣产生了一个疑问，这次对话，只是雪鹰基于游戏角色的行为吗，还是说她清楚自己同玩家之间的差别？

"田欣同学，我做出的承诺，对你同样有效哦！"雪鹰的话将田欣从神游中拉了回来，"如果发现了我的秘密，随时可以来找我。"

说罢，雪鹰带着一如既往的微笑，走到田欣近旁。田欣抬头仰视着她，仿佛回到了那个午后，向日葵的发梢轻轻撩拨着他的脸颊。

"雪鹰,你到底……"

突然间,雪鹰俯下身子,双手扶住田欣的脸颊,对着他的嘴唇亲了下去。

田欣完全不记得自己是怎样离开天文台的。那种感觉就好像整个人飘在空中,世界被蒙上了一层薄雾,遥远而暧昧。雪鹰反倒是一副轻松的样子,若无其事地走在田欣前面,仿佛毫不介意刚刚发生的事情。

离开多媒体教学楼时,田欣看到一个熟悉的小个子迎了上来。许洋一向沉稳的脸上挂着难以掩饰的焦虑,看着二人,说道:"你们两人在一起啊,正好省事了。借用你们一点时间,不会太长。"

田欣本以为许洋会带着他们去往学生会办公室,没承想他只是随意推开一间空着的理科教室,招呼二人进入后,小心翼翼地关好房门。

"我就直截了当地说了,雪鹰,昨天一早,有同学看到你和优理在一起。"许洋的语气虽然平静,字里行间却透出一股无形的压力。

"是啊。"雪鹰痛快地承认了下来。

"你们聊了什么?"

"会长,前天中午我在天桥上看到了你和优理在一起。"田欣插了进来,"可以先和我们聊聊这件事情吗?"

许洋面无表情地注视着田欣的双眼,田欣也丝毫没有躲避他的视线。片刻后,雪鹰微微一笑,轻描淡写地说道:"我们聊的是情感问题。有一位学生会的男生在追求她,她却对对方没有感觉——这么回答你满意吗？"谈吐之间，雪鹰刻意加重了"学生会"三个字。

许洋叹气道："雪鹰，你说自己有秘密的那件事，已经搞得满城风雨了，造成了很不好的影响。同学间有传言说，优理的死与你有关。"

雪鹰没有回应，只是面带微笑地看着小个子会长。许洋继续说道："你那个秘密究竟是什么？"

"你也可以猜啊，我的规则对所有人都是公平的。"雪鹰立即回应。

许洋没有理会雪鹰的挑衅，他转头面向田欣，问道："昨天，星忆为什么会出现在天台上，你能告诉我吗？"

"为了阻止优理。"田欣同样面无表情地答道。

许洋没有再问什么，他从怀里掏出一个硬皮小本子，取出笔飞快地写了几句，又递到二位面前："抱歉，也许态度差了点，但学生会这边也承受着不小压力。今天学校有探坑的大型现场教学，真心希望别再出什么事。例行公事，麻烦二位在今天的谈话记录上签个字。"

雪鹰取出自己随身携带的笔，潇洒地签上了名字。当田欣接过纸笔时，许洋刻意拉开了与雪鹰之间的距离，小声说道："默默也和雪鹰单独接触过，注意点。"

说罢，他收起小本子，打开教室门，风也似的消失了。

离开多媒体教学楼后，田欣建议两人分开走，免得再生是非。于是雪鹰径直返回了教室，他本人则绕道去了体育馆的方向。转到体育馆后时，田欣发现器材仓库的门开着，一名不认识的女生在堆满了篮球和排球的铁筐里翻找着什么。

女生注意到田欣，停下了手中的动作。她紧皱着眉头，不客气地问道:"你在看什么?"

"啊……我的一个朋友前天被反锁在这里了,我想到现场看看。"田欣随口扯出了一个理由。由于宇寒不寻常的举动,盯紧小默默确实也应当提上日程了。

"你和默默是朋友?"女生的语气更加犀利了,突然间,她双手一拍:"啊!难不成你就是默默提到的男生,在医务室帮她涂药的那位?"

田欣点点头,女生三步并作两步地冲到他面前,热情地握住了他的手:"我叫艾晗,是默默的发小,十分感谢你!"

田欣方才意识到,眼前的女生,就是历史上连续杀人事件的死者之一。

之后,艾晗将田欣让进仓库,轻轻掩上木门。田欣心中有些哭笑不得,短短一个早上,他已经参与了三次密谈。

"老实说,这些天默默有些反常,我很担心。"艾晗靠在健身架上,抱着手臂,"一有机会就会将自己关在这里,结果真的被不知情的同学锁在了里面,百呼不应之下,只得跳窗离开。"

田欣抬头看看仓库的通风窗口,开在大约两米的高度。仓库中可以用作垫脚的东西应有尽有,即便以小默默的身高,想要爬上去也并不困难。但从这个高度跳下去,对有病在身的她而言就很危险了。

并且,艾晗的说明和小默默的自白存在矛盾。小默默被关在仓库期间,学生会长许洋发现了她,只要耐心等待,就可以在不受伤的情况下获救。可小默默偏偏选择了跳窗这种危险的方法,事后还没有对大家以实相告。

"我和默默也只是一面之缘。"田欣编了一句不算谎话的谎话——毕竟他和长大后的默默老师已经很熟了,"她本人怎么说的？"

"她只对我说，喜欢那里安静的环境，想多些独处时间。"艾晗摇摇头道，"我太熟悉她了，她是个怕寂寞的孩子，绝不会做出一个人躲在角落里这种事情。最初我怀疑，她在谈恋爱。"说罢，艾晗瞥了田欣一眼。"从她谈起你时眉飞色舞的神情判断，我以为那个人就是你。"

"我不知道该怎么解释，不过，你真的误会了。"田欣并不想将这个话题深入下去。

"见过你之后，我已经相信了。即便你们之间有了情愫，也不过是默默的单相思罢了。"艾晗叹了口气，"我的另一个猜测，是默默在瞒着大家做那种事。"

"哪种事？"田欣皱皱眉。

艾晗透过门缝看了看外面，小声说道："吸毒。她的病情已经很糟了，但她本人对移植人工神经传导纤维的手术十分抵制，总觉得替换了身体的部件后，自己就不是人类了。精神极度压抑的情况下，很容易借毒品寻求安慰。你也知道，在宇宙世纪，毒品买卖几乎成了公开的交易。"

原来艾晗一早来到仓库，是想要寻找小默默藏起的毒品——如果确实存在的话。说完这番话，艾晗仿佛卸下了心里的大包袱一般，笑道："抱歉啊，昨天遇难的星忆是你的好朋友吧，明明你心情已经很糟了，我还缠着你说这种事。"

"如果默默遇到困难，我随时愿意帮忙。"田欣回应。

田欣没有料到，今日的密谈，依然没有结束。

从器材仓库走出时，上课铃声响了起来。田欣无奈地摇摇头，明明提前一个多小时进了校园，居然还会上课迟到。他索性不紧不慢地踱着方步,一面思考一面走向教学楼;可就在这时,远处传来一阵引擎的轰鸣声,几秒钟后,熟悉的银灰色机车一个急刹车停在他的面前,掀起的风沙害他不由得护住眼睛。

"逃课了?刚好。"默默老师摘下头盔,机车的后座上绑着一大包行李。她理理发梢,对田欣使了个眼色:"跟我来吧,我们谈谈这两天发生的事情。"

医务室的门虚掩着,默默老师用脚尖推开房门,将行李丢在地上。之后,她用力地按按房间一角的病号床:"不错,比基地里的床铺舒服些,今晚就睡这里了。"

尽管时候还早,田欣已经感觉有些疲惫了。他坐了下来,取出随身携带的瓶装水喝了两口——校园里的水源大都不能饮用,他们必须随身携带清洁的水。

"老师,您为什么不和我们一起游戏呢?"见默默老师将自己丢在一边忙得不亦乐乎,田欣抢先发问道。他在内心深处也曾想过,如果默默老师留在校园里,也许就不会发生这次的事件了。

"看到雪鹰被替换成向日葵的样子,我有些生气,就离开了教室。借着教师身份的便利,我在校园里巡视了一番。"默默老师坐在铺好的床铺上,拍拍松软的棉被。"你也知道吧,雪鹰在校期间,我是这所学校的学生。"

田欣点点头,还是没有说出已经遇见了学生时代的默默老师。

"在那期间,我看到了不少熟人。星球被舍弃后,他们有些过得还不错,有些已经……不提这些。看到他们后,我心里很不是滋味。尽管来之前已经做好了心理准备,但不舒服的程度还是超过了我的想象。"

"嗯,我能理解。"看到向日葵模样的雪鹰时,田欣的感觉就好像伤口上的痂被活生生地掀开,那种痛苦刻骨铭心。

"笑话，全都是笑话……"默默老师望着窗外，似是在自言自语，又似在对田欣倾诉，"发现黑洞的时候你们还小吧，居民之间都在传言，黑洞是军方的实验武器，之所以攻击目标选择了有人的星系，是想同步测试一下，敌方在撤离时会产生什么破绽。"

不久前，田欣从雪鹰口中听到了类似的说法。他想了想，问道："既然有这种猜测，为什么不去抗议呢？"

"抗议？向谁抗议？"默默老师哼了一声，"软弱的星区政府，草菅人命的军队高层，还是远在天边的地球母星？你知道吗，这颗星球从建设之初就是个笑话。第三悬臂那边有颗类木行星的卫星，在地壳深处发现了远古文明的遗迹，于是整个银河都开始挖洞。所有地质勘测结果存在可能的星球，全都会打上几百口深井，一直挖到地幔才算完事。奥杜尔就是在这样的背景下诞生的行星。要不然，以这里贫瘠的水源，即便大气适合人类生存，也只会建设游乐场一类的消费设施罢了。"

那颗始作俑者的卫星已经被载入了史册，田欣记得它叫作"远星"。默默老师冷笑道："也不是没有好处，仅仅是挖井和探井，就不知道养活了多少缺乏一技之长的人，盘活了多少无处可去的资本。奥杜尔就是这样开玩笑一般被建立起来的，所以舍弃起来，也就好像开玩笑一般。没有人会在意它，如果地球防卫军高层那些官员愿意，甚至可以令它从人类的一切记录中消失。

"没错，在那些'大人物'眼里，奥杜尔是微不足道的；如果再过上几百年、上千年，它在人类的历史上也确实就像灰尘一般没有价值。但生活在这里的人呢？有多少人将自己的一生投入在了毫无希望的探井中？又有多少人出生在这里，却因为莫名其妙的理由，不得不背井离乡？尽管卑微，但这些都是活生生的人啊,人生真的有高低贵贱之分吗?谁又会对他们的人生负责?田欣,离开这颗星球时,我大概就是你们现在的年纪。知道那时的我怎么想吗?我想爬上去,不择手段地爬上去,然后告诉那些'大人物',他们错了。"

田欣没有作声,只是认真地倾听着。默默老师似乎发现了自己过于激动的情绪,她轻咳两声,转换了话题:"不谈这个了。田欣,将星忆推落楼顶的,只可能是现实中的人,也就是我们中的一员。当然,也包括我。"

田欣顿了顿,答道:"嗯,我也是这么认为的。"

"你考虑过大家的不在场证明吗?"

"当时,我和宇寒、叶爽聚在楼下,拿不出不在场证明的,是您和翕然。"田欣答道。既然默默老师提到了这个问题,想必她已经做好了被怀疑的准备。

"翕然的情况暂且不论,我当时在山下的城里,自然无法证明自己。不过,你真的确定只有我们两个值得怀疑吗?"

田欣思索了一番,却依然没有理解默默老师的意思。默默老师抿了抿嘴唇,说道:"和你在一起的宇寒和叶爽,真的是他们本人吗?"

一阵难以名状的寒意袭击了田欣的神经,他努力回忆着当时的场景:"您想说他们中的谁是增强现实影像吗?可是,我们都搬动了气垫……"

"这所校园里可没有留下什么气垫,我们当然也没有准备这种东西。宇寒拉来的那些东西,不过是游戏中的增强现实罢了。"默默老师立即否定了他的猜测,"我问你,他们中的谁碰过星忆的尸体吗?"

田欣回忆起,看到星忆倒地后,叶爽第一时间冲过去抱了起来，事后还独自将星忆的尸体送上了太空，而宇寒自始至终没有和星忆的尸体接触过。

"您在怀疑宇寒吗？"田欣问道。

"我不想怀疑任何人，但我不得不怀疑所有人。"默默老师面无表情地答道。

"您也怀疑我吗？"

"当然，只不过从逻辑上讲，你是凶手的概率很低。如果你想害死星忆，留在她身边是最有利的，完全没有理由离开天台入口。"

听过默默老师的分析，田欣似乎松了口气。女教师将双臂把在胸前，说道："今天的探井课程会是关键。你们大概没有经历过吧，探井员会坐进电梯厢，顺着线缆下降到四万米以下的深坑中，教师在地面上通过无线电远程指挥。电梯厢是封闭结构，空间有限，又需要持续供应氧气和调节温度，每次最多只能下去两人。"

历史上克劳斯就是在探坑课中失去了生命。他的死状十分凄惨，整个头颅被砍了下来；更离奇的是，当时电梯中只有他一个人。开始游戏前，田欣通过各种手段了解了探井的课程设计，但默默老师经历过那段历史，由她来说明想必更加具体。

"除去极端的环境，在深井中，最容易出现问题的是心理。在宇宙世纪前，苏联曾经挖过一口深度约一万五千米的井，居然从井中传来了魔鬼的声音，想必就是因钻井队员患上了心理疾病吧。"默默老师继续解释道，"为了减少心理问题的产生，学校允许学生们自由组队，每组两人。高年级学生优先选择，直到全校同学全部下去一次。学校后面那口井里装了四部电梯，今天没能下井的学生，下周会继续。"

田欣立即领会了默默老师的意思。降入井中的电梯，就是一间天然的密室。正在他思考之际，默默老师站起身来整整衣摆，说道："下午探井正式开始，你去准备一下吧。"说罢，她打开行李箱，取出一身紫黑色的紧身衣，田欣一眼就认出了那是探井需要穿着的防护服。

"这次探井课程，我也会参加。"

第九章　太空与深渊

第一节课时间已经过半，无法返回教室，田欣索性一路来到位于后山的深井旁。尽管早有调查，但第一次看到直径近二十米的人造深渊，田欣还是深深为人类的执着感到震撼。深井上方，钛合金的脚手架组成了一个半球，远远看去就好像巨蛋的骨骼；由于奥杜尔降水很少，自然不必做成封闭式结构，只保留了方便起落的支架。

深井的四壁上也搭建了金属的内架，远远看去仿佛爬满了银灰色的爬山虎。这些金属骨骼一方面可以防止井壁垮塌；另一方面能够方便地通入线缆，为工程作业提供动力。不过内架只延伸到了三千米的深度，向下温度逐渐升高，岩层也已经十分结实，无论从成本还是实用性上考虑，都已经没了修建的必要。

深潜电梯是探井的核心装备，它的一端连接在上方的巨蛋型骨骼上，另一端固定在深井底部——钻头到达最深处固定后，人工智能会自动控制其改变形貌，形成坚实的固定桩。电梯的线缆是由碳纳米管制成的纤维，即便几万米的长度，自重也不超过一千克，同时提供了足够的力学强度与耐高温性。电梯厢本身是圆柱形的金属罐体，内侧铺设了厚厚的隔热材料，里面一半以上的空间用来储藏探井员使用的氧气，以及可供循环制冷机工作的能源。在电梯中，探井员只需穿着紧身衣一般的防护服，主要用来屏蔽可能泄漏进腔体的辐射；一旦发现需要重点勘测的位置，他们就要穿上宇航服一般厚重的防护装甲，借助绳索和探照灯在地底深处移动。这是一项难度很高的作业，在课程学习中仅有少数高年级学生能够完成。

深井的周围站着稀稀拉拉的人群，大多是一些为了今天课程做准备的教师，从人数判断，想必是受到星忆和优理遇难的影响，加大了课程的安防级别。田欣一眼便认出了人群中的宇寒和翕然，快走两步凑了过去。

"一大早没看到你，原来逃课了啊。"宇寒远远地打了招呼，却没有停下手中的活计。

"你也没去上课吗？"田欣想到了留在基地搞研究的叶爽，今早玩家全体翘课了。

"学生会需要帮忙做一些准备工作，除了会长，我们全都在这儿。因为昨天的事，会长被搞得焦头烂额。"宇寒说着，将眼神瞥向站在不远处的一位金发高挑的男生，刻意降低音量说道，"我一早和克劳斯说好了，今天的探井，我会和他组队。"

有几位教师在远远地招呼宇寒，宇寒示意接下来的谈话交给翕然，便匆忙跑开了。方才一直在宇寒身边保持着沉默的翕然走到田欣身边，小声说了一句：

"换个安静的地方吧。"

几分钟后，田欣和翕然在远离深井的树荫下站定。恒星已爬上高空，炽烈的光打在沙土上，空气中弥散着干热的气息。

"先说说今天的策略吧，我们需要盯紧可能遇害的人，最好是一盯一。"翕然开门见山地说道。她今天穿了牛仔裤和T恤，看上去就像一名高挑的模特。"我和宇寒梳理了一下，目标有艾晗、克劳斯、许洋、默默四人。"

"那对双胞胎呢?"田欣问道。

"今天请假没来学校,倒是省了麻烦。"翕然答道。

"为什么默默老师也需要监视?"田欣刻意绕了个圈子。

"不是默默老师,是游戏中的角色,学生时代的她。"翕然快速说道,"她第一天就和雪鹰单独接触过,宇寒盯了她好久,也没能找到破绽。"

翕然的说辞,从另一个角度印证了宇寒针对小默默有过行动。田欣一面思考着,一面追问道:"学生会会长又是怎么回事?他也和雪鹰有过接触吗?"

"这几天来,他频繁地与相关者接触,包括死去的优理,以及我们。"翕然答道,"我猜,他应当注意到了什么。"

田欣点点头,尽管许洋的城府很深,但从他的行为来看,很难说这位会长对雪鹰的秘密没有兴趣。

"宇寒盯着克劳斯,这些天我盯过许洋,他那边我来负责吧。"翕然看了看山的另一面,"其余两人就要靠你们了,只是看叶爽现在的状态,他自己的安危都值得担心。"

"我有一个好人选。"田欣自信地笑笑,"小默默那边,就由她本人来盯吧。默默老师已经回来了,她还说了会参加今天的探井。"

"这样啊,太好了。"翕然长长地舒了口气,"不过,你清楚探井的组队规则吗?也许我们的计划不过是一厢情愿。"

田欣想到那个规则,苦笑道:"至少我们尽了最大的努力吧,无论组队成功与否,这几个人都是需要重点关注的对象。"

翕然耸耸肩,看着腕表说道:"时间还早,可不可以跟我来一趟?"

在翕然的带领下,两人来到了教学楼的东侧,也就是星忆和优理跳楼的位置。土地经过了简单的掩埋，已经不见了落地砸出的凹坑与血迹。

翕然打开手机相册，翻出一张附近位置的照片，对照着地面上草丛的形状，找到了昨天两人的落地点。之后，她又取出一张灰色的标签纸，摸索着放在了地面上。

"你看到了什么？"

顺着翕然手指的方向，田欣用心观察着地面——方才的纸条完全不见了痕迹，视野中尽是平整的土地。

"标签纸不见了。"田欣答道。

"土地的颜色对视觉造成的刺激相对弱一些，增强现实可以掩饰现实中存在的凹坑。"翕然说罢将手深入地面取出标签纸，手臂上却丝毫没有粘上泥土。"这也进一步证实了，昨天落下的确实是星忆本人。"

田欣叹了口气。"如果不是星忆的尸体，那自然值得庆贺。只是这样一来，真正的星忆到哪里去了？"猛然间，他明白了翕然的所指，"难道你在怀疑星忆在自导自演？"

"不因为个人情感放过任何可能性，是现场调查的第一原则。"翕然淡淡地答道。田欣回想起不久前默默老师刚刚说过类似的话，于是轻轻地摇摇头，没有作声。

翕然将手机摆在田欣面前，展示出地面的照片。

"这是案发之后，星忆和优理的尸体刚刚被抬走时，我拍摄的。"

她的手指轻轻一划，第二张照片拍摄了同样的区域，地上两个凹坑的位置与前一张别无二致，只是周边的环境更加黑暗了。

"这张是昨晚十点半左右拍摄的。在游戏中，地面是今早清理的，所以理应没有变化。可十点到十一点是防沉浸时间，地面上理应只有一个凹坑,拍摄出来却是两个。"

田欣瞬间明白了,这同样是雪鹰所指的"欺骗设备"。他解释道:"对'学姐的秘密'而言,它并非通过干扰大脑的认知,让玩家认为手机上显示了错误的信息;而是通过环境中的纳米机器,直接作用于手机的内部电路,造成了成像设备显示出错误的结果吧。"

"我在科幻作品中看到过类似的设定,有外星文明制作出了智能的微观粒子,通过干扰地球上的高能实验,达到了封锁地球技术的效果。雪鹰的游戏已经做到这种程度了吗?"

"从技术上讲,差得远呢。"田欣笑道,"无论多么先进的设备,也需要电路的控制,增强现实做到的,不过是借助纳米机器干扰电路运行罢了。再者说,观测设备的原理和种类十分有限,要实现穷举也并不困难。"

"怪不得,如果是雪鹰在制作游戏时没有设想到的设备,就不会被纳米技术干扰了。"翕然做出了合理的推断。

结束了案发现场的调查,翕然一言不发地带着田欣来到了第二个目的地,位于校门外的基地。尽管只是短短的相处,翕然缜密的思维和严谨的调查,已经令田欣钦佩不已。

走进男生房间,叶爽依然坐在一堆工具与线路中忙碌着,姿势与早晨几乎没有变化。

"怎么样,还顺利吗?"田欣问道。

"今晚能完工吧,下午的探井我就不参加了。"叶爽头也不抬地答道,"由于缺少必要的硬件,我只能通过算法完成检测,大大拉长了检测的时间。"

"要多久?"

"大概二十四小时吧。"叶爽叹气道。田欣估算了一下,如果今晚大家抽血检测,等到结果出来,游戏的流程也只剩下一天了。

这时,翕然插了进来,请求道:"叶爽,也许你并不情愿,但我想要借用一下太空船。"

叶爽立刻停下了手中的动作。他呆坐了片刻,扶着膝盖站起身来,从衣兜中摸出两把太空船的钥匙,分别递到翕然和田欣手里。

"拿去用吧,同时我对自己昨天的态度表示抱歉。老田,你的钥匙也还给你,我只有一个请求,不要打扰星忆。"

大个子宅男双手合十作了个揖,便立即回到了桌面上的工作中。在田欣眼里,好朋友似乎一夜之间老了好多。

相较起田欣的小型太空船来,叶爽租来的太空船宽敞一些,内部空间大概相当于一辆房车。但出于安全考虑,同时乘坐的人数依然不能超过四人。翕然熟练地坐在驾驶席上,打开一台田欣没有见过的设备。滴滴的蜂鸣声响起,片刻之后,老式的液晶屏上显示出数字"5"。

翕然盯着红色数字,问道:"碳基生物探测器的有效范围是多少?一百公里吗?"

田欣点点头。雪鹰学姐制作游戏时,总不会想到有玩家会带着碳基生物探测器吧!

之后,翕然招呼田欣系好安全带,麻利地发动了太空船,船体缓缓升到几千米高空后,尾部喷射出淡紫色的等离子体,径直向着奥杜尔的外层空间飞去。

田欣十分讨厌太空船高速升空时的超重,即便惯性抵消装置分担了大部分压力,当黑暗的星空钻出行星边界时,他依然觉得胃液在剧烈地翻滚。翕然将太空船改为巡航模式,很快便来到了悬浮在同步轨道上的无重力球场附近。

这还是田欣第一次接近这个太空中的巨型建筑，从远处看，它就像一只巨大的橄榄球，孤零零地沐浴在恒星的光芒中。叶爽将太空船通过锚栓固定在了球场外侧，靠着建筑的屏障，保障太空船不会因为太空垃圾的碰撞损坏。

翕然将太空船悬停在了田欣的船附近，她打开外部的监视摄像，调节焦距，屏幕中映出蓑衣虫般的密封袋，星忆安详地睡在其中。田欣感到鼻子一酸，强行压制住奔涌而来的情感。坐在一旁的翕然静静地打开碳基生物探测器，面板上显示出数字"2"。之后，她驾驶着太空船接近了球场的入口，自动感应装置探测到了太空船，法兰阀门缓缓开启，两束激光引导着太空船悬停在球场内部的隔离舱中。

"氧气含量百分之二十一，氮气含量百分之七十八点九，有害气体含量零。"翕然读出了面板上的数字，"温度低了些，不过也有零下一摄氏度，我们快去快回吧。"

"你想在这里调查什么？"田欣问道。

"我想打一场比赛。"翕然说罢，丢给田欣一件棉质外套。

太空船上的便携式氧气储量并不多，田欣小心翼翼地调节着减压阀，在气流的帮助下离开了隔离舱。翕然在无重力环境下的动作十分麻利，对氧气的使用也十分大胆，好似久经沙场的老手。球场内部感应到有人进入，人工照明设备如同列队的礼兵一般渐次亮了起来，田欣不由得眯起眼睛，防止突如其来的强光刺痛瞳孔。几只椭球形的摆渡机器人飞了过来，两人抱住它们软绵绵的身子，穿过悠长的走廊，一路来到了看台上。球场内部随处可见小型的工程机器人忙碌着，人类离去的几年间，它们借助恒星光照提供的电能，良好地维护着废弃的设施。

翕然一面用手机四处拍摄着，一面指了指球场中心处，田欣抬眼看去，有几名穿着学校队服的学生正悬浮在薄膜围成的球场中，练习着无重力橄榄球的进攻。

"在'学姐的秘密'中，游戏区域覆盖到了这里。"翕然解释道，"想要完整地解开雪鹰的秘密，同时捉住杀害星忆的凶手，这里恐怕是关键。"

"解谜我能理解，但想要捉住凶手，你准备怎么做？"田欣问道。

"我查阅了你们学校的大事记，雪鹰在校的一周里，原定在周五有一场邀请赛，后来由于连续杀人事件的影响，推后了半个月。我们要想个办法，让比赛如期进行。"翕然目不转睛地盯着往复移动的工程机器人们。"到那时，全校几百名师生都会集中在这里，我们布下诱饵，等待凶手上钩。"

"看台上坐满了观众，这对我们很不利吧！你怎样突破增强现实找到凶手？"田欣依然没有搞懂翕然的计划。

"只要我们把比赛拖到'防沉浸时间'，凶手自然就会显形。"翕然转过身来，目光坚定地说道，"为了做到这一点，我们要上场比赛。"

返回地面时，时间已是正午。田欣匆匆地吃了两口饭，便一路小跑地赶去了探井教学的现场。离开球场前，翕然没有忘记去到中控室调高空调温度，这样一来，等到周五比赛时，温度就能上升到十几摄氏度。但如何才能搞定校方，按照原计划进行比赛呢？田欣唯一能想到的方法，就是拜托默默老师使些手段了。

从落地的那一刻起，田欣便将所有的脑细胞用在了下午的探井活动上。即将开始的组队将是一场无声的战斗。

尽管熟练的探井员可以独自降下深井，但出于安全考虑，学校在教学中强制学生两人组队。学生会在手机的校园客户端上选择自己心愿的组队对象，每人可以发送两份申请，系统集齐愿望清单后，再一并派发。学生收到其他人的组队申请后，可以选择其中之一组队，也可以谁都不选；最后没有组队成功的学生会由系统随机安排，除去极特殊情况外，学生没有权利拒绝。这场游戏中采用了"学号优先"的原则，举例而言，叶爽给田欣发送了申请，但与此同时他收到了星忆的申请；为了避免冲突，系统会由学号排在前面的学生——例如田欣——优先选择，如果田欣接受了叶爽的申请，叶爽将会失去选择星忆组队的机会。学号是入学时随机分配的，学生即便有怨言，也只能怪自己的运气不佳。

这原本是校方为了保护学生在地下深处的心理健康而引入的机制，但实际上，学生们却将它当成了与心仪对象独处的机会。游戏中玩家有着相对的优势，他们的学号排在了所有同学的前面，按照游戏开始前个人信息的录入顺序，田欣是1号。

高年级的一百多名学生全部围在了深井旁，外围是排在后面的低年级同学，部分低年级学生早早达成了组队意向，由于入井顺序会在高年级之后，干脆在教室里等待通知。按照惯例，今天无法顺利下井的同学，会在下周再次安排，但所有组队都会在今天完成。

田欣偷偷地四处张望着，默默老师一早换上了防护服，正在同操作电梯的男老师交谈着什么；宇寒同许洋一起快步走着，克劳斯小跑着跟在后面。艾晗和小默默站在人群后方，小默默娇小的身材穿上防护服就好像小学生一般，令这对组合十分显眼。直到探井开始前三分钟，雪鹰才闲庭信步地从山的另一端走来，一言不发地站在人群外围。

按照翕然的计划，田欣应当选择艾晗配对；但就好像翕然和默默老师都在怀疑同伴一样，田欣心中也藏着疑虑。他手中唯一的王牌，就只有可以优先选择的1号而已。

田欣攥了攥拳头，在校园客户端上选择了自己希望组队的两位。

几分钟后，所有学生都递交了申请，系统后台的组队正式开始。围在深井旁的学生们开始躁动，有些不停地刷新着手机，有些干脆闭上眼睛，不安地点着脚，那感觉就好像大考成绩公布的前夕。田欣盯着屏幕，他发出的两条申请都还没有回复，自己只收到了一条来自小默默的申请。红色的十秒倒计时只剩下三秒，计时停止后学号在他后面的同学就可以自由选择了，但只要小默默还没有组队成功，田欣随时可以选择接受邀请。

田欣注意到，在自己可以自由选择之前，"发送申请"一栏中艾晗的名字就是灰色的，意味着她已经和其他人组队成功。难道学校里还有人在自己前面吗？然而对于田欣而言，他的主要目标却是申请中的另一人，许洋。

在田欣的心里，有一件事情始终放不下，那就是第一天宇寒究竟对小默默做了什么。目前可以确定的是，宇寒同小默默一起去到了器材仓库，但之后发生了什么？过往行人真的会多管闲事地将门锁上吗？

如果宇寒真的别有所图，那么，翕然有很大可能性与他同谋。就在昨晚，田欣和叶爽结束调查后，他看到有人影一闪而过；当时"防沉浸时间"还没结束，田欣从身材判断此人正是翕然。这次意外的邂逅，更加加重了田欣对宇寒和翕然的怀疑。如果他们都是黑的，一定会借助组队的机会下手。

在这一次的游戏中，故事早已与真实的历史大相径庭。在可能遇害的四人中，田欣认为危险系数最高的就是许洋。从很早开始，这位忙碌的学生会长就同"雪鹰事件"的每一位相关者都有了联系。田欣想要借着自己"1号"的优势，保住许洋。

很快地，许洋的姓名也变成了灰色。他接受了翕然的邀请吗，还是和其他人组了队？田欣没有多想，立即接受了小默默的申请。如果放过这个机会，他的此次探井将变得毫无意义。

这时，手机中几人用于临时联络的小群响了起来。宇寒留言道："克劳斯拒绝了我的申请，你们那边呢？"

田欣迅速输入："艾晗也拒绝了我。"他急切地想要知道许洋是不是选择了翕然，没承想却是宇寒抢先一步再次发来了回复："我的机会也没有浪费，雪鹰会和我组队。"

"真没想到她会接受你的邀请啊。"田欣回复道。这时，翕然敲入了一段话："许洋也拒绝了我。"

这样看来，他们最初的组队计划全盘泡汤了。正当田欣想要问问翕然的队友是谁时，宇寒发来了信息："保险起见，我的申请同时发送给了许洋和克劳斯，但他们全都拒绝了。是雪鹰给我发送了申请。"

手机响起来叮咚的提示音，系统已完成了全部组队，通知同学们按照学号顺序依次下井。田欣收起手机，究竟谁和谁组队，很快就能看到了吧。

深井总共配置了四部电梯，其中的一部会由经验丰富的教师乘坐，他们会一直留在井下，以便在紧急状况下第一时间前往救助；换言之，每次下到井中的电梯只有三部，一共六名学生。

深井上方的地面延伸出四条粗壮的钢筋横梁，各自相隔九十度均匀排列，径直延伸到位于中心位置的深井电梯前。第一次走上横梁，看着脚下的无底深渊，田欣的双腿不由得发软；但走出两步后恐惧感就消失了，钢筋下方装设了坚实的支撑梁，走上去丝毫不会晃动，感觉和地面差别不大。

小默默已等在了电梯门前，看到田欣前来，开心地挥着手臂。田欣心不在焉地向小默默点头示意，视线却始终停留在不远处的另三部电梯上。站在正对面的宇寒和雪鹰一早来到了电梯前，宇寒同田欣点头示意后，两人便坐了进去。左手边的电梯门前站着两名没有见过的高大男人，想必是负责井下护卫的教师；艾晗等在右边的电梯门前，没一会儿，默默老师迈着稳健的步子跨过了横梁，同艾晗握握手。

那一瞬间田欣明白了，尽管他的学号是1号，但默默老师的身份是教职工，因此会排在他的前面。艾晗向默默老师发送了申请，如果默默老师一早接受，在他进行选择之前，艾晗的名字就会变成灰色。

田欣迅速掏出手机，给默默老师发送了信息："艾晗很可能被害，请您多加小心。"

手机的无线通信功能有效距离在一千米以内，一旦下入井中，就同地面失去了联系。唯一值得庆幸的是，即便在井下，田欣依然可以通过手机同默默老师和宇寒保持联系。田欣本想干脆将默默老师拉入群聊，但既然宇寒和翕然都没有这么做，他也便没有多生是非。

"倒是你，别对过去的我起歹心啊！"片刻后，默默老师发来回复。

就在这时，田欣感觉到有人拉了他的衣角。他将视线移开手机，看到小默默正一脸疑惑地盯着自己：

"田欣同学，要下井了，快些进到电梯里吧？"

田欣轻咳两声，尽力掩饰住因默默老师方才的玩笑而产生的尴尬。他应了一声，拉开电梯的入口，先将小默默让了进去，随后自己跟着进入。关闭电梯门后,田欣将门内侧的法兰旋钮旋紧,仪表显示温度、气压全部正常。

无论游戏多么逼真,井下也只有自己和宇寒、默默老师三人——田欣不停地在心中这样提醒自己。

"电梯即将开始下降,一万五千米之前是自动控制,中途会有晃动,请同学们系好安全带。"

音响中响起了提示音,田欣按照要求坐在座椅上,将双肩和腰部的安全带系牢。浅灰色的防护服箍在身上,毛孔中渗透着涩涩的触感。增强现实中的防护服不可能提供真实的防护,他们在回到奥杜尔之前都各自购买了设备,星忆还特地挑选了浅橙色的新款。

然而田欣的注意力却始终在手机的屏幕上,电梯的速度逐渐加快,观景窗外红色警示灯渐渐连成了一条线,可他还是不停地刷新着留言。突然间,一只小手在他面前晃了晃,田欣皱着眉扭头看去,却看到小默默一副生气的样子,语带责备:

"终于肯看这边了?在井下能够互相帮助的只有我们两人,不妨先忘掉地上的事情如何?"

"啊……抱歉。"田欣匆忙将手机收入衣兜。由于小默默的处境相对安全,田欣习惯性地忽略了她。不过难得两人独处,这也是进一步了解情况的好机会。田欣回视着小默默略带愠色的双眼,冷不防地问道:"再来谈谈你被锁在体育仓库那件事吧?"

小默默果然吃了一惊,她逃避开田欣的目光,低下头,说道:"你怎么还在提它……"

"我说过了,我既不希望你被欺负,也不希望我的朋友成为加害者。因此我想要搞清楚,究竟发生了什么。"田欣平静但有力地答道。

空气短暂地凝滞了，仪表显示电梯已下降到接近地下三千米的深度。井壁上没了警示灯，电梯外侧奶白色的氙气灯开启，余光打在小默默的侧脸上，在她的双眸中映出一丝落寞。小默默叹了口气，讲述道："那一天，我确实是拜托宇寒帮忙，之后宇寒离开了仓库，我留在了那里。过了些时间，大概十分钟吧，蹲在角落里的我突然听到门被锁了起来。我匆忙跑到门前，拉开一条缝，看到了那个人还没走远，便用力地大喊，可他却像没听到一般，头也不回地走了……"

"那个人是宇寒？"

小默默点点头。

"他并没有检查一下，或者大声问问仓库里有没有人，就直接锁上了门吗？"田欣追问。

"我在角落里没有注意他是不是进门检查过，不过可以肯定，他没有说过一句话。"小默默想了想，补充道，"我对声音还是很敏感的，如果他问过，我不可能没听到。"

宇寒一向心思缜密，不可能由于疏忽犯这类低级错误，唯一的解释就是有意为之。究竟怎样才能套出宇寒的真心话呢？就在田欣陷入思考之际，小默默继续说道：

"田欣同学，我的情况，你清楚了吧？"

"啊，嗯。"田欣没有更多地提及病症的事情。

"我的渐冻症两年前就确诊了，而我却一直不想接受治疗。"小默默注视着观景窗外深灰色的岩层，"这样下去，等到高中毕业，我就会瘫痪吧，再过不久就会死掉。"

"你不喜欢人造神经纤维吗？"田欣问道。

小默默摇摇头："治疗会用到何种方法，对我而言完全是无关紧要的事情。我只是觉得，死掉也无所谓了。"

田欣想要问些什么，可话到嘴边还是咽了回去。也许向信任的人倾诉一番，正是小默默选择同自己组队的原因吧！

"治好了病，又能怎样呢？继续生活在另一颗毫无希望的星球，跟随大家一起打洞，或者找一份完全没有希望的工作，又或者到了年龄找个男人结婚，生育孩子……我们从出生在奥杜尔的那一天起，一生中能够获得的选项，便已经被规划好了。即便再努力，活得再久，也跳不出这个圈圈。这样活着，我感到很无趣。"

奥杜尔被废弃后，有部分居民选择了继续探井的生活；田欣他们的父母则找到一颗更大的行星定居，努力融入那里的社会，走上了另一条道路。但即便如此，作为探井者的后代，田欣他们对未来的选择依然少得可怜。人类需要更多代的人来开拓疆域，在这股洪流之下，没有人会关注一颗不起眼的小行星上，几个小孩子的想法。

但是，如果给了足够多的选项，自己又想要怎样的生活呢？田欣尝试过思考这个问题，最终也没个答案。

直到向日葵闯入了他的生活。

"你理想中的生活是什么样的？"半响，田欣问道。

"我希望每天早上醒来，能看到不一样的太阳；我希望每天打开房门，能嗅到不一样的空气；我希望自己拥有望不见尽头的未来，即便向前的路上充满凶险。我想要的，是那种充满了未知的生活。"说到这里，小默默的眼睛里放出了光，"而且，我已经找到了方法！"

田欣皱皱眉："什么方法？"

小默默压低音量说道："这个方法就是雪鹰。只要能找出她的秘密，她就能带我去过我想要的那种生活。"说罢，她直视着田欣的双眼,"田欣同学,只要你也找出雪鹰的秘密,我们就能一起去见识不同的世界!"

尽管小默默只是游戏中的NPC,但听到这些话的时候,田欣的心中还是掀起了一阵波澜。早上雪鹰刚刚给了他记忆深刻的一吻,现在小默默又拐弯抹角地向他做了告白。田欣挠了挠头,给了一个不算回答的回答:

"可是……我不知道雪鹰的秘密是什么啊?"

"我答应过雪鹰,不会将秘密说出去。"小默默拉住田欣的手,"但是相信我,只要认真观察她的一言一行,很容易就能发现!"

前史二　追逐太阳的日子

　　脚下传来失重的感觉，观景窗外不见了恒星的光芒，取而代之的是警示灯令人躁动不安的闪动。宇寒用安全带将自己绑在座椅上，双手扶住膝盖，感受着电梯的下沉。坐在正对面的雪鹰闭着眼睛一言不发，宇寒再一次打开手机，依然没有传来田欣或默默老师的消息。

　　雪鹰为何要选择自己组队，宇寒到最后也没有搞明白。他低下头，用余光偷偷看着对面这位充满了神秘色彩的学姐。

　　"很像吗？"

　　雪鹰突然问道。宇寒大吃一惊，对方却双目紧闭，面色平静地补充道："我，和你心中的某个人。"

　　"你是怎么发现的？"宇寒用提问代替了回答。

　　"光。"雪鹰的回答依然平静得宛若湖水，"你们几个看我时，眼里的光，就好像冰冻的火。"

　　宇寒笑笑，叠起双腿："这就是你找我组队的目的吗？"

　　"比起田欣，我认为从你这里听到的故事会更加有趣。"

　　宇寒看了一眼墙上的计时器，说道："平日里总在忙忙碌碌，到了地下，反而有了充足的时间。故事有些长，希望你不会觉得无聊。"

* * *

霓虹灯交替闪烁着,全息投影在空中映出身材曼妙的女招待,对来往的行人摆出挑逗的姿势。宇寒站在入口,再次拿出手机确认自己积攒的信用点。他在课余做了三份兼职,经常会忙到午夜;但托此之福,他个人财富的积累速度甚至超过了大部分成年人。

来到吧台,宇寒将手机丢在桌面上,只简短地说了两个字:"全部。"

服务员是一位穿着黑西服白衬衫的高挑男子,领口的红色领结一丝不苟。他上下打量了宇寒一番,一言不发地将手机放在右手边的一台机器上。跟着他的动作,宇寒摆正了姿势,以免生物识别出错。几秒钟后,蓝色的筹码噼里啪啦地落了下来,服务员麻利地将它们码成三摞,又装进小托盘里,递到宇寒面前。

宇寒数都没数就将筹码悉数装进了衣兜。对普通的学生而言,这些可谓一笔巨款,但放在赌场不过是不起眼的零钱——握着那些轻巧的塑料圆盘,宇寒在心中不禁感慨。星区法律禁止未成年人出入赌场,但在这种无人问津的小行星,只要有钱赚,谁又会去在意客人的年龄呢?

相较于并不阔绰的门面,赌场的地下部分可谓别有洞天。出了电梯,宇寒径直走向了右手边的第二个房间,五名玩家正坐在深绿色的木桌旁,等待着荷官分牌。宇寒很喜欢 21 点,它既不像梭哈一样需要深入研究对手的心理,又不会完全将自己的命运交给上天派发的随机数。

一局结束,宇寒坐在了第六名玩家的位置上。一身黑色西装的庄家对他表示了欢迎,他的样子与前台服务员几乎看不出区别，宇寒甚至怀疑这里的工作人员全都是同一个基因原体的克隆人。

穿着暗红色高开衩旗袍的荷官开始分牌了。她的外表是一位年轻的东方女性，控制着那些精准动作的，却是经过长时间算法迭代后的人工智能程序。相较于人类的荷官，它们更能保证动作的标准与分配的公平。

宇寒的前两张牌拿到了 Q 和 7，总计 17 点。庄家的明牌是 J，如果暗牌是 Ace，就可以拿到黑杰克（即 21 点，在游戏中，Ace 可以随意算作 1 点或 11 点，10 到 K 全部是 10 点）。他看了看其他玩家的牌，两名拿到 20 点的玩家全部选择了停牌，其他三名玩家的牌面不足 14 点，他们都决定继续拿牌。

究竟应当如何选择，数学家早在宇宙世纪前就已经发明了成熟的算法，熟手甚至能够根据桌面上的牌，在一瞬间计算出概率。但宇寒完全不想去思考那些数字，确定桌面上没有 4 后，立即敲敲桌面，一张印着漂亮彩色条纹的扑克不偏不倚地滑入了牌堆。这些条纹是利用纳米压印技术制成的光子晶体，有着小至十纳米的周期性结构，能够防止那些在眼球中集成了 X 射线探测器的玩家窥视牌面。

两名玩家都拿到了 T 牌（即 10、J、Q、K），全部爆掉了，第三名玩家幸运地凑够了 20 点。宇寒用两只手指捏住牌角，用力地摔向桌面——

梅花 5，他的牌面达到了 22 点，同样爆掉了。庄家的底牌果然是 Ace，宇寒笑着摇摇头，将桌面上的几只筹码推到庄家面前。刚刚这一把，输掉了他在快餐公司送餐一个月的收入。

三把过后，宇寒几个月辛苦挣来的赌资只剩下了一半。他离开了 21 点的桌台，招手叫来游荡的酒保，用一枚筹码换来了一瓶布赫拉迪。这一瓶是原产自母星地球的舶来品，尽管闻起来只有淡淡的酒香，暗褐色的液体刚一入口，醇厚的泥煤味道便爆炸般地顺着味蕾扩散开来。宇寒对着酒瓶，一口气喝下三分之一，之后塞上软木塞，将剩下的酒交给酒保寄存。他踉跄地走到大厅的沙发处坐下，半躺着身子，颤抖地合上双眼。

扭曲的空间，撕裂的太空船，翻滚的烈焰地狱。自从向日葵驾驶着太空船一去不返后，只要闭上眼睛，宇寒就会看到这幅画面。他猛地睁开眼睛，不敢继续看下去，继而用力地扯住头发，等待着荷尔蒙与酒精混合作用的魔力慢慢显现。几分钟后，画面渐渐模糊，向日葵的眼睑不见了血迹，宇寒仿佛看到了她在对着自己微笑。宇寒也笑笑，撑着膝盖站了起来，摇摇晃晃地回到了赌桌旁。

猜大小永远是散客区最受欢迎的游戏，没了保持肃静的规则，围观群众大喊大叫着，释放出过剩的激情。这一次，宇寒选择了这个完全将命运交给运气的游戏。他挤过拥挤的人群坐在庄家对面，与他同坐的只有两名玩家，面前的筹码却码了老高。宇寒不动声色地估算着，筹码的金额在这颗行星上够买下一栋楼房了。

庄家向玩家们展示了有着铅夹层的骰盅和三枚骰子——铅夹层可以防止 X 射线的透视，骰子的印花全部在表层之下，六面撞击骰盅的声音完全相同，不可能通过听觉辨别大小。

没等庄家将骰子放入骰盅，宇寒便将三枚筹码拍在了写着"大"的圆圈里。人群一阵惊呼，身边的两位玩家不解地看看他，将视线移回了庄家手中的骰盅。

庄家面带微笑地对宇寒点点头，好似在赞许他的勇气。随后，他将骰盅固定在桌面的指定位置上，按下按钮，刺耳的气流声响了起来。在赌场漫长的历史中，掷骰子最初由人类操作，后来换作了利用机械振动摇晃；但随着科技的发展，人们发现机械振动的结果十分容易预测，便将动力源换作了强劲的气流。气体在骰盅内会形成湍流，想要预测结果不仅计算量巨大，初始条件稍有偏差就会导致大相径庭的结果。

气流声弱了下来，骰子已悉数落在了桌面上。右手边的玩家揪着额头思考了许久，将几十枚筹码压在了"小"上；左手边的玩家愤怒地拍了一下大腿，取过一枚最小的筹码，同样压在了"小"。庄家张开双手看着玩家，确认没有人加注后，不紧不慢地揭开骰盅——三个2，从点数来说是小，但在赌场中这种算作"围骰"，除非你买了三个2，否则一律算输。

另外两名玩家懊恼地捶着桌子，宇寒只是无奈地摇摇头，取出衣兜里最后的六枚筹码——

就在这时，一只纤细的手搭在了他的肩膀上。宇寒回头看去，一名穿着蓝色晚礼服的陌生女性站在了他的身后，对他轻轻点头示意。人群议论纷纷，庄家上下打量着突然闯入赌局的女士，说道：

"很抱歉，这里的赌局是不允许你加入的。"

女士笑道："我当然清楚。我想出钱让这位少年来赌，可以吗？"

"我们不会过问钱的来路。"庄家立刻答道，"但赌局开始后，你不能以任何方式向这位少年传递信息。"

女士向前一步，将一枚金色的筹码拍在桌面上。"我要来一局'钻石刀锋'。"她掷地有声地说道。

人群愣了片刻，继而爆发出山呼海啸一般的欢呼，其他赌桌附近的玩家都不由得看向这里。女士手中的金色筹码价值两百万个信用点,通常难得一见,也是要求庄家开启"钻石刀锋"赌局的最低额度。

庄家正了正金框眼镜,盯着桌上的筹码看了片刻,示意那女士要做些准备,玩家必须等待一段时间。看准这个间隙,女士拉住宇寒的胳膊,带着他来到了远离人群的区域。

"你知道这里是什么地方吗?"女士揪住宇寒的衣领,"是不是看过赌博电影,心里痒痒了?"

"你是谁?"宇寒冷淡地问道。

女士瞪着宇寒冷淡的面孔,厉声说道:"现在是宇宙世纪,我的朋友,赌场早已变成了各种科技千术的竞技场。你是死是活我懒得管,但既然看到了,我至少不想你死得不明不白。"

说罢,她不由分说地将宇寒拽到了21点的赌桌外围:"这场赌局,总共有四位玩家,坐在中间的两位是不明所以的散客,是冤大头;你看两边的两位,他们在干什么?"

宇寒眉头紧皱,勉强抬起涨痛的头部:赌台左手边的玩家看上去是亚裔,小小的个子,脸上蓄了厚厚的胡须;右手边是一位身材壮硕的黑人女子,若无其事地吸着香烟。无论从什么角度看,他们都没有任何相似之处。

"注意观察他们的右手!"

顺着女士的指示,宇寒方才注意到,亚裔男子的右手在桌面不停地摩挲着,黑人女子的食指反复画着圈圈。

"他们都在设法偷看庄家的底牌,当然庄家也没闲着。"这个女士解释道。

"他们有办法透过牌背面的光子晶体偷看?"宇寒问道。

"光子晶体只是做给外行看的。别忘了,扑克有两面,背面不行,还有正面。"女士握住宇寒的手更加用力了,"牌和桌面之间会有几个微米的间隙,对于微观探测手段而言,简直就是畅通无阻。你看那个大胡子,他在向着庄家的方向发射隐失波,这种只沿着表面传播的电磁波与牌面的印花相互作用后,再被他指间的纳米探针读取。那边的肥女人将纳米机器藏在了香烟里,一旦燃烧,纳米机器就会顺着空气飘散过去,读取信息。"

宇寒吃了一惊,女士又将他拉回了掷骰子的赌桌旁:"刚才坐在你旁边的两位,眼球里全都集中了红外激光探测器,所以才敢坐在这里。"

"激光又怎样,又不可能透过骰盅观察?"宇寒质疑道。

"激光打在骰盅外壁,再反射回来,就能够通过干涉原理十分精确地测量骰盅的震动,通过类似的原理科学家甚至能够探测引力波。在庄家合上骰盅的那一瞬间,他们都记录了骰子的初始状态;之后,他们会根据骰盅的每一次震动,精确地计算出骰子在骰盅内翻滚的物理过程。如果愿意,他们甚至可以预测一百年后落下的骰子会是几点,宇宙世纪的算力早已足够。"

"庄家为什么不设法封锁这些技术呢?"宇寒继续问道。

"这些漏洞,都是庄家刻意留下的,这样才会有更多的大鱼上钩。例如庄家可以调制隐失波,让玩家得到错误的信息;又或者控制气流使骰子不碰撞骰盅翻滚……当然,玩家也会对此作为预判,进行反制。这些赌局的本质,是各种科技的牵制和博弈。"这位女士解释完毕,双手叉腰看着宇寒,"怎么,你还想再去玩一把吗?"

宇寒从衣兜里取出为数不多的几枚筹码,抛向空中,再伸手抓住。他看了女性一眼,转身向其他的赌桌走去,留下背影作为回答。

女士一把抓住宇寒叫道:"你这家伙,难不成是明知道这些,却还……"

"聪明的女人,一定懂得看破不说破。"宇寒头也不回地说道,"赌局开始还有一段时间,你一定能再找到一个人替代。"

"做个交易吧。"女士松开拉住宇寒的手,她走到宇寒近前,冷不防地说道:"只要你替我上场,我就帮助你忘掉那个人,如何?"

女士的声音十分轻微,好似蝴蝶扇动羽翼,却在宇寒的脑中掀起一阵风暴。半晌,宇寒才从震惊中恢复过来,他用力地握住女士的双肩,激动地问道:"你怎么知道的?"

"聪明的女人,从来看破不说破。"女士将食指点在宇寒的嘴唇上,"另外,记住,我叫翕然。"

"钻石刀锋"是一个与骰子猜大小十分类似的游戏,只不过它所使用的骰子,是一颗碳原子。在气压低至十的负九次方个标准大气压的真空容器中,倒立着一支金刚石的针尖,其尖端被精确加工到一个原子。位于容器另一端的脉冲激光枪会发射两颗能量相同的光子,光子的能量经过精确调制,能够恰好激发出顶端碳原子的两个外层电子。

碳原子的原子序数是6,有四个电子位于外层轨道上,根据泡利不相容原理,自旋上下各居其二。因此,被光子激发出的两个电子,自旋或者相同,或者不同,概率各为百分之五十。在游戏中,先由玩家下注,之后庄家发射光子,探测器接收到电子后,依次展示出两颗电子的自旋状态,其间玩家有一次机会选择是否加注。由于海森堡测不准原理,无论玩家使用何种手段去提前观测电子的自旋状态,都会对电子本身的量子态造成影响,并由此被系统识别为赌局无效。因此,"钻石刀锋"从物理原理的层面便杜绝了出千的可能性。

宇寒独自坐在庄家对面，手中握着翕然交给他的金色筹码。桌面上显示出四个图形，分别为"↑↑""↓↓""↑↓"和"↑↑↓↓"。后两者相当于压注"不同"或"相同"，由于概率均为百分之五十，赔率为一赔一；前两者的概率各为百分之二十五，有着一赔二的赔率。

宇寒闭上眼睛，面前浮现出儿时的某个晚上，与向日葵一同观星的回忆。那一夜，向日葵指着斑斓的夜空，对他说：

"长大后，我才不要潜到地下。我的目标，在那里！"

"啪"的一声清响，宇寒将筹码拍在了"↑↑"的标签处。庄家点点头，按下手边的按钮，赌桌周边的LED灯渐次亮了起来，扩音器中传出破风与爆炸的音效。头顶的大屏幕亮了起来，出现在上面的符号是"↑"，下方还附着宇寒完全读不懂的谱线图。人群沸腾起来，庄家摆了个手势，问宇寒是否要继续下注。

宇寒想都没想，一把将翕然提供的50枚金色的筹码全部压上，总计一亿个信用点。围观群众有节奏地欢呼起来，"上""up"的声浪此起彼伏。宇寒再次闭上眼睛，眼前的向日葵对他微笑了——

张开眼睛的瞬间，大大的"↑"映入眼帘。

宇寒站直身子，双手握拳举向天空，那一刻，他体会到了真实的快乐。翕然穿过人群走到他面前，对着他的额头吻了一下；之后两人在人群的夹道欢呼中，挽着手臂离开了赌场。

迈出赌场大门，翕然立刻招手叫了出租车，拉着宇寒坐在后座上。宇寒看了看她裸露在夜色中的双肩，问道：

"如果我输了怎么办？"

"你确实输了，正确的结果是上下。"

宇寒吃了一惊："你修改了结果？"

翕然再次将食指点在他的嘴唇上。"电子的自旋角动量无法修改，我却可以让在场的所有人'认为'你赢了。不过增强现实这种小儿科，赌场很快就会发现吧，所以要快些带你离开。并且，你以后恐怕再也无法来这里了。"

宇寒突然间感到全身一阵无力，他瘫倒在座椅上，问道：

"现在怎么办？"

"去你家。"

宇寒转过头来，上下端详着翕然问："你确定？"

"除非你不欢迎。"

"哪儿的话，我才不会在乎。"宇寒一面搂住翕然的肩，一面对着自动驾驶AI说出了自己位于另一个星区的住址。这段路程如果不乘坐公共交通，需要花费高达两千多个信用点的巨款，但现在他们手中有三亿。

自从上次的一夜温存后，宇寒已经有接近一个月没有见到翕然了。那一夜，他万万没想到翕然会如此的激情，因此自己也十分投入。可第二天一早，这个神秘的女人便不见了踪影，甚至没有留下联系方式。

这段时间里，宇寒继续着之前的生活节奏。白天在学生会忙忙碌碌，夜晚去做各种兼职。翕然消失的同时带走了所有的钱，那一夜的纸醉金迷就仿佛一场梦。他刻意关注了新闻，有一个不起眼的报道说，他常去的那家赌场升级了防止出千的技术，想是翕然的赌局给他们带来了不小的损失。

一天夜里，宇寒送完了最后一份快餐——宇宙世纪仍有部分人抵制人工智能送餐员，坚持要求人类配送——他刚刚发动飞空摩托准备返家，一架小型太空船不偏不倚地落在了他的面前，翕

然从开启的鸥翼门后探出身子。她今天穿了一件千鸟格收腰的西装外套,脚踏一双深黑色的皮靴。见到宇寒,翕然微笑道:

"多亏上次你赢的钱,都准备好了。"

宇寒一头雾水地问道:"准备好什么?"

翕然走上前来,捏捏宇寒的脸颊:"不是说好了吗,我会帮你忘掉那个人。"

说罢,她丢给宇寒一件太空服。宇寒匆忙关闭飞空摩托的发动机,看着手中的太空服问道:"去哪里?"

"我的赌场。"

翕然的赌场位于恒星带的边界,那里遍布着质量从几百克到上千万吨不等的小行星,是太空船航行唯恐避之不及的区域。宇寒万万没有想到,这里居然藏着一颗月球大小的小行星,直到太空船航行至五十万千米的近处,才在监视器中显露端倪。

"这颗星球上有着丰富的矿产和地热资源,足够为藏在地下的阿克别瑞引擎供能,所以才能造出防止外部探测的空间曲率层。"翕然自豪地解说道,"你听说过冷夜星吗?"

宇寒点点头,冷夜星是闻名星际的黑市星球,只不过其存在和位置一直是个谜。

"这里可以说是冷夜星的缩小版,我曾经的老板,经营着冷夜星最大的赌场。"

翕然的太空船缓缓降落,从高空望去,小行星向阳的一侧已形成了稀疏的城市群,大大小小的太空船往复穿梭。来不及熟悉小行星的生态,宇寒跟着翕然径直步入了一间面积不大的赌场,放眼望去只有稀疏的几位客人。

"这里的主要设施也在地下吗?"宇寒问道。

"算你聪明。"翕然笑道,"不过不是为了躲避警察,而是为了更加接近地下热源。"

跟随翕然走下电梯,宇寒方才发现这里的异常之处:完全看不到赌场中常见的老虎机、轮盘赌、豪斯等设备,有些顾客正在费力地套上太空服,还有些躺在人工冬眠设施一般的舱体里。一名面色沧桑的中年男子看到翕然,迎上来问道:

"你是这里现在的老板吗?"

翕然点点头,男子长叹一口气。"真没想到,一场回来,已经过了一万五千年。"说罢,他紧紧握住翕然的手,"十分感谢你们,不知如何才能报答。"

"没有必要。你在深潜的同时,我们已经采集到了足够多的信息。"翕然礼貌地与男子握握手。

男子拖着沉重的步伐走远,翕然看着一脸惊讶的宇寒,解释道:"在宇宙世纪,赌场的进化主要沿着两个方向,一为游戏方式的进化,一为'赌资'的进化。当然,后者是星区法律绝对禁止的,所以我们才会把赌场藏在这里。"

宇寒看看四周,问道:"所谓赌资,就是赌博片里,用性命赌博的那种吗?"

"除了性命,人类有更多自身的财富可以用作赌资。"翕然指指躺在舱体中的男人,"他参与的赌局,筹码是'自由比特'。这是一种特殊的微观粒子,无法通过观测宇宙中除了它之外的部分,预测它的行为,是'自由意志'的载体,在人类的大脑中极其富集。"

"失去'自由意志'会怎样?"宇寒问道。

"不会怎样,只不过如果有人愿意,就可以准确地预测你在一毫秒后会说什么、做什么。"翕然说罢,又将目光投向走远的中年男子,"他参与的赌局叫作'强德拉塞卡深潜',参与的玩家会在黑洞事件视界的边缘进行赌博，输掉的人，会逐步靠近事件视界。赌局的信息依靠量子纠缠态传输，时间流速的差异并不会造成影响。"

"输光的人会怎样？"

"掉进黑洞喽！"翕然耸耸肩，"我们赌场一方，已经在这个过程中收集到了足够多的数据，在大科技公司那里能卖到相当好的价钱。"

翕然一面聊着，一面带领宇寒进入了一个小房间。这里的四壁遍布着深灰色的金属板材，两张金属座椅突兀地摆放在房屋正中，各种管线盘根错节地遍布四周。翕然将一只手搭在床上，注视着宇寒的瞳孔，说道：

"你要在这里和我赌一局，筹码是我们的记忆。"

宇寒坐在冰冷的座椅上，胖墩墩的智能机器人帮他在身体各处接上电极。他吞下一颗红色的胶囊，几分钟后，胶囊中的纳米机器会沿着动脉附着在大脑的神经突触上，与体外电极协作工作。按照翕然的解释，这是一套大型的增强现实设备，可以读取玩家的深层意识，并用影视化的方式显现出来。

翕然提出赌局的建议后，宇寒表示出不解：

"为什么要赌博？我以为你会直接用手术删除记忆。"

"大脑对记忆的存储，并不像计算机硬盘一般，数据与地址严格对应，而是相互纠缠在一起。想要指向性地删除记忆，又不造成其他后遗症，需要十分复杂的操作。"翕然解释道，"这其中重要的一步，就是得到你本人的认可。并非理性与逻辑层面的认可，而是源自潜意识的'接受'。按照我们的经验，赌博中'输掉'，是潜意识接受'失去'这件事的最简单的方式。"

宇寒思考片刻，继续问道："那为什么要用你的记忆做筹码？我要你的记忆做什么？"

翕然莞尔一笑，提出一个匪夷所思的建议：

"这个嘛，因为我希望你更加了解我。这样吧，我们以彼此的记忆作为筹码，想要取回你关于那个女人的记忆，就必须从我这里赢回去。你看如何？"

就这样，宇寒参与到了自己从未想象过的赌局之中。

房门渐渐关紧，耳边响起主机开启的电子音。刹那间，宇寒的面前铺开了一张浅蓝色的赌桌，将他和翕然的座椅连接起来。一位相貌与向日葵十分相似的女孩子站在赌桌的正中，黑色的西装勾勒出紧致的身材。

"嗯，原来这就是你念念不忘的人，有趣。"翕然饶有兴致地看着向日葵样貌的虚拟荷官，宇寒苦笑着摇摇头，没有理会她。

双方商议后，选取了豪斯作为赌博的游戏。宇寒的面前凭空冒出了两沓厚厚的矩形筹码，每一个上面都清晰地标注了日期。

"这些是我的记忆，请尽情使用。你可以随时增加筹码，但需要用到你自己的记忆。"翕然一面说着，一面将代表了宇寒记忆的筹码拿在手中把玩。"这位女孩子叫向日葵吧，你关于她的记忆还真是丰富。"

"我们是青梅竹马，五岁就认识了。"宇寒冷着脸解释道。

翕然摆了个手势，荷官开始发牌。底牌分毫不差地滑到了宇寒面前，可直到第二张红桃J拿到手，他也没有拿起底牌去看。

"扑克同样是增强现实，不过你放心，我不会用任何手段偷看。"翕然解释道。

宇寒没有作声，向翕然的方向看去。她同样没有拿起底牌，第二张牌是方片4。

"我来叫啊……"宇寒笑了笑,随手拿起一个筹码丢了出去。没承想筹码刚刚接触桌面,空荡荡的四周便显示出增强现实影像来——刺耳的爆炸声响起,白光晃得宇寒双目一阵眩晕。可在浓浓的烈焰之中,翕然矫健地俯着身子向前冲去,一脚踢开木门,端起机枪对着房内一阵扫射。

"作为赌资的记忆会作为影像显示出来,这也是我选择这个房间作为赌场的原因之一。"翕然端详着影像中的自己,"好怀念啊,这大概是五年前的事情吧,我们击退了妄图袭击赌场的一伙宇宙海盗。"她又看看一脸震惊的宇寒,解释道,"你不想看的话,可以选择关掉。"

宇寒挥了挥手,面前果然弹出一道虚拟的屏幕。他连忙按下红色的"stop"键,四周顿时回归了冰冷的深灰色。他喘了几口粗气,问道:"你跟不跟?"

翕然在筹码中翻找着,不一会儿,她丢出一个筹码说道:"跟了。"

伴随着一阵光晕,虚拟影像再次播放起来,画面中的宇寒和向日葵还是小学生的模样,他们躺在一片草丛中,仰望着星空。

"在宇宙世纪前,住在母星地球上的人们,曾经用各种稀奇古怪的名字给星星划分区域,什么猎户啊、天蝎啊、帆船啊……可离开地球后,每颗行星看到的星空都是不同的,人们也就忘了这些名字。"向日葵将双臂枕在脑后,为宇寒讲述着。

"星空明明那么美丽,为什么大家还要去地下探索呢?"儿时的宇寒问道。

向日葵侧过脸看看宇寒说道:"你在想什么啊?那些星星可是离我们很远很远,相比起来,地底简直就是近在咫尺。"

"爸爸妈妈都在挖洞,我们将来也要……"

向日葵立即读出了宇寒的情绪低落。宇寒的父母对一深井的投资失败了,几年的积蓄打了水漂,在生活和事业的双重压力下,一直没有用好脸色对待宇寒。作为还没上小学的孩子,宇寒甚至连讨厌爸爸妈妈的能力都还没有,只得将厌恶投射到那些深井上。

向日葵并没有去说什么安慰的话语,她伸出右手,食指指向天空:

"长大后,我才不要潜到地下。我的目标,在那里!"

"下次可不可以不要播放?"宇寒不满地问道。

"害羞了?"翕然不怀好意地笑笑,"为了能够完整地将记忆删除,通过技术对你再现重要场景的细节,是非常关键的一步。如果你感觉实在不舒服,要不然咱们停下来?"

翕然的样子似是在说明,却又蕴含着一丝挑衅。宇寒闭上眼睛,向日葵的太空船被黑洞撕裂的画面再次浮现。他立刻冷静下来,敲了敲桌面,示意继续发牌。

转眼间,两人的手里都有了五张牌。宇寒拿到了对J、一张10和一张4,翕然则是对4、一张J和一张Q。翕然轻轻掀起底牌的一角,露出自信的笑容:

"这么好的牌,我可要下大一点的注。"

说罢,她在筹码中翻出一张数值特别大的,推向赌桌正中。房间中再次暗了下来,年幼的宇寒和向日葵正坐在一间封闭的小屋子里,地板不停地晃动着。宇寒立刻回忆起,那一次向日葵瞒过所有的大人,带着他下到一口刚刚挖掘完毕的深井中。此时,二人正身处下降的电梯之中。

"向日葵……我们还是回去吧。"宇寒双手抱膝，蜷缩在房间的一角。他抬头看看墙上的深度指示计，他们已经潜到地下一万五千米的地方。

向日葵不满地哼了一声："这次可是为了你，男子汉能不能勇敢点？"

宇寒将头埋在臂弯里，不再作声。就在几天前，他的父母决定将所有的积蓄全部投注在新挖的探井中，如果能够找到上古文明的遗物，他们的小家将一夜暴富。

然而即便是刚刚读小学的宇寒也知道，这不过是一个不切实际的梦，一个大人们为自己悉心编织的骗局。

"简单啊，我们先下去一趟，证明井下没有东西不就好了！"

当宇寒将心中的烦恼讲给向日葵时，她立刻这样回应，就仿佛在讨论明天的天气。

宇寒原本认为向日葵不过是装帅说说而已，可仅仅过了四天，放学时向日葵突然将他拉向一边，两人穿过一条人迹罕至的巷弄后，钻进了一辆货车的车厢里。

"我们去哪里？"两人藏在漆黑的帆布下，宇寒一脸迷惑地问道。

"当然是探井现场啊！不想些办法，小孩子可混不进去。"向日葵轻松地躺倒在车厢里，"放心吧，这是运送器材的货车，既不会缺氧，也不会放出冷气冻死我们，就是有机油的臭味。"

就这样，宇寒跟着这个疯丫头，稀里糊涂地混进基地，趁着工人全部休息的深夜，钻进了前往地下的电梯中。直到多年以后离开了奥杜尔，宇寒才得知，他们两个小孩子能做到这种事，除了向日葵惊人的行动力外，也是拜现场近乎于无的安防措施所赐。

一阵剧烈的震动，将宇寒从回忆中拉了回来。抬头看看，深度指示计已经超过了三万七千米。

"看来这里就是底部了。"向日葵麻利地打开壁橱，翻出一件小型的防护服丢给宇寒。

"为什么会准备小孩子的防护服？难道他们在非法使用童工吗？"宇寒脑中闪过关于黑探井的纪录片中恐怖的画面。

"想什么呢，这些是为接受了基因改造的黑猩猩准备的。"向日葵一面解释着，一面为自己套上，"比人灵活，还不像人工智能那样容易受到电磁干扰。"

井下的移动完全依靠线缆，先用发射枪选择固定点，射出锚栓，人在线缆上跟着移动。宇寒完全无法想象七岁的向日葵哪里学来的这些技术——事实上她也只是看大人做过而已。宇宙世纪最大的好处，就是没有什么设备需要用到肉体的力量，小孩子也能轻松驾驭。

深井探索最需要的是经验和胆量，小孩子虽然经验为零，但最不缺的就是无知者无畏的胆量。那一次，向日葵误打误撞地，只发射了三次，就找到了工人们囤积物品的横井。

"这些是什么？"宇寒借着探照灯的白光，狐疑地看着堆在地上的瓶瓶罐罐。

向日葵走上前去，拧拧阀门，一股强劲的气流喷射出来，她吓了一跳，赶忙将阀门关上。

"是探井作业时储备的压缩气体，和继续探索用到的炸药。"向日葵摆出一副专家的样子，"宇寒，你确定这里什么都挖不到吗？"

这种事情宇寒怎么可能清楚，可基于小孩子的执着，他还是用力地点点头："我听人说过，奥杜尔内部根本就什么都没有。"

"那我们炸了它吧。探井爆炸,你父母也就不会投资了吧!"

宇寒被向日葵的大胆想法吓得不轻,可他还没来得及阻止,向日葵已经开始摆弄一些计时器一般的东西了。也不知鼓弄了多久,液晶屏上显示出"30min"的倒计时。

"好了,我们快逃!"

宇寒之后的记忆有些模糊了。他只记得当晚逃出探井现场时已是深夜,回到家里被老爸海扁了一顿。第二天,他看到新闻中报道那口探井出了事故,一切作业暂停。

成功了!宇寒被扇了耳光的脸颊还在痛,可他却开心得不得了。同样令他高兴的,还有向日葵第二天一早若无其事地来了学校,就好像什么都没有发生过一样。

实际上,探井深处压根儿就没有什么烈性炸药,接近四万米的深处,高温高压的环境下不可能储存这类危险品,每次用到都需要从地面运输。向日葵摆弄的,不过是普通的、能够耐受极端温度的计时器而已。可第二天一早,工作人员发现监控中出现了两名小孩子,虽然看不清面容,但从身材判断应当不到十岁。当时奥杜尔的居民内部也不乏反对继续钻井的声音,如果消息传出去,一定会被那群反对者搞成巨大的丑闻,甚至公司都会被查封。于是管理层暂停了探井的融资与作业,花大力气升级了安保措施。托此之福,宇寒的家庭摆脱了一次倾家荡产的危机。

"嗯,看来这段记忆对你十分重要啊!"翕然一脸满足的表情,仿佛刚刚品味了美酒。

"这次之后,向日葵在我心里就成了英雄。"对于翕然窥视记忆,宇寒干脆放弃了抵抗,毕竟是自己有求在先。

"无意冒犯,不过,我真的有些羡慕向日葵小姐了。"翕然抿嘴一笑问道,"你跟不跟?"

宇寒掀起底牌——黑桃4,他拿到了两对。这样一来,翕然的三条4就破产了。他慢慢放下底牌,拿起等量的筹码丢了出去,又迅速关闭了弹出的记忆影像。

"哎呀,我真希望宇寒先生能品味一下我的记忆呢。"翕然笑道。

"抱歉,我没有那么恶趣味。"宇寒话中带刺。他掀起底牌,展示了自己的牌面:"J和4两对,该你开牌了。"

翕然默不作声地掀开底牌,出现在宇寒面前的居然是最后一张梅花J。

"同样是J和4两对呢,不过我的Q比你的10大,我赢了。"

翕然话音刚落,宇寒突然感到头脑一阵胀痛,他抱头趴在桌面上,痛苦地大叫着。翕然立即暂停了游戏,三步并作两步冲到宇寒面前,摸了摸他的额头。

"你……做了什么?"宇寒气息微弱地问道。

"刚才被我当作筹码的记忆,已经全部在你的大脑中删除掉了。"翕然脸上没有了戏谑的神情,双眼露出的只有关爱。宇寒试着回忆了一下,果然,他只能记起"一年级时向日葵做了什么了不起的事",细节却一概全无。

"如果我赢到最后,你能回忆起的,也就只有曾经认识过一名很棒的女孩子这件事了。"翕然解释道,"但忘却同样会带来痛苦,无论身心。怎么样,要停下来吗?"

宇寒撑起身子,深吸一口气道:

"继续!"

宇寒输掉的记忆已消失不见,翕然手中的筹码数量减少了,面值却增加了相应份额。

第二局开始前，宇寒提议道：

"我们不要每张牌都加注了，一次性发完五张牌，一次下注如何？"他拍了拍涨痛的太阳穴。

"没问题啊，只要你觉得OK。"翕然很简单便答应了。

五张牌发完，宇寒拿到了一对K，赢下了翕然的一对9。赌局结束，宇寒的筹码中又多出了几枚。

"不会把记忆还给我吗？"宇寒问道。

"我这边有很多赢下的自己的记忆，自然不会这么做。"翕然笑道，"怎么，你希望取回刚刚删除的记忆吗？"

宇寒苦笑着摇摇头，示意赌局继续。

第三局，宇寒的明牌拿到了三张7，剩下两张是5和A。对面翕然的明牌是四张红桃同花，她将底牌夹在两个手指之间把玩着，又轻盈地放在桌面上。

"这一把可要赌大一些。"翕然说罢，抓起一沓筹码一并丢在桌上。一张菜单在翕然面前弹了出来，她点中了其中的一个选项："一个个看确实太浪费时间了，就看份额最大的那一张吧！"

翕然话音刚落，一名十几岁的少年出现在赌桌旁。他穿着其貌不扬的灰色夹克，头发却染成了姬胡桃的颜色。

"这是你吗？"翕然惊讶地看看对面宇寒一本正经的装束，皱起眉头。

"真是抱歉啊！"宇寒臭着脸答道。

两年前，宇寒全家离开了奥杜尔，搬迁到了星区最大的行星定居。在奥杜尔的几年里，父母几乎没有挣到钱，积蓄还赔光了大半，即便换了行星，也只能过着从头开始的拮据生活。

宇寒被转入了城区中最差的中学，入学第一天，几名学长就用拳头给他上了一课。那天晚上宇寒鼻青脸肿地回到家中，可忙于生计的父母压根儿就没有闲情去关心他。

第二天，宇寒将一根铁棒藏在怀中，将昨天打他的四名男生全部送进了医院。之所以没有选择刀具，仅是由于刀具留下的伤痕太深，他们家赔不起医药费。父亲气得全身发抖，但看到已是遍体鳞伤的儿子，最终还是没有动手。

小孩子就像是哈哈镜，小时父母做过的一切，都会被记录下来，经历过无数次的扭曲与放大后，以匪夷所思的形式呈现出来，无论好与坏。

"发展到宇宙世纪，人类的平均寿命反而降低了。知道为什么吗？因为多了太多缺少安全保障的职业，政府又没有足够的力量管控。低寿命人群中，学历不足高中的占到了……"

班主任老师滔滔不绝地训斥着，她很庆幸这个叛逆的学生今天没有拌嘴，只是低头默默听着。看看时间，今天已经唠叨了整整二十分钟，老师认为已完成了任务，便匆忙在宇寒产生抵触情绪之前结束了对话。

宇寒鞠了一躬，默默地离开了老师的办公室。他今天之所以学乖，完全是因为晚上有约，如果多生事端，怕是会被留到很晚。

离开奥杜尔后，宇寒生活中唯一的光，就是每月都会与向日葵相约见面。向日葵住在另一座更大的城市，在顶级中学就读，如果不是青梅竹马这层关系，两人怕是再无交集。

每次见面，宇寒都会乘车赶往另一座城市，一来他不想向日葵坐夜车返回，二来他的父母大部分时间不在家，回家再晚也不会有人责骂。照顾到宇寒的家境，每次见面向日葵都会主动结掉所有的账单，这样一来，宇寒每月需要准备的只有往返的车费。

当晚，宇寒等在约定好的西餐店前，焦急地看着时间。他并不担心错过末班车，即便让他在候车室里住上一夜也没有关系；但想要快些见到向日葵的心情，却火一般地燃烧着。

"哈哈，樱桃超人！"

背后传来熟悉的声音，好似一只欢快的精灵。宇寒匆忙转过身去，看到向日葵正在指着他的头大笑。

"这叫姬胡桃！"宇寒装作生气地大喊道。实际上他并不喜欢这个颜色，染发时觉得这个颜色最能引起父母的反感，便毫不犹豫地选择了它。向日葵并没有理会他的反驳，迅速凑了上去，用鼻子嗅了嗅。

"你想干什么？"

"决定了，今晚的主食就吃樱桃蛋糕。"

宇寒如泄气皮球般垂下双肩，从五岁开始，他就拿这个女孩毫无办法。

"这家店的卖点，是可以随意地决定牛排的熟度，而不必拘泥于奇数分。"坐定后，向日葵将菜单递到宇寒面前，"炉灶上配置了拉曼光谱，可以通过牛肉中蛋白质的变性程度来精确掌握。"

企鹅形的机器招待走了上来，当询问牛排熟度时，宇寒坏笑道："我要根号六十一分熟的。"

做出这种恶作剧，他不过是想在喜欢的异性面前表现出自己机灵的一面，可招待却一丝不苟地答道："请问您要精确到小数点后几位呢？不同的精度有不同的价格。"

宇寒求助般地看看向日葵——毕竟是对方付款，他可不敢乱来。

"八分熟就好。"向日葵会意地答道，随后，又主动点好了其他的菜品。

等菜期间，习惯主导话题的向日葵问道："你想好读哪所中学了吗？"

宇寒摇摇头，实际上，他连自己是否会继续读下去都没有搞清楚。

"你知道吗，最近在你们市新建了一所高中，管理层都来自原来奥杜尔的那所中学，校园也仿造那里建造。我高中准备转去那里读，毕竟更有亲切感。"向日葵双眼放光，"我查了一下，学费不贵，你又能住在家里。"

宇寒叹了口气，仰躺在舒适的皮椅中。"你们学校的学生都是什么样的？"他刻意转换了话题。

"人样呗。"向日葵撇撇嘴，"为什么问这个？"

"我只是在想……他们一定过着我无法想象的生活。"

"嗯——"向日葵拉出一个长音，意味深长地看着宇寒，那双眼睛永远能轻而易举地看透他的想法。突然间，她说道："这样吧，这个周末，我带你去见识一下'有钱人'的生活。"

一周两次长途往返，宇寒不得不编了个理由找家里多要了些钱。父母拿钱时没少奚落，但想到立刻又能见到向日葵，宇寒依旧心情大好。

周末一大早，宇寒就赶往了向日葵所在的城市。按照对方发来的地址定位，宇寒推开一间咖啡厅的门。室内灯光有些暗，客人不多，宇寒很容易便找到了坐在墙角的向日葵——她今天一反常态地盘起了头发，戴着一顶墨绿色的贝雷帽，鼻梁上还架着一副硕大的女士墨镜。

向日葵示意宇寒坐下，笑道："真亏你能认出我。给你点橙汁好吗？"

宇寒点点头，实际上，即便向日葵整过容，他也有信心一眼认出。

"一大早来这里干什么?"宇寒问道。向日葵叼着吸管,拇指向右侧摆了摆。顺着她的指引,宇寒看到一名年龄与自己相仿的女生坐在不远处,身上穿着浅灰色的长裙,他记起那是向日葵学校的校服。向日葵认为长裙太不方便活动,每次见面都会换上便装。女生对面坐着一名其貌不扬的中年男子,正在指着一本书,对女生说着什么。

向日葵压低声音解释道:"那名女生是高我们一届的学姐,对面的老男人是学校的副校长。他们这次见面,名义上是补课。"

"名义上?"

"你马上就知道了。"

向日葵说是"马上",宇寒却无聊地等待了四十分钟。其间每当他想要开口说话,向日葵都会摆出"嘘"的姿势。橙汁有些酸,宇寒更喜欢平日在便利店买的那种,可当他看过菜单上"地球原产鲜榨橙汁"的价格后,还是硬着头皮一饮而尽。终于,那边的两人有了动作,男人披上外衣,走到女生一侧,搂了搂她的肩。

尽管隔着很远,女生脸上厌恶的表情,宇寒却看得一清二楚。

"走了。"向日葵迅速埋了单,拉着宇寒跟在两人后面。

之后大半天的时间里,两人跟在一男一女身后,先后游历了游乐场、美食街、商业区,男人虽然没有太多出格的举动,但总会时不时造成与女生的身体接触。而向日葵只是默默地跟着,什么也没有说,什么也没有做。

"快一些,要赶在他们前面。"见两人走出一家服装店,向日葵推了推宇寒。几分钟后,两人来到了商区最顶层的KTV。

向服务员打过招呼,向日葵拉着宇寒进入了预订好的包房。宇寒一头雾水地坐进包房,对着全息屏上的歌单发呆。

"怎么，真想唱歌吗？下次吧，现在先来干活。"向日葵一把将他拉到墙角，不像女孩子的蛮力拽得宇寒一个趔趄。她拿出一支口红形状的设备，对着墙壁按下按钮，片刻后，宇寒嗅到了一股烧焦的味道，向日葵收起口红，取出一把美术刀递给宇寒："你来挖吧！"

宇寒早就适应了这个女人的颐指气使，但他并不认为一把美术刀能把墙壁挖穿。他试着用刀尖戳了戳，没承想方才的部位立刻化作泡沫，不到一分钟的时间，他便挖出了一个手指粗细的、能够看到隔壁的孔洞。

向日葵凑了上来，看着宇寒挖出的洞，满意地点点头，解释道："这些非承重墙的材料力学性能和隔音性能都不错，就是不耐高温，红外激光一烧就破。"

"你究竟想要干什么？"宇寒问道。

向日葵解锁手机，递到宇寒手中说："你自己看吧。"

手机上显示了今天拍摄的相册，宇寒惊讶地发现，男人与女生身体接触的每一个细节，都被向日葵抓拍到了，而宇寒甚至没有见过她按下快门。

"这位副校长仗着手中的权势，对女学生骚扰已长达半年了。"向日葵波澜不惊的脸上露出一丝厌恶之情，"那位学姐的父母常年不在家，她无奈之下，向我求助。他们一会儿会去隔壁的包厢，这些也是学姐提前告诉我的。"

又过了十几分钟，学姐和副校长果然推门进入了隔壁包厢。透过挖出的孔洞，宇寒看到副校长拿出一个圆球形状的东西，对着屋子扫来扫去。一旁的向日葵解释道："这只老狐狸，想要做什么之前，一定会先检查屋内有没有摄像头偷拍。"她哼了一声。"不过这个先进的玩意儿只对电子设备有反应，能找到针孔摄像和纳米机器摄像,却无法防止最原始的偷窥方法。"

副校长之后的行为,已远远越过了"亲密接触"的界限,但如果对照法律,却又不至于判刑。当然,所有的一切,都被隔壁的向日葵用视频记录了下来。某一瞬间,宇寒看到了那位学姐,他猛然回忆起,他曾无数次地在镜子中见过这个表情、这个眼神。并非痛苦或求助,而是对于人生彻头彻尾的失望和无所谓。

既然活着,那就活着吧。

离开KTV时,宇寒沉着脸,即便今天可以算作和向日葵的约会,他也完全高兴不起来。向日葵从自动售货机中买了一罐橙汁递给他:

"看到了吗,有钱人的生活?"

"啊……嗯。"宇寒不知该说些什么。

"跟我来吧。"

"还要去哪里?"

"看看底层人民的生活。"

宇寒麻木地跟在向日葵身后,打开橙汁喝了一口。那一刻他才发现,向日葵买了他最常喝的那一款。

向日葵要去的地方目标十分明显,越过一条街区,建筑物明显破旧起来,过往的行人看到中学生来到此处,时不时投来好奇的目光。

"宇宙世纪,人类极大地拓展了疆域,大量宜居行星被发现,却从未找到智慧生物。"向日葵如同背诵课文一般说出了当今的时代背景。"提问:现在最缺的和最不缺的,分别是什么?"

"最缺的是资源吧,最不缺的……"

"那是官方的说法。"宇寒还没说完,就被向日葵粗暴地打断。她自顾自地说道:"从人类探索宇宙的角度,说资源匮乏也没有错,但以人类目前版图中的资源而言,想要养活现今的人口,绝对是过剩的。所以,只要在正规的星区,你很少听说谁会饿死。"

宇寒想到他们家虽然吃不到什么好的食材,也确实从未缺衣少食过。

"最不缺的东西,就是空间。宜居的行星太多了,人类根本用不到那么多土地,加之现在建造房子十分简单……"向日葵指了指前方高大的气凝胶建筑,"除了在地球母星外,房产这东西,早就不值钱了。"

宇寒点点头问道:"那最缺的是什么?"

"人力。"

就在这时,一名中年男子踉踉跄跄地从宇寒身边走过,眼白出奇地大。宇寒泛起一股恶寒,不由自主地向一旁躲了躲。

"即便有了人工智能辅助,人力资源也永远处于匮乏的状态。换言之,只要你希望,总能够找到一份工作。因此,最惨的境遇并非没有赚钱的差事,而是被时代抛弃。"

"抛弃?"宇寒皱皱眉头,今天的接触,令他感觉向日葵已经身处一个他可望而不可即的世界。

"没了资源和空间的限制,人类的科技野蛮式生长,这其中,一定有大量的技术最终会遭到淘汰,或者压根儿就有百害而无一利。但无论何种技术的研发,总需要人的参与,特别是底层的测试人员或者被测试者。"向日葵回头看看那位面色惨白的男子,"他应当是参与了'共享意识'的测试,这种技术还不稳定,想要使不同被试者的思维深度融合,必须借助精神类药物,所以他才会是这副模样。"

"可是,怎样才能辨别某种技术是否有前途呢?"

"知识。"

宇寒没有作声,他已经明白了向日葵叫他同行的目的。他眼中的上层社会,同样为着原始的欲望做尽龌龊之事;而他本人如果不想成为时代的残渣,就必须掌握更多的知识。

一路上,宇寒见识到了各色各样的人,他们有些接受了无法还原的肉体改造,有些带着自己失败的复制品,更多的还是被药物搞到神志不清的可怜虫。这些人想去往正常人的街区需要接受严格的检疫,所以他们中大部分索性留在了这边——反正活得下去。

向日葵带着宇寒,一路来到一座小房子旁。宇寒平生第一次看到向日葵露出了紧张的神色。

"这是什么地方?"宇寒问道。

"这里面住着星区数一数二的黑客,想要扳倒那位副校长,刚刚的证据是远远不够的。"向日葵头也不回地答道。

"这样的人为什么会住在贫民区?"

"他要将大脑与网络直接相连,需要大量的药物维持,而这里最方便买到。"

房子没有锁门,跟着向日葵进入后,宇寒看到一名骨瘦如柴的男青年躺在一群线缆之间,周围是密密麻麻的金属支架,不计其数的电脑主机发出低沉的轰鸣。

"这里的硬件能力,星区没有几台超算赶得上。"向日葵小声解释道。

听到有人进入,男青年艰难地挺起身子,看着他颤抖的身体,宇寒认为这个人活不了太久。可同时,他还注意到对方的脖颈上有一个泛着金属光泽的空洞,就仿佛科幻作品中的"脑后插管"一般。

"害怕吗？这玩意儿可是好用得很，纳米机器的数据传输带宽太差了。"男人一眼便看透了宇寒的想法。

"抱歉……请问怎么称呼您？"

"胖子。"

向日葵插了进来，她将一张纸条递到叫作"胖子"的瘦子手里，说道："我来过这里，还记得吗？这就是我的需求。"

胖子瞄了向日葵一眼："当然记得，名字是朵花的小姑娘。"向日葵撇撇嘴，胖子将柴火一般的手指抚在下颌上，答道："这事很简单，不过我要的报酬，你给得了吗？"

向日葵的鬓角淌下几滴汗："你想要什么？"

胖子将脸凑过来，上下打量着向日葵，仿佛邪恶的魔法师在端详祭品。少顷，他伸出两只手指说：

"两年，你需要留在这里，为我做两年生体计算单元。"

向日葵微微低头，轻咬嘴唇。宇寒上前一步，握住胖子青筋尽显的手臂叫道："如果我代替她，需要多久？我脑子不比她好使，但也能用作你的算力。"

胖子不屑地哼了一声："你以为我需要算力吗？人脑的算力，甚至比不上几个量子比特。我需要生体计算单元，是为了给我的程序提供非逻辑最佳算法，这个小姑娘脑袋里装满了稀奇古怪的思想，是可遇不可求的极品啊！你的话……"他的眼里露出一丝狡黠，"至少二十年吧！"

宇寒嘴角微微上扬，他取出一枚硬币：

"这样吧，咱们赌一局。如果是正面，你免费帮助我们；如果是背面，我这一辈子就交给你了。"

胖子讥讽道："小子，想在女朋友面前装英雄吗？"

宇寒丝毫不理会对方的言语，反而继续挑衅道："怎么，不敢吗?"

胖子点上一支烟:"成交,一局定输赢。"

在将硬币抛向天空的一刻,宇寒体验到了久违的自豪感。他为自己的胆识而自豪,为自己终于能帮上向日葵而自豪。他的双眼紧紧盯住硬币,以至于没有注意到身边的向日葵已经站了起来,默不作声地走到他的面前。向日葵左手用力一挥,将半空的硬币打飞出去,继而转动身子抡起一脚,径直踢到了宇寒的右臂上。宇寒脚下一个不稳被踢飞,后背重重地撞在金属架上,几台机箱掉落下来,砸在地上发出闷响。

向日葵跨过一团乱麻的线缆来到宇寒面前,揪着衣领将他拎了起来。宇寒惊呆了,可突然间,他注意到向日葵的手臂在颤抖,由于愤怒而无法停止的颤抖。宇寒的心中咕咚一声,他十分害怕,害怕接下来向日葵会说出的话语,害怕他们之间的关系无法继续;可向日葵只是瞪了他片刻,便转身看向胖子:

"生意我们不做了,刚才摔坏的设备,我会赔偿。抱歉。"

向日葵微微鞠了一躬,拉起宇寒,头也不回地向门外走去。这时,身后突然传来了胖子的声音:

"请等一下。"

向日葵停下脚步,却没有回头。

"方才这位小哥投出的硬币,是正面。"胖子张开手掌,宇寒看到了硬币正面精致的印花,"免费的服务,你们真的要放弃?"

看完长长的回忆,翕然目光迷离地望着空荡荡的屋子,似是在自言自语:"我有些后悔了,帮助你忘掉向日葵也许是一个错误的决定。"

"不,我非常感激你。"宇寒将等量的筹码推向赌桌正中,

"我跟了。"

那一刻，两人的视线交会了。尽管宇寒的双眼黯淡无光，翕然却似乎看到了回忆中那位鲁莽地跟在向日葵身后的少年。她心领神会地点点头："明白了，我会尽全力击败你。"

说罢，她又拿起一沓筹码，丢向投注区。

"我跟。"宇寒重复了刚才的动作。

翕然翻了翻筹码堆，从中取出两枚最大的——

"再加。"

宇寒握紧双拳，犹豫许久，低下头说道："我放弃。"

刚刚消散的头痛再次袭击宇寒，如同有尖锐的针在刺激着神经。他痛苦地趴在桌上，待痛感减轻后，他发现初中时代与向日葵的共同经历，已变得暧昧而遥远。

"现在停止的话，删除的记忆还能恢复。如果你将所有的筹码都输掉，对向日葵的记忆删除将成为不可逆的过程。"翕然将筹码捏在指尖把玩着。"还要继续吗？"

宇寒用叫牌的动作回应了她。

之后的赌局中，宇寒虽然偶有胜绩，但大部分时间都输得很惨。一段时间过后，他手中的筹码已所剩无几。

"快要成功了呢。"翕然淡淡地说道，"很快，你就会彻底忘掉向日葵这个人。"

宇寒闭上眼睛，被引力旋涡撕裂的太空船内，向日葵的身体扭曲着。他疲惫地仰躺在座椅上，汗滴不停地淌下。

"下一把是你最后的机会了，我仅凭战术就能结束这一切。"翕然提醒道，"现在放弃，还来得及。"

宇寒挺直腰身，问道："可以继续了吗？"

翕然笑笑，示意荷官发牌。

这一把，翕然的明牌拿到了三张 K，宇寒手中则是三张 2。

翕然看了看桌上的筹码，说道："你和向日葵的故事，我大概了解了，但我很好奇，这枚筹码中储存的记忆究竟是什么。"她从筹码堆中挑选出一枚小小的黑色筹码，上面写着最低的数值"1"，"这个数值，意味着这是你最想要抹除的一段记忆。"

宇寒心头一惊，他似乎可以猜到那是怎样的一段记忆。翕然将筹码丢到赌桌正中，AR 影像呈现出来。画面中的宇寒正坐在家中温习功课。他的头发染回了黑色，看身高已是高中生。房间大了一些，家具也添置了不少，宇寒甚至有了自己的书架。

敲门声响了起来，透过监视器，宇寒看到了向日葵的脸。他曾邀请向日葵来房间中做客，向日葵小队的成员们也曾在这里聚会，但向日葵独自来找他，还是第一次。

打开房门，宇寒方才发现向日葵在大口喘着粗气，眼神不安地左右环顾着。

"你怎么……"

"进屋再说！"

宇寒一头雾水地被向日葵推进了自己的房间，又在她的指挥下拉好窗帘，打开房屋周围所有的监控。几分钟后，见到监控内毫无动静，向日葵终于长出一口气，整个人瘫软在地上。

"究竟发生了什么？"宇寒迫不及待地问道。

"我被跟踪了，有人想干掉我。"向日葵随意地拿起桌上一瓶饮料喝了起来。

宇寒大吃一惊："对方是什么人？"

"不知道。"向日葵快速答道，"也许是前些年和你一起整垮的副校长吧，又或者是别人？我这些年应当结了不少仇家。叔叔阿姨呢？"

宇寒告诉她父母最近都忙于公务，应当很久不会回家，向日葵一口气灌下所有的饮料，坐到电脑前。

"这件事我来处理，你帮我做些外围的工作即可。万一有什么差池，我可不想你受到牵连。"

"要不要让田欣他们也来帮忙？"

"田欣因为妹妹的事焦头烂额，至于星忆和叶爽，他们和这个世界相距太遥远了。"

那天晚上，宇寒一直守到深夜，向日葵始终在检索着什么，完全没有让他帮忙的意思。实在耐不住困倦，宇寒最终打地铺睡着了，将床留给了向日葵。可第二天一早他睁开眼时，向日葵已经不见了踪影，只留下了一张"等我电话，不要主动联系"的纸条。

那些天，宇寒过得茶饭不思。向日葵没有来学校，老师那边他想办法糊弄了过去，向日葵小队那边也编好了借口；但他本人却几乎每隔几分钟都要看一次手机，生怕漏掉了向日葵的来电。

收到向日葵的联系是在第三天，她用陌生号码打来的，宇寒险些漏接。

"现在方便吗？我在第三街区的咖啡厅。"

尽管还是上课时间，宇寒甚至没有请假，穿着校服便搭上了出租车。见到向日葵时，她尽管还带着一如既往的笑容，神色却显得疲惫不堪，眼角似乎还挂着伤痕。

"你受伤了？"

"一点小事。"向日葵擦擦眼角，"你那边还好？"

"一切照旧。"宇寒回忆着校园的情形，"查出对方是什么人了吗？"

向日葵点点头:"根据我的判断,对方想对我下手,大概与《学姐的秘密》有关。"

宇寒吃了一惊:"会有人为了一款游戏杀人?"

"不多说了,宇寒,你能不能帮我搞一艘太空船?"向日葵若无其事地笑了笑,"事先说明,我大概率没法归还了。"

"你想干什么?"

"过些天再告诉你。"

自从初中起,宇寒一直在打工攒钱,到如今也有了一定的积蓄。但即便是二手的太空船,也需要一个接近中产的家庭才能承担,对他而言是遥不可及的目标。宇寒想了很多办法,甚至连挪用学生会的公款都考虑过了,最终还是没个门路。

无奈之下,宇寒准备开口向田欣和星忆求援。他们的家境都不错,只要说清情况,他们肯定会出手相助。但想到向日葵的嘱托,宇寒始终没有迈出这一步。

直到有一天,他路过街区的赌场。看到有客人驻足,热情的前台小姐走上前去,滔滔不绝地讲着赌场那些一夜暴富的故事。

"请问您还是学生吗?"小姐最后问道。

"学生就不可以玩吗?"宇寒反问。

"当然不可以。但既然您不是,那就没问题。"

宇寒笑笑,跟随着前台小姐走进赌场。那一夜,他有如神助地将赌资翻了二十倍。

最后一次见到向日葵是在市郊,宇寒将刚刚买到的太空船停在了那里。

"太棒了,我就知道你一定搞得定。"向日葵抚摸着太空船表面的隔热层,啧啧赞叹着。

"如果你知道我是怎么搞来的,一定会再给我一脚。"宇寒笑道,"现在可以告诉我,你想去哪里了吗?"

"黑洞。"

儿时以来,宇寒早已听惯了向日葵异想天开的主意,但这么不着边际的目的,还是惊到了他。向日葵却若无其事地看着天空,继续说道:"我确信,所有的秘密,都藏在那颗即将毁灭的奥杜尔的黑洞里。记得保密啊,我和田欣他们告别时,讲的都是要回去奥杜尔现场考察。"

半晌,宇寒终于挤出一句话:"为什么……"

"这既是我身为队长的责任,又是我同一个人的约定。"

望着向日葵的侧脸,宇寒缓缓伸出手臂。钥匙还在他的手里,只要他想做,就可以让向日葵的这次绝命之旅破产。可是最终,他还是放下了伸出的手,从衣兜中取出钥匙,递到向日葵手上:

"我会等你回来。"

影像黯淡下去,翕然皱着眉问道:"这应当是你与向日葵最后一次见面吧,在我看来没什么特别啊?难道你在自责,认为如果自己没有按照向日葵的意思去帮她,向日葵就不会死吗?"

"对我而言,向日葵就是太阳,追逐着太阳奔跑,就是我生活的意义。"宇寒靠在椅背上,双臂无力地垂下,"然而那一天我才发现,她也会害怕,会迷茫。尽管行动力强得吓人,但归根结底,向日葵不过是个普通人罢了。"

翕然捕捉到了宇寒真正的想法:"难道那天你是有意……"

宇寒缓缓地点了点头。"直到最后一刻,我依然有机会阻止向日葵,阻止她踏上不归路。但是我没有。我的潜意识里有一只恶魔，它告诉我，只要向日葵飞向了黑洞，她就依然是高高悬在天上的太阳……"宇寒露出复杂的笑容，他看着翕然的双眼，说道，"你的牌面大，该你加注了。"

翕然平静地回应道："也罢，让我帮你结束这一切吧。这把过后，你会彻底忘掉向日葵这个人，对她的爱恋也好，景仰也好，失望也好，悔恨也好，都会一并烟消云散。"说罢，她双手将全部筹码向前一推道："Show hand。宇寒，你已经没有足够的筹码来跟，只能放弃。我说过，这一局，我仅靠战术就能击溃你。"

宇寒没有作声，他闭上眼睛，黑暗中，向日葵的太空船再一次地飞向了引力的奇点。

结束了，忘掉向日葵后，这番噩梦般的景象也会随之消失，自己终于可以从噩梦中解脱了。既然如此，就让我目送你最后一程吧。

四周的星光如同糖稀一般翻搅着，太空船外壁发出金属撕裂的声音。向日葵坐在驾驶舱内，神色木然地望着无法逃脱的引力地狱。

向日葵，那一刻，你究竟在想什么……

就在这时，向日葵突然转过头来，双眼直勾勾地看着宇寒。宇寒一惊，向日葵却兴奋地说道：

"宇寒，你终于来了！"

"向日葵，我……"宇寒一时语塞。

"别啰唆啦！"向日葵手指前方，"快看！多么壮观！"

宇寒吃了一惊，脑海中向日葵被撕裂的画面，他始终不敢看到最后。而此时此刻，向日葵居然邀请他一起看黑洞？

"太初黑洞，裸露的奇点，就在我们眼前。说不定，我们帮助人类迈出了重要的一步呢。"

"可是你怎么回去呢?"宇寒大声喊了出来,"如果我再坚决一些阻止你的话……"

向日葵露出不明所以的表情:"回去?为什么要回去?"

宇寒吃了一惊,向日葵用食指点住他的额头,露出一个阳光般灿烂的笑容:"我说过,我的目标是星空,现在我已经在这里了啊!"

宇寒猛地张开双眼,看看翕然,又看看向日葵模样的荷官:"我请求加注,用我的记忆。"

"哦?"翕然眼角微微上扬,"你还想要删除哪一段记忆呢?"

"如果全部记忆都被删除,我会怎样?"

"人脑的记忆,部分是依靠神经元的结构。删除全部记忆意味着神经元结构也会一并破坏,你会变成植物人。"翕然解释道。

"我用自己全部的记忆兑换筹码。"宇寒毅然决然地说道,他话音刚落,面前便堆起了小山一般的筹码。宇寒张开双臂,将筹码推向赌桌正中:"Show hand。翕然,你的筹码不够了,要继续加注吗?"

翕然少见地露出为难的神情。她犹豫片刻,最终微笑着摊开双手:

"我放弃。你赢了。"

* * *

"明明是在讲述青梅竹马的故事,却夹杂着和现任女友秀恩爱的桥段,真不愧是宇寒同学。"听完宇寒的讲述,雪鹰淡淡地笑道。此刻电梯早已下潜到目标深度四万米,两人选择将电梯悬停,直到其他三部电梯返回也没有移动分毫。

"我的故事讲完了，下面是提问环节。"宇寒笑道，"请问，最后一把我的牌面明明更小，我是怎样逼翕然放弃的？"

雪鹰将双臂挽在胸前，抿嘴笑道："宇寒同学，你真的很聪明，聪明到我一度怀疑，故事中那个笨拙的你是凭空杜撰的。在故事里，你使用了叙述性诡计，不过留下的线索十分明显，以至于故事中途我就猜到了大概。"

宇寒摆出一个继续的手势，雪鹰笑道：

"翕然小姐是人工智能。在故事的最初，赌场拒绝翕然参加赌局，为什么？翕然主动要去你家里激情一番，你却十分惊讶，这又是为什么？"

"说不定，翕然是入了赌场黑名单的千王，而我面对女孩子时会不自然地紧张。"

雪鹰笑道："后面的证据就更加明显了。去翕然的星球时，你明明需要穿着宇航服，她却只穿了千鸟格的西装，莫非她是超人吗？赌博时，你的记忆是以事件为单位形成的筹码，故事中也几次三番地暗示人类记忆的复杂性，可翕然的记忆却是按照日期。这样明显的差别，只有一种解释，那就是翕然小姐并非人类。

"你最后一把能够赢过她，也是依靠了这一点。最后一把你如果输掉，大脑将受到不可逆的破坏；对于人工智能而言，阿西莫夫第一定律不允许这一点，翕然被你逼得只好选择放弃。"

"或者说，翕然精心设置这场赌局，就是为了让我打开心结。她压根儿就不准备删除我的任何记忆。"宇寒补充道。

雪鹰望着电梯外漆黑的深井，问道："我有个问题。如果向日葵小姐平安归来，她和翕然小姐，你会选择谁？"

宇寒微笑答道：

"在追逐太阳的路上，我不介意牵着恋人的手。"

第十章 斩　首

"下降阶段到此结束，请同学们开始自由行动。相关注意事项……"

扩音器中再次传来提示音的时候，田欣刚刚结束同小默默的谈话。电梯的下潜深度已超过了一万五千米，从现在开始学生们可以自行操作电梯，根据自己的水平决定是否进一步深潜，技术出色的还可以穿上更加厚重的防护装甲前往外部探索。

在决定下一步的行动前，田欣首先观察了其他三部电梯：辅导老师乘坐的电梯理所当然会潜到最深处，宇寒和雪鹰的电梯也在下降，默默老师和艾晗的电梯悬停在距离他们下方不远的地方，透过地板上的透明窗口可以望见金属顶部反射的白光。

"我们在这里装装样子，赶快回去吧！"小默默扯着田欣的衣角，难为情地说道，"待在这里实在不舒服。"

田欣又看看手机，依然没有宇寒或默默老师的消息。想到留在地下也不会有什么作用，他便答应了小默默的请求。

升上地面时，距离下井才过了不到二十分钟的时间，翕然已经等在了上面，她将乘坐田欣的电梯潜入深井。看到孤身一人的翕然，田欣惊讶道："你的搭档呢？"

"耍了点小聪明，一个人在井下，监视他们更方便。"翕然用下颌指了指校门的方向，田欣恍然大悟，翕然让叶爽成了她的搭档。由于组队已经完成，如果翕然坚持一个人下井，校方也没办法改变既定的结果。

目送翕然的电梯潜下深井后，田欣方才离开了横梁。小默默没有再说什么，临走前却对他使了个眼色，嘴角还挂着开心的笑容。

等待的时间十分难熬，尽管井上和井下无法相互通信，田欣还是习惯性地刷新着消息列表，借以缓解紧张的情绪。大概又过了二十分钟，宇寒的电梯升了上来，看到他与雪鹰安然无恙地走出电梯，田欣悬着的心终于放了下来。接替他们的下一组同学是许洋和克劳斯，宇寒同会长寒暄了两句，又拍了拍克劳斯的肩膀，便将电梯交给了他们。

待宇寒跨过横梁、同雪鹰话别后，田欣匆忙迎了上去说："你们怎么留在下面这么久，担心死我了。"

"很久吗？"宇寒拿出手机看看时间，又自嘲般地笑了笑，看上去一副心情大好的样子。

"不提这个，翕然和默默老师还在井下。"田欣叹了口气，"特别是默默老师，她在下面的时间也真够长了。"

两人正说着，默默老师的电梯已经升了上来。舱门缓缓开启，走在前面的默默老师向他们二人的方向看了一眼，没有作声，艾晗也急匆匆地穿过人群离开了。

"你不觉得艾晗的样子有些奇怪吗？"宇寒盯着远处，若有所思道。

"要不要去找她谈谈？"田欣提议道。

宇寒点头道："先等翕然上来吧。"

这次的等待并不漫长，只过了不到五分钟的时间，深井上方突然响起尖锐的警报声，驻守在上方的工作人员立即示意同学们退后。人群议论纷纷，过了没一会儿，翕然乘坐的电梯升了上来，本应紧闭的屏蔽门敞开着，里面空无一人。紧接着，电梯下方的连接绳缓缓收起，一个人影倒挂在绳索下方，没有穿防护服，四肢无力地垂着。

"翕然！"宇寒冲破人群跑了过去，田欣紧随其后。现场的教师们被眼前的景象惊呆了，直到宇寒抓住缆绳将翕然的身体放下，他们全都一动没动。

看到此情此景，田欣也惊得说不出话：井下有着难以承受的高温高压，说不定还遍布着致命的辐射，即便用脚趾思考，也知道翕然没救了。宇寒抱起翕然的尸体，默默地穿过人群，田欣赶忙跟了上去；而四周的NPC似乎没有料想到会发生如此极端的情形，只做出了一些简单的反应。

走到无人的树荫下，宇寒将翕然平放在草地上，紧紧握着她的双手。田欣俯下身子，他这才注意到，从翕然剥落的皮肤下方，露出了银色的金属部件。

"翕然她是……"他惊讶地叫了出来，但立即发现了自己的失态，匆忙捂住嘴巴。

宇寒点点头说："抱歉一直瞒着你们，翕然她是人工智能，也是我请来的最有力的帮手。"

田欣回忆起，翕然无论走到何处，总会拿着手机照来照去。"学姐的秘密"仅针对人类的大脑生效，换言之，翕然根本就看不到增强现实的影像，只能借助这种方式去了解发生了什么。翕然曾说过，如果是雪鹰没有设想到的设备，就不会受到增强现实的干扰，原来说的就是自己；她想要借助无重力球场找出凶手，也是想要利用自己不会受到增强现实影响的优势吧！

田欣轻咳两声，支吾道："那你们的恋人身份……"

"是真的,我喜欢她。"

"抱歉。"

宇寒脱下上衣盖在翕然身上。"翕然早就料想到会有危险,因此给自己留了备份,不过来到奥杜尔后的记忆不会有了,制作新的身体也要花上很长时间。"

听到这些,田欣感到了些许宽慰。可就在这时,远处的人群再次骚动起来,田欣直起身子,拍拍宇寒的肩膀,一个人跑了过去。

与翕然遇难时NPC们木然的表现不同,这一次他们团团围了上去,田欣花了不小力气才挤到前排。隔着长长的横梁,田欣看到克劳斯双手抱膝坐在横梁上,全身止不住地颤抖着。

"发生了什么?"田欣小声问身边的同学。

"好像是会长遇难了。"对方答道。

田欣心中咯噔一声,许洋与本应遇害的克劳斯组队,遇害的却是许洋吗?就在这时,两名教师从电梯舱内抬出一具尸体,即便依靠有限的视力,田欣依然能够清晰地辨认出尸体的惨状——

灰色防护服紧裹的躯体上方,少了本应连接在那里的头部。

"下潜到一万五千米时,我和会长还在有说有笑。后来,会长要走出电梯进行探井,我想偷个懒,就留在了电梯里。可等来等去,也不见会长回来,我觉得有些不对劲,就自作主张拉回了缆绳。没想到⋯⋯"

事件过去几小时后,田欣和宇寒终于找到机会,将克劳斯带到学生会的办公室面谈。克劳斯在讲述时,全身仍在止不住地颤抖,仿佛在经历一场无法醒来的噩梦。

"你是怎么发现会长遇难的?"宇寒追问。

"因为防护盔甲的头盔不见了啊！"克劳斯激动得大叫了起来，"我记得当时的深度在三万米上下，哪怕盔甲破个洞，身体都承受不来外面的高温高压！"

"当时你就发现会长的头部不见了，对吗？"宇寒继续提示。

克劳斯点点头说："我确实吓坏了，但这么明显的细节，我还能回忆起来。"

宇寒的沉着冷静着实令田欣佩服不已，即便翕然可以"复活"，恋人经历了如此惨剧，他居然可以压抑着情绪处理好一切。田欣想了想，问道：

"会长的尸体被拉回时，还在流血吗？"

"衣服上有血迹，但已经不流血了……"克劳斯紧闭双眼，当时的恐怖画面仿佛再次浮现在眼前。他深吸一口气，说道："抱歉，当时我没敢细看，也着实不想回忆那时的情景了。"

宇寒思考片刻，抛出了最后一个问题："谈话期间，会长有没有对你说过什么奇怪的话？"

克劳斯的眼球转了几圈，支吾地说道："说起来，他曾开玩笑说，如果探井时他遇到了什么不测，就干脆把他的尸体扔下去，他想和星球合为一体。"

送走克劳斯后，宇寒问道："田欣，从技术角度讲，有什么办法能快速切掉一个人的头部吗？"

"技术上路径有很多，例如纳米纤维、高功率激光、高能聚焦离子束，或者用作近战兵器的等离子体切割器。"田欣答道，"但想在三万米的深井中实现，恐怕都有不小难度。"

"人的头被切掉后，多久血液会流干？"

田欣挠头道："头部被砍下后，一两秒钟内心脏就会停止跳动吧，流血的时间应该不会超过三十秒……这种生理学的问题，应当问叶爽才对啊!"

"抱歉问了奇怪的问题。"

"地下的压强应当远远超过了人体内部的压强,还有上千度的高温……所以许洋尸体的情况,分析起来就十分复杂了。"田欣补充道。

宇寒叹了口气:"我再去试一试,看能不能接近许洋的尸体吧!"

宇寒离开后,田欣一屁股瘫在了沙发上:不仅目标人物没有守住,还损失了重要的同伴。

如果凶手不是翕然或者宇寒,又会是谁呢?

翕然遇害时,叶爽窝在基地中搞研究,默默老师已经上到地面,两人都有充分的不在场证明。如此一来,推理又绕回了未知凶手X,可碳基生物探测器的结果明明是……

想到这里,田欣猛地一惊,从沙发上跳了起来——

翕然是人工智能,并不会被碳基生物探测器识别。换言之,探测器上显示出的数字"5",意味着确实还有一个人藏在校园里!

离开教学楼时已临近黄昏,在离校的人群中,田欣看到了孤身一人的艾晗。艾晗看上去一副怅然若失的样子,目光无神地望着前方。田欣刚想要上前搭话,却看到艾晗停下脚步看看手机,随即掉转方向,向着校门的对侧走去。

田欣起了疑心,悄不作声地跟了上去。艾晗逆着人流绕过教学楼,来到了树木繁茂的东侧,也就是星忆和优理坠楼的地方。她在一棵树下站定,田欣也找到一个黑暗的角落藏好。

十几分钟后,默默老师从教学楼的另一侧走了过来。她早已换上便装,米色的西装与短裙英姿飒爽。艾晗向她打了招呼,两人站在树下小声说着什么。田欣将手机摄像的放大倍数调到最大，可就在系统刚刚自动对好焦的瞬间，他看到艾晗自怀中掏出了一样明晃晃的东西——

刀子！

田欣一声怒喝冲了上去，可艾晗的刀尖已经插入了默默老师的腹部。默默老师后退两步，扬手打飞了艾晗手中的刀子，迅速赶来的田欣从后侧紧紧捆住艾晗的双臂，艾晗用力挣扎了几下，但力量毕竟不是男生的对手。

"我绝不会承认！你这种……"

艾晗刚要开始咒骂，便迎来默默老师一记响亮的耳光。她用力蹬踹着双腿，默默老师对准她的腹部用力一拳，歇斯底里的女生猛烈地咳了两声，昏了过去。

默默老师看看晕过去的艾晗，又抹了抹自己的伤口，手指只沾上了少许血迹。

"不碍事，毕竟是系统模拟出的受伤感受，充其量搞破些毛细血管。"默默老师甩了甩手说，"一会儿将她交给警察吧，免得再生是非。"

"这个游戏里还有警察的设置？"田欣问道。

"星忆遇难时，警察不是来过嘛。"

田欣试着拨打999，对面居然真的有人应答。简要说明情况后，警察表示会尽快赶到。

"在井下，您和她说过什么吗？"田欣将晕倒的艾晗放在一棵树下，问道。

"聊了我的一些情况，过去的我。"默默老师面无表情地说道，"套出了一些话，她应当就是我当年患上渐冻症的罪魁祸首。"

田欣吃了一惊："您那时和她不是好朋友吗？"

默默老师叹气道："也许只有我这样认为吧！回想起来，她也许是因为嫉妒，才刻意地靠近我。学生时代的我，尽管总是一副缩手缩脚的样子，却意外地有些异性人缘。那时她总会给我吃一些零食，我想，里面一定掺杂了神经毒素吧。"

"太狠毒了……"田欣感到一股寒意蹿了上来。

"现实中，她死在了连续杀人事件中，这件事我永远不可能去向她求证了。"默默老师耸耸肩说，"还要感谢雪鹰和这款游戏，了却了我的一桩心事。"

也许，这就是默默老师坚持同艾晗组队的原因吧。田欣犹豫片刻，说道："今天，学生时代的您告诉我，她找到了雪鹰的秘密。"

默默老师一惊，匆忙问道："她有没有告诉你那个秘密是什么？"田欣摇摇头。默默老师苦笑道："那时我确实尝试着去找过，但一无所获。"

又过了一会儿，警笛声响起，值班老师带着两名警察赶了过来。默默老师上前说明了情况，艾晗在昏迷状态下被戴上手铐，一名警察将她抱起放在了警车后座。

"感谢配合，希望您能尽快养好伤。"警察同默默老师握过手，便在夜色中离去。

"这样一来，她至少不会成为受害者了吧！"望着远去的警车，默默老师自言自语道。

游戏开始第三天，翕然遇袭退场，许洋被害，艾晗被警方拘留。恒星渐渐沉到地平线之下，漫长的一天仍在继续。

晚上九点五十六分，田欣和叶爽最后一遍巡视了体育仓库。

"快到时间了。"叶爽看看腕表,距离"防沉浸时间"只剩下了不到三十秒。指针嘀嗒跳动着,某一瞬间,光洁的金属器具表面变得斑驳,木质墙面上露出一层丑陋的灰漆。

田欣走到入口的铁门前,直起手臂捅了捅门框上方的磁力锁。

"你确保这玩意儿修不好?"他问道。

"我破坏了控制电路板,甚至从配电箱那里切断了线缆,无论修还是换,都是大工程了。"叶爽抱着手臂答道。

田欣又摸了摸光滑的门表面和附近的墙面,如果想要加装机械锁,至少需要用到电钻,想要悄无声息地完成同样是不可能的。

历史上,还有三位受害者。文江和文山两兄弟死于车祸,案发现场在远离校园的城区,游戏区域并没有覆盖到那里。宇寒耍了点小手段,利用学生会的便利伪造了停课通知,直到游戏结束,两兄弟都不会出现在校园了。无论他们的命运如何,至少不会影响到游戏的玩家。

艾晗死于火灾,当时的起火地点就在体育仓库。大火扑灭后,人们在现场找到一具烧得面目全非的尸体,经基因鉴定后,证实死者是艾晗。据说她当时的好朋友默默受到了很大的打击,因此休学了三个月。当然,田欣并没有向默默老师求证过这件事。

当年的案件资料并不难找,奥杜尔星上只有一座城市,当地的媒体对每一件事都会巨细无遗地报道。这起事件被传得神乎其神,有同学做证说体育仓库的门从早上就是锁死的,钥匙没有借出,艾晗不可能进入;甚至有目击者言之凿凿地声称,早上进入体育仓库的并不是艾晗,而是小默默。警方最终将这些糊涂账全部算在了连续杀人犯的身上,调查随着奥杜尔被遗弃不了了之。

艾晗已经被送进了警察局,可以说是退出了游戏,但田欣并不能就此放下心来。他和叶爽的目标，是根除体育仓库变成"密室"的可能性。这样一来，即便那个藏在暗处的凶手想要模仿当年的事件，也不会有人因为仓库门锁死而葬身于烈火中。

完成准备工作后，田欣示意还有一个地方想要检查。在他的带领下，两人来到了位于二年级三班与四班之间的闲置教室门前。田欣拉拉门，被锁住了。"防沉浸时间"的原理是通过令玩家体内的纳米机器暂时失效，强制关闭增强现实体验；此刻"学姐的秘密"还在好好地工作着，轨道上装置的马达卡死了门，起到了模拟门锁的效果。

田欣深吸一口气，双手握住门把手，地面上传来金属被掰断的声音，推拉门乖乖地沿着滑轨退到一旁。

"没想到你还会这么暴力。"叶爽感慨道。

"如果向日葵在这里，估计一脚就把门踢破了。"田欣笑道。

现实中的闲置教室也堆着一些破破烂烂的教具，种类却少了很多。田欣用手指抹了抹缺腿的课桌表面，并没有灰尘，游戏开始前的打扫十分彻底。

"这里究竟有什么？"叶爽问道。

"游戏中，优理借了这间教室，我见过她一个人留在这里。"田欣答道，"你还记不记得，游戏开始前，房间里的摆设是什么样子？"

"工程机器人的清理日志文件中应当有记录。"叶爽说罢便打开手机，飞快地翻找着。几分钟后，他将一张照片传送给田欣，说道："当时并没有准备做详细的记录，有些位置没有拍到。"

"哪儿的话，帮大忙了。"田欣将照片全息投影在半空，一样一样地对照着房间内的物品。叶爽很快便看懂了好友在做什么，拿出一支记号笔，也加入了现场侦查。

田欣同样用记号笔圈起一个被移到房间角落的板擦，一面继续对比着，一面说道："还没来得及关心你，自己忙活了一天，心情好些了吗？"

叶爽叹气道："消沉下去也不是办法。翕然遇难了，宇寒不还是做着自己应该做的事情？和他一比，我太不成熟了。不过翕然是人工智能这件事还是惊到我了，不谦虚地讲，能够瞒过我眼睛的人工智能，放眼整个星区都屈指可数。"

田欣耸耸肩，宽慰道："你也不要妄自菲薄，改造仪器检查体内纳米机器的种类这件事，只有你能做到。"

"希望能派上用场啊……"叶爽苦笑道，他弯腰在一只打翻的纸箱上画了叉，物理老师讲述原子结构使用的球棍模型撒了一地。在照片中，它们好好地躺在纸箱中。

"还有一件事，人类的尸体会被碳基生物探测器识别吗？"田欣转换了话题。

"当然不会啊！"叶爽脱口而出，"它的原理相当复杂，不但要考虑到动物的恒温与变温，还要能够区分开植物和微生物。综合来讲，碳基生物探测综合了元素分析、红外光谱、动作识别等多种检测原理，再辅以长时间训练后的机器学习程序，才能够实现。如果不是在 Heart 公司实习，我可搞不来这么昂贵的玩意儿。"

田欣一面继续着手中的活计，一面若有所思地点点头。叶爽追问他为什么要问这些，他只是重复了有凶手藏在校园这一事实，可他心中想的却是接近无重力球场时，探测器显示出的数据"2"。

如果尸体不能被识别为生命，那么死去的星忆和人工智能翕然都不会对数据造成影响。这样一来，或者有其他人藏在球场里,或者……

星忆并没有死。

考虑到叶爽的心情,田欣将这个微乎其微的可能性隐瞒了下来。即便这是真的,为了日后的治疗,此刻让星忆躺在太空也是最佳选择。

不久后,两人圈出了十几样被移动过的物品。他们退到教室门口,放眼望去,所有标记串联成了一条线,一直延伸到窗口。田欣沿着这条线走到窗前,用力一拉,窗户顺利地滑开了。

"看看这里,是不是和星忆坠落的位置吻合?"田欣指着外面问道。叶爽探出脖子看了看,吃惊道:"你说得一点没错!难道说星忆是在这里摔下去的?"

"无法排除这种可能性。游戏的NPC是没有办法移动现实中的物品的,只有我们和凶手可以。"田欣压低了音量,"这幢楼的层高有八米以上,运气不好的话,二楼跌落也足以致命。"

"好吧,我们可以假设,星忆发现优理并不会前往天台,而是在这间教室,于是找了过来。但这样一来,我们在天台上看到的星忆和优理又是怎么回事?"叶爽一股脑将疑惑倒了出来。

田欣苦笑着关上玻璃窗,想要完美解释案情,还缺少最后一块拼图。也许,体内纳米机器种类的检测能填补这个空白吧。

就在这时,"防沉浸时间"结束了,教室里再次堆满了各式各样的教具,但两人做下的标记还在。几乎在同一时刻,田欣的手机响了起来,看到来电号码的那一刻,他不禁皱了皱眉头。

"终于联系上你了。"

接通电话后,对面急匆匆地说道。田欣默默听着,时不时应一声,不一会儿便挂断了电话。

"谁在找你?"叶爽问道。

"小默默,她似乎喜欢上我了。"田欣打趣道。

"现实中你也加油吧!"叶爽拍了拍他的后背,田欣随即还了他一拳,说道:

"我们的行为放在现实里绝对算是搞破坏,在被巡夜老师发现之前,赶快开溜吧!"

第十一章　烈　焰

　　田欣第二天醒得很早，他借来内燃机车和叶爽的防风镜，笨拙地开向城区的方向。

　　来到山丘脚下，田欣将机车停在路旁，没有花费多大力气便找到了对方提到的路牌。他在附近找到一块岩石坐下，不一会儿，一名男学生凭空出现在几米远的地方，紧接着又是两名并肩前行的女生，那感觉就好似晨光化作了人形。

　　这里是游戏空间区域的边界，也只有在这里，才能明显感受到游戏与现实的分界线。

　　没过多久，一辆警车开进了视野中。它贴着路边停下，两名警察下车向田欣走来。

　　"你就是昨天报警的田欣同学吗？"一名警察问道。

　　田欣立即给了肯定的回答，并亮出了游戏中的学生ID。昨晚，他接到了999的来电，对面的警察告诉他，身在拘留所的艾晗无论如何都要和他见上一面。游戏区域并没有包含位于城区的警察局，想必这是个与主线无关的彩蛋。机会难得，田欣立即应了下来。

　　警察检查过身份ID后，对田欣说道："一会儿你坐在副驾的位置和她谈话，她被铐在后排座位上，你的安全有保障。如果发现有什么不对，立刻打开车门呼叫我们。"田欣点点头，警察补充道:"这次谈话会有录音,设备已在车内设置好,还请你多多配合。"

这是一辆改装成囚车的警车,前后排座椅之间加装了铁栅栏,狭窄的缝隙甚至不能伸过一只手臂。艾晗双手戴着手铐,规规矩矩地坐在后排座椅上。因为现实中并不存在警车,即便虚拟体验再逼真,田欣也不可能坐在本不存在座椅上;好在他料想到了这种情况,提前准备了折叠椅。坐定后,田欣率先打开了话匣子:"你想对我说什么?抱怨的话还是免了,我的时间很有限。"

"我才不是那么不识趣的女人。"艾晗冷笑道,"想见你一面,自然是有要紧事说。星忆、优理、翕然、许洋,警方已将这几人的死按照连续杀人事件立案。"

对于熟悉那段历史的田欣而言,这并非什么新鲜的讯息。但他还是耐心地听了下去。艾晗继续说道:

"我知道凶手是谁。"

"你想说默默老师是杀人凶手吗?"田欣冷冷地反问。

艾晗不屑地撇撇嘴:"我和那个女人确实有些恩怨,但很可惜,凶手不是她。"

"哦?那你说凶手是谁?"田欣尽量装出一副若无其事的态度,内心却已经对艾晗接下来要说的产生了兴趣。艾晗用拷住的双手理理裙摆,说道:"这还要从雪鹰的秘密说起。你有没有想过,雪鹰为什么要这样大张旗鼓地做出如此出格的事情?"

"大概她性格如此吧。"田欣随意答道。

"如果想要靠立人设成名,她可以选择更大的星球,完全没有理由来奥杜尔这种地方。她选在这种时候转学过来,一定有着自己的意图。"

"难不成,这是什么大型的娱乐节目吗,我们都是毫不知情的群众演员？"田欣继续应付着。

"这是一次测试，通过测试的条件，就是找到雪鹰的秘密。"艾晗突然说出了惊人的话语，"根据我的猜测，雪鹰的目的，其实是帮助军方选拔人才。"

"未免太异想天开了吧！"田欣嗤笑道。

"有传言说太初黑洞是军方实验，你一定听说过吧。"艾晗看看车窗外，但从她的角度并无法看到悬在十点钟方向的黑洞。于是她收回目光继续说："黑洞到来，奥杜尔的居民只有撤离一条路可选。但在此之前，军方希望在其中选拔出可用之才，雪鹰就是为此而来的。"

田欣叹气道："我就暂且认为你说的这些属实吧，但说实话，我对这些小说一般的故事并没有兴趣。告诉我，连续杀人事件是怎么回事？军方总不可能把通过考试的人全部干掉吧！"

艾晗一板一眼地答道："测试分为两个步骤，第一步是找出雪鹰的秘密，第二步是制造命案现场，顺理成章地从自己原来的社会圈子中消失。这样一来，才能够完美地被军方所用。"

"证据呢？"

"信不信随你。"

田欣沉思片刻，回过头看着艾晗——她的神色较之前更为焦虑了，头发也略显凌乱，但双眼中却放射出某种狂热的光。

"你是怎么知道这些的？"

"无可奉告。"

"雪鹰的秘密究竟是什么？"

"我确实知道，但我不会告诉你。"艾晗嘴角微微上扬，"如果田欣同学也因此飞走，我会寂寞的。"

"为什么告诉我这些？"

"我希望你能阻止雪鹰。这种随心所欲玩弄他人命运的做法，我十分厌恶。"

"最后一个问题，你可以不回答。"田欣看看时间又说，"你和默默老师之间，究竟有什么怨恨？"

"她夺走了我的……"艾晗干笑两声，"算了，昨天我也是一时昏头。但无论如何，我都不会向她道歉。"

目送警车消失在视野中，田欣方才意识到，这应当是他同艾晗的最后一次见面了。

田欣回到学校时已上第一节课了，基地里空无一人，正当他在犹豫要不要继续翘课调查的时候，看到熙熙攘攘的人群正在向体育馆走去。他随意拦住一名同学问发生了什么，对方皱着眉问道：

"广播响了好久你都没听到吗？校长要召开全校师生大会，就最近的连续杀人事件发表声明。"

匆忙赶到体育馆，班上的同学们已经整好了队伍，站在队尾的叶爽远远地看到田欣，用力招着手。田欣匆忙混入队伍，叶爽问他去了哪里，他也只是随便应付了过去。宇寒和几名学生会的同学在主席台上忙碌着，不一会儿，一身黑色正装的校长走上发言席，清清嗓子，开始讲话。

校长讲话的内容很是老套，先是对遇难的学生表示了哀悼，之后强调说几人的死亡之间并没有必然联系，警方正在竭力调查，请不要轻信谣言，云云。

"宇寒早上拜托了默默老师，想让无重力橄榄球赛照常举行，这件事你知道吗？"大概是觉得校长讲话实在无趣吧，听了不一会儿，叶爽就小声同田欣搭起了话。

"翕然遇难前，同我讲过这个想法。"田欣答道。

"默默老师说这件事简单得很，但我实在想不出能有什么好办法。"

就在这时，门外传来了吵闹声，同学们不约而同地向外看去，校长也不由得停下了演说。几秒钟后，一群陌生的成年人拥进了会场，几名保安试图阻挡，转眼间就被人群推搡开来。

那群人径直来到主席台下，架起摄像机和照相机，领头的几位七嘴八舌地问道：

"听说学校因为连续杀人事件进入了紧急状态，是这样吗？"

"本周五的无重力橄榄球友谊赛听说因此而取消，请问你怎么解释？"

"听说凶手是一名心理变态的杀人狂，学校掌握了什么信息吗？"

……

田欣向队尾望去，默默老师正站在角落里，和他对上了视线，微微点头一笑。既然田欣能够联系到游戏区域以外的警察，默默老师自然可以联系到记者。

不一会儿，被记者们围攻的校长已是满头大汗。校方确实计划取消周五的邀请赛，但这样做相当于校方承认了连续杀人狂的存在，他原本准备在会后悄悄发个通知了事；既然被推到了舆论的风口浪尖，为了虚无缥缈的杀人狂承担来自媒体的压力，性价比就太低了。

"校方认为几起事件之间并不存在必然的联系，周五的邀请赛也不会因此取消。"

最终，校长对记者们做出了如是答复。这样一来，哪怕天塌下来，校方哭着也要把邀请赛办完了。

散会后,田欣一行四人也进入了高度戒备状态。凶手的目标是参加游戏的玩家,但这个家伙似乎有着某种变态的嗜好,每一次动手都会模仿历史上的真实事件。游戏中还有四名历史上的死者没有遇难,在盯紧他们的同时,也得进一步确保自身的安全。

田欣主动请缨去寻找小默默,刚才在体育馆集会时没有看到她的身影,想起小默默和艾晗说过的那些关于雪鹰的话题,他总是放心不下来。宇寒回到学生会看着克劳斯,默默老师则前往了可能成为火灾现场的体育器材仓库守候。叶爽原本准备寻找文江和文山两兄弟,田欣却建议他去盯好雪鹰。

"我也能想到雪鹰是这几起事件的核心人物,但这时盯着她,有什么意义吗?"叶爽问道。

"你的脑子最好使,我希望你能找出雪鹰的秘密。"田欣解释道,"这个秘密,应该就是解开诸多谜题的钥匙。"

如是这般,四人全部有了任务。他们约定好保持手机联络畅通,定时发送信息确认自己平安。

趁着没有上课,田欣径直来到了小默默的班级,教室里看不到她的身影。他问了班里的同学,对方只说从一早起就没有见到过。就在这时,老师夹着教案走进教室,田欣匆忙冲到面前询问,对方正了正眼镜,一脸不信任地看着他问道:

"你打听她的事做什么?"

"是医生叫我来的,她说最近发生了很多事情,需要多注意默默的心理状态。"田欣顺口编了个理由。

听到这些,老师的表情缓和了不少,他叹气道:"默默早上就没有来学校,她也没有请假,我一直联系不上她。"

离开教室后,田欣又在多媒体教学楼和操场上寻找一番,依然一无所获。想到自己忘了定时报平安,他匆忙拿出手机,信息中心已经堆了几十条未读消息，大家都在担心他。田欣匆忙发送了回复，并向大家道了歉；就在这时，提示栏中又弹出一条消息，小默默居然主动给他发信了，内容只有简短的一句话：

"发现雪鹰的秘密了吗？"

"还没。你在哪里？我一直在找你。"田欣迅速回复。

小默默发来的回复依旧十分简短："我要离开了。"

"离开？你要去哪里？"田欣的手指飞速移动着，差点儿喊了出来。如果艾晗的说法属实，小默默即将离开奥杜尔，前往军方开始新的生活。但这种虚无缥缈的说法值得相信吗？

"我会在远处等你。明天一过，雪鹰就会转学离开，留给你的时间已经不多了。"

田欣感到全身力量被抽空了一般，还没等他想好怎样回复，对方再次发来了信息：

"注意观察雪鹰一言一行的细节，我真的不能提示更多了。"

就在这时，四人联络的群再次响了起来，宇寒汇报说克劳斯尽管来上了学，但仿佛丢了魂一般，一直瘫在学生会的沙发上；叶爽依然留在教室，装出一副听课的样子，暗地里却一直在观察着雪鹰。不一会儿，默默老师也发来了信息，内容却让田欣吓得不轻：

"找到小默默了，她一个人进器材仓库去了，我去找她谈谈。"

田欣心头一紧，他匆忙给小默默发了信息：

"你在器材仓库吧？别走动，我马上过去找你。"

然而对方回复他的，却是简短的六个字：

"再见。我喜欢你。"

眼前闪过一道红光，几秒钟后，漆黑的浓烟蹿了起来。田欣立即意识到发生了什么，他三步并作两步地向器材仓库的方向跑去，然而迎接他的，却是熊熊的烈火。

傍晚，大火终于被扑灭，田欣三人蹲在墙角，全身湿漉漉的。不远处焦黑的残垣中，工程机器人正在同游戏中的消防员一起处理着现场。

火灾发生后，叶爽和宇寒也第一时间赶了过来。

"默默老师呢？"宇寒刚一露面，便匆忙问道。

"没有看到人影，想必是在仓库里吧！"田欣一面回应着，一面用饮用水浇湿了全身——此刻的他们并无法分辨这场大火究竟是现实还是虚拟，必须做好万全的准备。

昨晚，田欣和叶爽处理了器材仓库的门锁，即便失火，里面的人也可以很方便地撤离。田欣抢先一步冲到紧闭的铁门前，一脚踹了上去——

铁门纹丝未动。

"怎么可能……"田欣愣在了原地，连烈火燎伤了皮肤都没有发觉。

叶爽也冲了上来，他不知在何处找来一块大石头，对着铁门丢了出去。一声闷响后，铁门依然纹丝不动。

宇寒一把将二人拉到远处，擦了擦脸上的烟尘，说道："这肯定是真的火，应该还有能动的工程机器人吧，你们谁去发动一下？"

当叶爽带来工程机器人、连好水源、扑灭大火时，时间已过去了一个小时。其间他们想了许多办法联系默默老师，但在原始的火焰面前，一切高科技的通信手段都是那么不堪一击。

最终，在烧成一片焦炭的残骸中，工程机器人并没有找到能够称之为人形的物体，倒是找到了一只没有烧掉的鞋和金属挂坠，田欣一眼就认出了那是默默老师的东西。看着眼前的惨剧，田欣想到了艾晗所言之"假死"，顿时觉得十分可笑。这个样子，就连将默默老师的遗体带回去都已经做不到了。

工程机器人将现场的灰烬收集在一起，压缩成了一块一米见方的立方体。这个炭块，将是默默老师曾经存在过的唯一证明。

夜幕降临，四天下来，田欣的精神已经极度疲惫了，尽管到了防沉浸时间，他还是一动也不想动。叶爽再次带着工程机器人前往火灾现场。

宇寒推开房门走了进来，将一罐饮料放在田欣手旁。看到田欣一脸沮丧的样子，他笑了笑，说道："我刚刚去检查了碳基生物检测器，数值是'4'，默默老师确实离开了我们。"

田欣点头道："知道啦。你也真是强悍，经历了这么多事，居然还挺得住。"

"向日葵曾说过，与其在事中处理情绪，不如先把该做的事情做完。"

田欣苦笑道："她确实做得到，我还差得远呢！"

就在这时，叶爽走了进来，简要向同伴们汇报搜索一无所获后，取出两个包裹，放在圆桌上。

"这是什么？糕点吗？"田欣捅了捅绑成方形的包裹，问道。

"开什么玩笑，这是我在理科实验室调配出的防身武器。"叶爽立即答道。

宇寒凑上前去闻了闻："二硝基甲苯的味道。莫非是TNT？"

"物理实验室的设备做不出电击器，化学实验室那边的药品倒是齐备。顺带一提，雷管是探井器材仓库中现成的，我已经拿来了。"叶爽解释道。

田欣双眉紧皱："这玩意儿怎么防身？"

"聊胜于无吧!"叶爽耸耸肩,径直走到摆在桌上的健康检测仪前,设备显示纳米机器的检测已经有了结果。

"不是吧……"叶爽的声音有些沙哑,田欣和宇寒立刻凑了上去,叶爽侧开身子,向同伴们展示出人意料的检测结果——

他们的体内,只存在一种纳米机器。

时间稍稍向前一些。

消防员处理好现场,时间已过了晚上七点半。大家肚子早就空了,但都没心情用餐。宇寒提议好歹要吃些简易食品,之后拖着田欣回基地了;叶爽借口要留在现场探查,短暂地与同伴们分开了。

校园里早已空无一人,叶爽来到多媒体教学楼,登上顶层,又推开了前往天台的门。雪鹰站在夜风中,孤独的身影宛若一尊雕像。

"你来了。"听到开门声,雪鹰转过身来,微笑着注视着眼前的男生。叶爽心头一颤,这是他第一次与雪鹰四目相对,那感觉与久别的队长简直别无二致。

叶爽递上一张纸条,上面写着:你一直在观察我吧,如果找到了我的秘密,放学后来天文台找我。

"你有答案了?"雪鹰没有接过纸条,她将双手背在身后,问道。

叶爽用力地点点头:"我确定了,就在刚才。"

雪鹰露出饶有兴致的表情说道:"说来听听?"

"雪鹰,你的秘密就是……"

前史三　翻转天堂

向日葵从来没有想过，医院里还有这样一个地方。当她问起"209 病房，田溪"时，所有的医护人员都不约而同地指向了医院大楼后方一间不起眼的库房。

209 病房前有一片竹林。已过了病房的门禁时间，看不到一个人，只听见竹叶在夜风中沙沙作响。乳白色的灯光被磨砂玻璃隔成暧昧的薄雾，向日葵叩响房门，里面传来了田欣的声音：

"门开着，进来吧。"

尽管早就听田欣描述过，但推开房门的一刹那，眼前的景象还是令向日葵吃了一惊：房屋四壁贴着冰冷的金属板，不时有干热的风从气孔中吹出，空气中弥散着过滤网的玻璃纤维味。数不清的电缆自墙壁后方伸出，全部连接在房间正中的两张病床上。靠门的那张床上躺着一位少女，看相貌大概高中生的年纪，皮肤白得出奇，仿佛与白色的床面融为一体。

向日葵将电子设备和金属物件放在门口的储物箱里，走到守在床边的田欣身旁说道："虽然早就听你说过，但亲眼看到果然不同啊。医院居然会专门为小溪开出一间病房。"

田欣并不希望朋友们知道妹妹的事情，但向日葵一早就在他的言谈举止中发现了端倪，又想方设法地搞来了田溪的情报。于是田欣不得不接受队长"来医院探病"这个请求。

"为了小溪，爸爸卖掉了自己的公司，成了这家医院董事会的一员。"田欣的视线始终没有离开妹妹，"但即便如此，我们家的绝大部分收入也都用在了维持这套设备上，生活只得拮据一些。"

向日葵上下端详着田溪，打趣道："好漂亮的孩子，真看不出是你的妹妹。"

"是吗？我们可是异卵双胞胎。"

向日葵扯过一把钢管椅，坐在田欣身旁。"说正事吧。我听说小溪将自己封闭在了网络世界里，究竟是怎么回事？"

田欣指了指她额头上一个金属环箍说："这个箍的内侧有总计六万三千七百条纳米纤维，它们穿透小溪的皮肉和骨缝，直接插入了大脑的神经元中。通过这些电极，小溪将自己的意识上传到网络，在那里建立了一个名为'翻转天堂'的虚拟空间。"

向日葵凑上前看了看，由于纳米纤维的直径已经远小于可见光的瑞利半径，那东西看上去和普通的沉浸式脑关接口并没有两样。她又检查了不远处的另一张病床，上面同样摆着一个金属头箍，比田溪头上的小一些，内侧看不到任何电极的影子。

"用这东西，能同小溪交流吗？"向日葵将头箍拿在手中，问道。

"我尝试过进入'翻转天堂'，但小溪并不肯见我。"田欣答道。

向日葵追问道："既然'翻转天堂'连接到公网，不可以用其他手段侵入吗？"

田欣苦笑道："别说我，'翻转天堂'早就被网络运营商盯上了。但它就仿佛与宿主共生的寄生体一般，所有人拿它都没办法，暴力侵入的后果就是令整个星区的网络系统瘫痪。"

宇宙世纪，行星内部的网络依然依赖光纤和无线通信协议，行星间则借助高带宽的量子纠缠态通信。整个星区连成一片统一的公网，运营成本高得吓人，一旦瘫痪，损失也将是难以估量的。

田欣的计算机水平算是同龄人中的佼佼者，但同妹妹相比，也不过是小学生水平。但凡在 IT 领域工作的，如果没有听过"乘光仙子"这个名字，只会让同行怀疑你的专业能力。此君如同传奇一般，在网络上发表了几十篇专业论文和专利，每一项工作都大幅提高了脑关接口领域的技术力。没有人知道，在这个神秘 ID 背后的，是一名叫作田溪的十六岁少女。

向日葵点点头："小溪到底为什么要把自己弄成这个样子？"

田欣叹口气，回答道："我只知道，她那天玩过一款增强现实游戏，之后便一去不返。"

向日葵笑笑，为自己戴上头箍。田欣吃了一惊，向日葵却在他开口前抢先说道："我决定代替你去寻找小溪，将这个离家出走的妹妹捉回来。"

自知拗不过队长，田欣只得做起了辅助工作。他将一颗胶囊和一粒白色药片递到向日葵手上，又端来一杯水，解释道：

"胶囊中的纳米成分，可以代替植入式电极，帮助你进入虚拟世界，有效期为八小时。白色药片是安眠药，可以帮助你快速进入深度睡眠。你务必要注意……"

"太啰唆了。"

向日葵一把夺过水杯，吞下了胶囊和药片。她对着一脸无奈的田欣做了个胜利的手势，躺上病床，床的两侧升起几片金属板，并拢成圆柱形的穹顶。光线渐渐暗了下去，向日葵闭上眼睛，她的意识如同落入深海一般，缓慢地下沉。

骤然间，眼前光亮起来，几行文字如同幻象一般在向日葵的眼前掠过。尽管视线无法捕捉，上面的信息却魔术般地注入了她的意识：

欢迎来到翻转天堂。

下一瞬间，向日葵再次感受到了重力。她一屁股摔在冰凉的木地板上，抬眼望去，这里是一间狭小的房间，穹顶上装饰着一圈彩灯，一只圆形的仿古落地钟摆在左侧，钟摆伴随着嘀嗒声摆动着。右侧是一张纯白的欧式梳妆台，桌面上空空如也，只有一面圆镜镶嵌在雕花木框中。

向日葵缓缓走到梳妆台前，落地钟在圆镜内映出了清晰的倒影。她伸出手触摸圆镜，可在指尖与镜面接触的刹那，眼前的光景却泛出一环水波般的涟漪，继而银白色的液体涌出，沿着指尖爬上手臂，向着大脑的方向奔来。

向日葵本能地缩回手臂，她试图用另一只手撕掉那层银色的薄膜，可在接触到手臂的瞬间，她看到自己的身体被扭成了数不清的切片，纯白的彼岸花顺着切口生长绽放，如同妖艳的火。

这时，向日葵注意到镜中的落地钟改变了模样，钟表上的刻度变得密密麻麻，最大的数字从"12"变成了"3600"。她试着移动身子，然而每当她移动一步，都会在时空中留下上一刻的残影，如同多次曝光的照片一般。向日葵奋力向房门跑去，房间里无数的她也串联成了蜈蚣的形态。

"啊！"向日葵猛地坐了起来，一把扯掉头箍，大口喘着粗气。检测到用户清醒，床上的金属穹顶也自动收了起来。

田欣递上一块热毛巾，向日葵擦擦额头的汗滴，又一口气灌下一大杯凉水，问道：

"我睡了多久？"

"两小时十三分。"田欣随即补充道，"这个成绩很不错了，我第一次只坚持了四十七分钟。"

"这是小溪设置的防御机制吗？"

田欣点点头："这个系统会刺激大脑产生与现实世界迥异的体验，很容易就会产生生理上的不适。"

"如果坚持过来，会看到什么？"

"我坚持到最后，只是醒了过来，什么都没有发生。"田欣淡淡地解释道，"所以我认为，小溪她不想见到我。"

向日葵没有再说什么。她瘫在床上休息了片刻，便离开了209病房，并相约明天再来。

时间已是后半夜，在车上总觉得胸闷，向日葵便在临近的街区下了车，准备步行回家，吹吹夜风。

脑袋还有些昏沉，向日葵拎着挎包，在无人的石板路上摇摇晃晃地朝家的方向走去。亏得父母常年不在家中，也省去了解释的麻烦。

那是发生在一瞬间的事情。最初只是身后格外刺眼的远光灯，多亏了久经历练的敏锐直觉，向日葵在空气中嗅到了危险的味道。她的身体在大脑做出判断前行动了，双腿用力向着路旁的花池纵身一跃，身后随即传来一声巨响，汽车撞在了她刚才位置的电线杆上，车头上的保险杠应声断裂，几根电缆断裂垂下，闪出丝丝电光。

向日葵惊出一身冷汗，头脑在一瞬间清醒过来。她匆忙向肇事的车辆看去——驾驶席上没有人。这种无人驾驶的车辆在安全性上设计了多重保障，探测到前方的行人会自动改道，不知为何会被人当作凶器使用。

这人会是谁？向日葵的脑中闪过了多个选项。鉴于自己快意恩仇的行为模式，这些年来也结了不少仇家；但她从没想过，有朝一日会有人对自己下死手。

然而向日葵现在没有时间去思考这些。这些人既然想要灭掉自己，那就一定摸清了她住在哪里，回家无异于自投罗网。向日葵猫着身子走出花池，看看四下无人，轻盈地翻过一面矮墙，向着街对面的商圈跑去。

进入二十四小时营业的商业圈，混迹在通宵寻欢的人群中，向日葵悬着的心终于放了下来。她躲在一家露天酒吧里，点了一杯生啤，一面借助冰凉的啤酒平复情绪，一面思考对策。

向日葵非常不希望连累到朋友，但此时此刻，她必须向他们求助了。她首先想到了向日葵小队的成员们，叶爽和星忆一直是学校的优等生，拉他们下水只是平添一份危险而已；想到田溪的样子，她也不希望再为田欣增加一份负担。简单思考后，向日葵决定向宇寒求助。

离开酒吧后在商业区转了几圈，向日葵感觉已经甩掉了跟踪她的人。她见机躲进了一家服装店，将衣服从头到脚换了一遍，又买了一顶鸭舌帽，压低帽檐再次混入人群，向着不远处的轻轨站走去。

进入车站时，向日葵刻意没有使用生物识别，而是花费信用点买了一次性的车票。全程她一直精神紧绷，直到坐上轻轨，才稍稍松了一口气。商圈距离宇寒的家只有三站的距离，车上人很少，向日葵偷偷地四下打量，没有发现可疑分子。到站时已是凌晨三点，她看看腕表，刻意抢在车门关闭前的一瞬间走出车门——

就在那一刻，向日葵清晰地感觉到，有人扯了她的衣服。她一咬牙，麻利地脱去了衬衫，赶在列车发动前跳了下去。顾不上周围人诧异的目光,她几乎以百米冲刺的速度冲进人群,弯腰双手扶住膝盖,汗珠一滴滴落下。

原来跟踪的人从未被甩掉,只是没有找到机会下手而已!

不出所料,向日葵突然出现在宇寒家门口,令他吓得不轻。

"你怎么……"

"进屋再说!"

简单说明情况后,向日葵便连推带搡地逼着宇寒去休息了。迫不得已才将宇寒卷进来,绝不可以在精神上继续压迫他。她打开电脑,装出一副在查找资料的样子,直到睡在地上的宇寒发出轻微的鼾声,才长出一口气。

向日葵将后脑仰躺在座椅上,双臂无力地垂下。她本想就这样睡去,可突然间,一股难以抑制的恶心感从腹中翻涌而出,她蹑手蹑脚地走去卫生间,抱着马桶一下子吐了出来。向日葵从小很少生病,更没有像这般呕吐过;而这次,直到将胃里的东西全部吐出,身体才不情愿地消停下来。她捏着鼻子把卫生间清洗干净,用凉水冲了把脸,双臂撑着洗手池,抬起头看着镜中的自己。

那一刻,她清晰地感受到,身体内部翻涌而来的情绪,名为"恐惧"。

她曾穿梭于黑市之间,也曾揭露过官员的恶行,她本以为,自己已近足够成熟来面对一切。然而方才一个小时里经历的事情,却让她再次认识到了自己的渺小,不要说时代的洪流,哪怕是力量稍大的一阵风,也会将她吹向未知的某处。

与此同时,向日葵还感受到了深深的悔意。

既然对方的目标是她,那么与她朝夕相处的向日葵小队成员就很难完全置身事外。仅仅是因为自己的任性,便将朋友们卷入了危险之中。当初做这些事情的时候,为什么没有妥善地考虑后果呢？一旦发生极端的事情，自己真的有能力承担吗？

做事只凭着一时兴起，完全不计后果，这不是彻头彻尾的小孩子吗？

向日葵不记得自己在卫生间待了多久，她很庆幸，回到房间时宇寒还在熟睡。

与其纠缠在情绪中，不如先做好当前的事情。

她再次打开电脑，飞速检索着相关信息，很快就排除了一些猜测。和她结过梁子的几个人，如今都乖乖地留在牢里，这些人平日积恶太多，原本的交际圈也早已人走茶凉，很难想象会有人为了他们对自己进行报复。慢慢地，袭击者的来历有了眉目，但想要进一步查下去，必须访问网络空间中名为"冷夜"的区域。这是一个网络上的黑市，也是向日葵购买《学姐的秘密》的地方，想要访问这里需要花大价钱购买秘钥。向日葵目前并没有足够的积蓄，凭她的能力，也不可能凭借黑客技术访问。

既然如此，那么办法就只剩下一个了。

第二天一早，向日葵悄悄离开了宇寒的家。她原本还在担心会被偷袭，但一路上都平安无事，也没有了那种被人监视的紧迫感。她索性翘了课，在医院附近用假名找了一间不过问旅客身份的酒店住下，饱饱地睡了一天。

晚上，向日葵如约来到了209病房。

"一天没来上学，出了什么事吗？"刚一见面，田欣便敏锐地问道。

"身为队长，我可是忙得很呢！"向日葵随意应付了过去。她脱下外套挂在衣架上，问道："凭你的技术，能黑进'冷夜'吗？"

"我还差些道行,毕竟很多程序员要靠这见不得光的营生牟利。"田欣答道,他看看病榻上的妹妹,"这种事对小溪而言轻而易举,早在变成这个样子之前,'冷夜'就已经是她无事闲逛的后花园了。"

"果然……"向日葵小声咕哝着。

"怎么?"

"没什么,开始今天的尝试吧!"向日葵二话不说地躺在田溪身旁的床上,戴上头箍;田欣没有多问什么,为她递上了纳米机器胶囊和热水。

熟悉的坠落感袭来,眼前的景色再次清晰时,向日葵回到了那间无机质的屋子中,嘀嗒的落地钟仿佛一位恪尽职守的老管家,孤独地立在面前。她深吸一口气,走到梳妆台前,再次伸出手触碰圆镜——

银灰色的浆水涌出,顷刻间便覆满了她的全身。眼前的景色如同翻搅的颜料一般扭曲着,耳中响起高频的蜂鸣。向日葵索性合上眼睑,一动不动地站立着,任凭各式各样的感觉和情绪在意识中涌动。

不知过了多久,双脚再次传来地面的触感,皮肤上的紧绷感也已消失不见。耳中传来低沉的隆隆声,空气中飘散着过滤网的味道,向日葵睁开双眼站了起来,却惊讶地发现还有另一个自己躺在床上,平静的面容宛若一具蜡像。

怎么回事?

田欣拿着手机从另一个身旁经过,向日葵试着伸手触碰,手指却宛若无物地穿过了田欣的身体。她开口呼唤,仿佛理所当然一般,对方也完全听不到她的声音。

"这里是网络世界,如果没有连接到音频输出设备,你是无法与现实世界通话的。"

一个女声从身后传来。向日葵猛地回过头去，发现一名十一二岁的小女生站在身后。她穿着一件薄薄的淡蓝色连衣裙，打着赤脚，四肢的皮肤白皙得仿佛人偶一般。尽管样子有些不同，向日葵还是一眼就辨认出了她的真实身份：

"你是田溪吗？"

"我是仿照管理员模样做出的引导程序，由于模仿了管理员的人格，你也可以这样称呼我。"小田溪答道。

"为什么你的模样还是孩子？"

"哥哥曾经说过，十岁的我是最可爱的。"

向日葵强忍住想要揍田欣的冲动，追问道："这里就是'翻转天堂'吗？"

小田溪点点头。"你所看到的画面来自现实世界的视频监控数据，这座城市几乎实现了无死角监控，所以才能构造出一座实时更新的虚拟城市。现在是晚上十点，在明早六点前的八个小时，你可以尽情体验。"

"你是这里的向导吗？"

"系统会为每名进入者配备向导，但免费说明的内容十分有限。"小田溪解释道，"想要得到更多的信息，就必须支付对应的金额。"

"这里还能花钱？"向日葵皱着眉头问道。既然这里连接着公网，只要提供 ID 和密码，花钱反而比现实世界更加便捷。

"在'翻转天堂'里，金钱是万能的。完整的说明文档有些冗长，全部阅读需要花费两个小时，以及一个信用点。"小田溪一面说，一面拉起向日葵的手。"我们要快些离开这里，尽管是虚拟的世界，总看自己的身体，会对体验造成影响。"

在小田溪的带领下，两人走出医院，向着灯火通明的街区走去。一路上并没有人对小田溪奇妙的装束有所反应，按照小田溪的说明，他们不过是现实世界的投影，是虚拟的NPC。向日葵一面好奇地看着四周，一面向小田溪搭话道："还有哪些人在'翻转天堂'里？"

"此问题涉及用户隐私，需花费五百信用点。"

"我怎样离开这里？"

"等待体内纳米机器失效、外部唤醒，或者花费六个信用点。"

果然，这里的一举一动都需要花费金钱。向日葵叹口气，继续问道："我可以见你的创造者吗？"

"可以，但不建议。"

"为什么？"

"需要花费一亿信用点，一次结清。"

看来想要见到真正的田溪，短时间内是无法做到了。但向日葵此行还有一个重要目的，她再次开口道："这里连接了公网，也就是说，公网上的一切资源，理论上都可以通过这里访问，对吗？"

"是的。"小田溪这次答得十分干脆。

"你能帮助我访问'冷夜'吗？"

小田溪停下脚步，仿佛被关掉电源的玩具一般静止了片刻，随即答道："两千五百个信用点，预付百分之二十。"

"成交。"向日葵终于松了一口气。上次购买秘钥花费了足足三万的信用点，那是她接近四年打工的积蓄。

向日葵本以为小田溪会魔法般地变出一道门来，没想到她只是右转九十度，向着城郊慢慢走去。一路上，向日葵更加清晰地认识到了这个世界：尽管城市的布置与现实世界并无二致，但街上除了复刻自现实世界的NPC外，还多了一些外形稀奇古怪的生物，它们大摇大摆地走在街上，所有的NPC都对其视而不见。经过一家晚上不营业的店铺时，向日葵隔着玻璃窗看到店内围坐着几只章鱼形的生物，它们手中拿着扑克，细长的手指仿佛触须一般。

"这是什么？"向日葵忍不住问道。

"他们是来自现实世界的访客，你看到的奇怪样子，是他们自行设计的皮肤。"小田溪随即补充道，"当然，特殊皮肤的使用也需要花费信用点。"

"系统有皮肤提供吗？"

"目前只有一款免费皮肤，其余均需要购买，最便宜的五百信用点。"

"免费皮肤什么样子？"

"哥哥的样子。"

在小田溪的带领下，两人一路走出城区。城外荒凉的土地上竖着一口深井，由于开采失败，已被闲置，只剩下电梯还可以工作。

"在这里。"

小田溪走入电梯，向日葵也学着她的模样进入，按照现实世界的步骤封闭了舱门。电梯缓缓向下驶去，与现实世界井中的黑暗不同，这里的井壁上开启了各式各样的窗口，有卖货的、住宿的、酒吧，甚至还有些窗口能看演唱会，俨然一片大型商业区。

"这里才是'翻转天堂'中最重要的区域吧？"向日葵忍不住问道。

"在这座城市，是的。"小田溪答道。

"这个虚拟空间究竟覆盖了多大的区域?"

"目前有三个星区。"

最终,电梯停在八百米深度的一口横井旁。向日葵开启电梯门,借着绳索来到空洞的横井中。小田溪指着漆黑的横井内部,说道:"就在这里。"

"这里什么都没有啊?"

"请先付清尾款。"

向日葵乖乖地支付了剩余的两千信用点。小田溪将左手按在石壁上,口中念念有词。不消片刻,岩石散发出墨绿色的荧光,横井内瞬间明亮起来,一座集市在空气中慢慢浮现,最初好似缥缈的海市蜃楼,随后固定了形态。

"冷夜"不算广阔,不起眼的店面中,形态各异的店员百无聊赖地打发着时间。向日葵一眼就认出了一些熟悉的店名,名为"limbo"的店铺专卖迷幻药,名为"jack"的店铺定制人形机甲,名为"abyss"的店铺提供能够改变主观时间感受的奇妙设备。没走多远,向日葵便找到了那家叫作"kids"的游戏店,看上去二十岁上下的店员正在玩一款像素风的格斗游戏。

向日葵单臂挂在柜台上,探过头去问道:"还记得我吗?"

游戏小哥瞥了她一眼。"怎么?《学姐的秘密》通关了?"他放下手中的游戏,笑道,"我明白了,拿不到好成绩,想来这里找攻略,对吧?"

看样子,下次来这里还是需要准备一套皮肤,哪怕是田欣的。向日葵稳住情绪,问道:"这个游戏还有攻略?"

"《学姐的秘密》确实小众,但也有高手早就做到了完美通关,还将最后的打分系统详细分析了一遍。"小哥答道,"不过这份攻略,买起来却很是麻烦。"

向日葵皱眉道:"价格很高吗?"

小哥摆摆手:"攻略作者要求我提前将买家的资料发过去,再根据具体情况决定售价。不过我劝你一句,与其花这个冤枉钱,不如在我这里买些别的游戏。我推荐这款……"

"我来找你,不是买攻略,更不是买游戏。"向日葵毫不留情地打断了小哥。

对方一下子来了兴致,上下打量着向日葵:"哦?那你来这里干什么?"

向日葵将虚拟的三千信用点拍在桌上:"告诉我,有没有谁来过这里,向你打听我买游戏的事情?"

小哥看看闪着银光的钱币,嘴角微微上扬。

做完生意,小田溪催促着向日葵尽快返回医院。按照她的说明,为了清醒后不产生幻觉,前几次进入"翻转天堂"时,必须在限定时间结束前返回最初的场景。她本想让小田溪开一道传送门回去,当听到三万信用点的报价后,还是乖乖地迈开了步子。

回到医院时已是凌晨四点,田欣躺在睡袋中安静地睡着。向日葵走到自己的床前,缓慢地与床上的另一个自己合为一体,之后便陷入了深深的睡眠。

向日葵醒来时,晨光已透过磨砂玻璃洒下亮斑。坐在一旁读书的田欣见她坐起,匆忙走了过去。

"我见到小溪了。"向日葵立刻将昨晚的所见所闻告诉了田欣。田欣听罢,由衷地感慨道:"这么简单就让小溪接受了你,真不愧是队长啊!"

"一点都不简单呢!"向日葵一跃而起,扭动着酸痛的肩颈。田欣递上一份早餐,向日葵看着热气腾腾的牛奶和馅饼,感慨道:"早餐店离这里很远吧,还麻烦你起了个大早。"

"这些是昨晚买好的。我每晚会在十一点准时入睡,睡前一小时,都会上街买好第二天的早饭。"田欣微笑着解释道,"照顾小溪必须有好的身体,良好的作息还是要保持的。"

简单商议后,两人决定分头前往学校,一来田欣不希望学校的同学们知道妹妹的事情,这样做可以避免闲话;二来向日葵担心再次遇袭,会将身边的同伴牵扯进来。

向日葵先一步踏入校园,没承想还没走进教室,便被默默老师叫住了。

"占用你一点时间,那边的谈话室空着。"默默老师指了指走廊的另一侧,向日葵耸耸肩,跟了上去。

默默老师在学校很有人气,却从没有带过向日葵所在的班级,两人并没有太多交集。坐定后,默默老师开门见山地说道:"因为我和你同样来自奥杜尔,校方便委托我来谈话。"她叠起双腿,撩撩发梢。"尽管我并不情愿。"

默默老师的单刀直入、毫不留情尽人皆知,但向日葵也没有客气:"不如我们干坐着耗上十分钟,就算您完成任务了?"

"那可不行,因为你的行为会决定我月底的奖金。"

"学校那边的意思,无非是让我老实点吧。"向日葵半笑道,"写份保证书交给您如何?"

默默老师没有正面回应她,反问道:"当初离开奥杜尔时,你还在读初中吧。那时的你是怎么想的?"

向日葵用沉默代替了回答。默默老师自顾自地说了下去:"当时的我十分不甘心。无论未来变好变坏,这都不是我自主做出的选择,我人生的一个选项被剥夺了。所以从内心里,我支持你按照自己的意愿选择活法,当然前提是别找麻烦。"

向日葵抬眉道:"莫非老师不是想要批评教育我?"

默默老师取出几页纸,在向日葵面前摆摆:"你递交的旧校舍试用申请,学校领导已经看过了。你取得了星区海关的批准,还有监护人的签字,一切都合乎规矩。我有些好奇,如果学校不予批准,你会怎么办?"

"当然是在家做个乖宝宝喽!"向日葵随性地靠在椅背上,闪烁的眼神似乎在说:反正我一定会去,学校又没资格限制我的自由。

默默老师自怀中取出一支钢笔,在"指导老师意见"一栏中签上了"同意"。她将申请递到向日葵手中:"奥杜尔的过去是时代的缩影,是巨浪拍过后剩下的瓦砾。有理想固然不错,偶尔学习一下面对现实,也算好事。"

说罢,默默老师便离开了谈话室,只留下向日葵对着签好字的申请发呆。她早就准备了几十种同校方撒泼耍赖的方法,但默默老师最后的一席话,却触动了她的内心。

这种小孩子般的瞎胡闹,还要继续下去吗?

下课铃声一响,向日葵便来到了学校的图书馆中。这里的校史馆收集了建校以来的重要信息,也包含了校址在奥杜尔期间的各类资料。

昨晚在"翻转天堂"中,她打探到了重要的情报。

"你买走《学姐的秘密》后,确实有人打听过你的消息,这条信息是免费的。"游戏小哥的手指点着玻璃柜面,"再多我不会说了,请回吧。"

"开个价吧!"向日葵又掏出两千信用点,想必对方交了封口费。

小哥眉毛一挑:"干我们这行,也要讲求信誉。"

向日葵转身面向小田溪，问道："在这里，金钱是万能的，对吧？"小田溪点点头。向日葵继续问道："要撬开这家伙的嘴，需要花多少钱？"

游戏小哥的脸色顿时变得煞白，小田溪用冷冰冰的语调答道："你所需要的情报，共包含二十条关键信息，共计两万信用点。可以单独购买，但信息会随机抽取。"

向日葵盘算了一下自己的钱包，最终用三千信用点买下了三条信息，分别是此人与她来自相同的行星、是"冷夜"的常客、同样玩过《学姐的秘密》。

运行《学姐的秘密》必须用到学校的旧校舍，在奥杜尔被废弃前，每一次使用都会有详细的记载。学校搬离旧址后，旧校舍理论上仍然是隶属于校方的财产，想要使用也需要提交申请，总会在各种记录中留下痕迹。向日葵的目标，就是通过查询这些使用者的信息，找到想要加害她的幕后黑手。她一面检索着资料，一面做着笔记，连田欣悄悄坐到她的对面都没有注意到。

"我曾经整理过这款游戏过往使用者的资料，并不全面，但应当能给你省下不少时间。"田欣冷不防说道，吓得向日葵一个激灵。向日葵捂着胸口长出一口气，恶狠狠地瞪着田欣问道："你怎么知道我在干什么？"

"我是这里的管理员，所有的数据包都有权限查看。"

"偷窥狂。你以前也这样对待妹妹吗？"

田欣一下子红了脸，支吾道："我可没本事窥视小溪的信息……"

眼见扳回一城，向日葵心情好了一些。她快速浏览田欣发来的邮件，字里行间都流露出一丝不苟的气息，比起她自己整理来高效多了。她抬眼看着对面的男生，问道：

"如果我决定解散向日葵小队,你准备怎么办?"

"向日葵小队解散之时,就是'追随Zonnebloemen小队'成立之日。"田欣想都没想地答道。

向日葵轻咳两声说:"为什么要用那个词……"

"因为梵·高是荷兰人啊。"

一段默契的沉默后,向日葵再次开口道:"成立小队以来,我们都做过什么?"

"贿赂海关办事员、伪造家长签名、众筹买太空船……这些算大事吧。"田欣掰着手指头,如数家珍一般,"在游戏厅泡上一整个周末、在KTV包夜后全员喝多撒酒疯、飞往面积百分之八十被海洋覆盖的行星度假却赶上寒潮、参加星区太空摩托竞赛第一轮被淘汰……"

"还真够小孩子气的啊。"听完自己的伟业,向日葵感到全身一阵无力,软趴趴地瘫在座椅中。

"是啊,很小孩子气。"田欣一面玩着手机,一面若无其事地答道。

"那你们为什么还一直惯着我……"

"因为我们都不想长大啊!"田欣笑道。

晚上,向日葵准时来到田溪的病房。

不知是不是上次顺利进入"翻转天堂"的缘故,向日葵刚刚戴好头箍躺下,便发现另一个自己站在了床边,一旁的田欣若无其事地读着一本推理小说,对悬浮在半空的她和小田溪视而不见。

"现在是晚上十点,在明早六点前的八个小时,你可以尽情体验。"小田溪机械地重复着说明。

这一次，向日葵已经没有了特别想去的地方。她看着人偶一般的小田溪，问道："在这里怎么能赚到钱？"

小田溪立即答道："在'翻转天堂'中赚钱的方式有三种——买卖、委托和赌博。"

向日葵并没有东西可以在虚拟世界变卖，也不想依赖赌博这种虚无缥缈的手段，那么剩下的，便只有接受委托了。她毫不犹豫地答道："告诉我，有哪些委托可以接？"

小田溪的瞳孔中闪烁出星辰一般的光辉，几秒钟后，一张全息屏展现在向日葵面前，上面有一张巨大的表格，写着每一件委托的名称以及报酬金额。

"目前系统接到的委托共有六万七千三百七十一件，按照这里的规则，不经过系统的私下委托是不被允许的。"小田溪解释道。

向日葵随意点开一件，内容是"一日女友"，报酬一千信用点。委托人写明，只需在"翻转天堂"中维持一天男女朋友的关系即可，可以使用虚拟的容貌，唯一的要求是温柔可爱。她撇撇嘴，关闭了详情窗口，选择将委托按照报酬从高到低排序。排行第一的委托十分扎眼，名称叫作"强德拉塞卡深潜"，报酬是一亿信用点。

点开委托详情，里面的要求十分简单：受托者要尽可能地靠近黑洞边缘。向日葵抬头看着小田溪，问道："这项委托该怎么做，这里总不会有黑洞吧！"

"你需要接近的是现实世界的黑洞。系统会在你的大脑中建立长效链接，当你与事件视界的距离足够近时，会自动提示返航。"小田溪空洞的双眼注视着向日葵，"要接受吗？"

看看表单上其他的委托，金额最高的不过五百万，想要积攒够一亿的数额遥遥无期。向日葵心一横，答道："我接受委托。"

"系统正式受理，时间限定……"

小田溪话音未落，向日葵眼中的景色便扭曲起来，她感到一股强大的力量将自己向下拉去，随即陷入深不见底的黑暗之中。

不知过了多久，向日葵猛地睁开眼睛，眼前一片漆黑，她试着移动身体，却发现手脚都被牢牢地绑在了床上，不能动弹分毫。她想要大声叫喊，只感到咽部和舌尖一阵麻痹，声带无法顺利地发出声音。

发生了什么？

向日葵深吸一口气，尽力稳定情绪。很快地，眼睛适应了黑暗，她辨认出自己仍在209病房，田欣不见人影，田溪好好地躺在身边的病床上。她的身体被几条绳索固定，右手处凉飕飕的，高处悬挂着一袋液体，正在为她进行静脉注射。

那袋液体中应当含有一定剂量的麻药，它就是令她无法顺利发声的原因。向日葵很庆幸自己没有失去意识，她用力咬破嘴唇，借助疼痛保持住清醒。左臂处的绳索有些许松动，向日葵缓缓移动着左臂，先将手腕脱出束缚，继而为左臂松了绑。

左手获得自由后，向日葵匆忙侧过身子，将插在右手静脉上的针头拔了下来。顾不上静脉冒出的血滴，她飞速解开四肢的束缚，却在逃离病床时一个趔趄，从高高的床上摔了下去。

肘关节处胀痛着，然而更加令向日葵在意的，却是双腿完全使不出力气。她靠着双臂的力量匍匐到床下藏好，按住右手背上的脱脂棉止了血，这才松了一口气。

门外听不到人声，在危险到来之前，还有些时间从麻醉中恢复。向日葵一面用力掐着没有知觉的大腿，一面分析着现状：想必有人侵入了209病房，他们带走了田欣，将陷入沉睡的她绑了起来。这些人的目的是什么？他们把田欣怎么样了？

麻药失效的速度比想象中快一些，大约半小时后，向日葵便感到腿部恢复了力量。她悄悄摸了出来，在黑暗中找到一把手术刀作为防身武器。就在这时，天花板上的照明被打开，门外响起了皮鞋走路的声音。向日葵匆忙躲在房门后，右手紧紧握住手术刀。

病房的门被打开了，一名身材瘦小的男子穿着医生的白大褂走了进来。看到空空如也的病床，他先是一愣，继而对着门外的同伴招手——

向日葵看准时机，一步迈了出去，左臂勒住男子的脖子，右手将手术刀的刀锋架在他的颈动脉上。

"全部退后！"向日葵对着门外的四名随行者大喊，将刀锋向着男子的皮肤近了两分："你，举起手来，跟我走！"

男子慢慢举起手，对着同伴们喊道："你们退后！"

向日葵就维持着这样的姿势，从四名随行者的间隙中穿了过去。病房外黑漆漆的，从这里走出医院必须经过主楼；那里灯亮着，值班的医生护士还在忙碌。向日葵做好了准备，一旦进入主楼，她就丢下人质，一面大喊救命一面逃离。

然而意外在一瞬间发生了。眼看着主楼越来越近，向日葵的注意力渐渐被前方的目标吸引，没注意到挟持的人质悄悄将右手伸进了衣兜。猛然间，她感到手臂一阵刺痛，条件反射一般地将手术刀丢了出去；只见男子手中握着一把电击器，电火花在黑暗中噼啪作响。

糟了。

向日葵虽然体能不错，也有格斗经验，但面对成年男子并没有几分胜算。此时的她没了武器，更少了一份依靠。男子渐渐向她靠近，眼看就要将电击器捅上来——

那一刻，向日葵瞥见主楼的门打开了，逆着奶白色的灯光，一个人影冲了过来，毫不留情地挥起手中的木棒，伴随着一声闷响，男性额头淌出鲜血，倒在了地上。田欣一把握住向日葵的手臂叫道：

"到处都有他们的人，跟我来！"

向日葵还没搞明白怎么回事，便被田欣拉着飞奔起来。他们穿过门厅，钻进空无一人的紧急出口，又跑过了黑漆漆的走廊。眼看前方就是医院的出口，田欣找到一个不起眼的角落停了下来，大口喘着粗气。向日葵帮他拍拍后背，问道："究竟出了什么事？"

田欣摆出一个"嘘"的姿势，四下看看，小声说道："我原本出去买早餐，却被人袭击了。那人用铁棒打破了我的额头，还好只是皮肉伤。我制伏了他，匆忙赶回病房，却发现一群不认识的人围在小溪的床边，不见你的身影了。"

"你是怎么制伏袭击者的？"向日葵打量了一番平日里缺乏运动的田欣，问道。

田欣取出一个手电筒大小的电击器说："经常一个人守夜，这东西始终带在身上。"

这就叫以其人之道还治其人之身吧。有了田欣手里的家伙，向日葵也安心了几分。

"现在怎么办？爸爸妈妈都联系不上，我家肯定也不能回了。"田欣终于从奔跑的疲劳中恢复过来，向日葵却自始至终都是一副无所谓的样子。

"跟我来吧。"

一小时后，两人住进了向日葵前日留宿的旅店里。当向日葵提出要一间大床房时，前台小姐用好奇的目光看着他们，想必她很少见到这种装束的情侣吧。

"这……不太好吧。"田欣望着房间内粉色调的装潢，支吾道。

"就你难伺候。"向日葵若无其事地坐在弹簧床上，"对方是什么人，有头绪吗？"

田欣关好门窗，拉上窗帘，不自然地在一旁坐定，答道："我猜，是顺着'翻转天堂'找到小溪的人吧，想要独占那个世界的家伙早就蠢蠢欲动了。你被我们连累了。"

"也许恰恰相反，是我连累了你和小溪。前天晚上在回去的路上，我被人袭击了。"

之后，向日葵将前天晚上的经历和盘托出。田欣听过后，责怪道："这么危险的事情，你为什么不早说？"

"我找了宇寒帮忙。你这边，小溪的事情还不够你烦吗？"向日葵叹了口气，"多亏你的资料，我现在有一个猜想：对方想要我的命，也许并不是因为我做过的事情，而是因为我将要做的事情。"

田欣抬眼问道："你是说，《学姐的秘密》？"

向日葵点点头："我们都听说过那个传言，很多接触《学姐的秘密》的玩家，都神秘地丧了命。与此同时我还得知，有人即便通过黑市，也要打听出这款游戏买家的信息。这说明，一直有人在关注《学姐的秘密》的玩家，一旦这些玩家满足了某种条件，便要想方设法将其杀害。"

"凶手会不会就是黑市的那个卖家？"田欣问道。

"不可能。与其杀害玩家，不如一开始就不产生'玩家'，他通过黑市贩卖游戏完全是多此一举。"向日葵很快便否定了田欣的猜测。

"可是，这些和小溪有什么关系呢？"田欣突然想到了什么，"你说黑市……莫非你通过'翻转天堂'，连接到了'冷夜'？"

向日葵点头道："即便是'冷夜'的商人，只要连接进入'翻转天堂'，在系统面前就没有秘密可言。我昨晚曾向系统购买凶手的信息，反过来想，凶手也同样可以向系统购买我的信息。我的行为让凶手意识到，想要完美地隐藏自己，就必须除掉小溪。"

"那是不可能的。"田欣否认了向日葵的推理，"即便夺去小溪的性命，'翻转天堂'也不会停止运转，小溪早就将自己的意识，在网络空间进行了不计其数的备份。她的身体只不过是同现实世界的一个接点罢了，存活与否并不会影响到'翻转天堂'的运转。"

"但是，通过绑架小溪这种行为，可以将另一个人玩弄于股掌之中。"向日葵指了指坐在身旁的田欣，"那就是你，田溪的哥哥。表面上看，他们是想通过绑架小溪来威胁你；而实际上，他们想要绑架的是你，再以你的性命作为筹码，去威胁小溪守住秘密。"

听过向日葵的分析，田欣陷入了许久的沉默。向日葵向后一仰躺了下来，注视着天花板上暧昧的灯光，小声说道："都怪我，如果我不孩子气地去搞什么传说中的游戏，也不会引来这些麻烦。"

突然间，向日葵的额头被田欣重重地弹了一个脑奔儿，痛得她捂住了额头。田欣从上方注视着她的眼睛，问道："队长，在你的心里，怎样才算'大人'？"

向日葵恶狠狠地瞪了田欣一眼，却突然没了气势。她叹口气，说道："所谓大人，一定是久经生活的磨损和磨难，不断放弃曾经的底线，又一次次接受不再完美的自我，最终向自我和世界妥协，丑陋而坚强地活下去的那些人吧！我确实做过一些常人难以理解的事情，但那些不过是靠着运气罢了，是小孩子的任性。这次的事情，是上天对我不肯长大的一次惩罚吧！只可惜将你们也牵连进来了。"

"既然决定活下去，那就意味着即便是大人，也有无法放弃的事情，也有不可侵犯的领域。用俗话讲这叫作'轴'，文艺点叫作理想主义，逻辑上叫作非最优解，而我认为这就是人性。"田欣一字一句地说道，"第一次见到你时，你任性、蛮横、不讲理、不去考虑别人的感受，但我清晰地感觉到，你清楚自己想要什么，尽全力追求，并心甘情愿地承担一切后果。你所拥有的一切，正是我所欠缺的。"

"说这些话，你也不觉得脸红。"向日葵闭上眼睛，努力掩饰住内心中涌上的冲动。

田欣追击道："确实，你将我们牵扯进来，但你曾经想过丢下我们不管吗？"

"当然没有啊！"向日葵立即答道，"只不过……"

"再加上一条，即便身处逆境，也不会忘记肩负的责任。"田欣露出一个没心没肺的笑容，"在我眼中，这就是大人应该有的样子。"

向日葵沉默了片刻，呢喃道："这次我是彻底没辙了。你有什么主意吗？"

田欣俯下身子，对着向日葵耳语了几句。向日葵猛地睁眼起身，坚硬的额头与田欣撞在一起，痛得对方叫了出来。她揪住田欣的衣领，叫喊着问道："你说的这些真的可行？"

"只是你必须再次冒险潜入医院。"

"交给我吧！"向日葵将田欣丢在一旁，握握手腕，"让那伙家伙看看惹到熊孩子的后果！"

天还没亮，田欣就离开客房。两人相约傍晚一起行动。昨晚他几乎彻夜未眠，小心翼翼地保持着同向日葵的物理距离。

向日葵睡得不错，吃过早饭后，她联系宇寒在第三街区的咖啡厅见面。

"你受伤了？"眼尖的宇寒一眼便看出向日葵身上的伤痕。

"一点小事。"向日葵擦擦眼角。简单的交流后，向日葵提出了购买太空船的请求。

"事先说明，我大概率没法归还了。"向日葵揉揉额头。

"你想干什么？"宇寒问道。

"过些天再告诉你。"

宇寒没有多说什么，只是轻描淡写地点了点头。

同宇寒话别后，向日葵叫了计程车，径直来到了叶爽实习的 Heart 医疗公司。在前台登记后，对方帮她联系了正在实验室工作的叶爽，没过多一会儿，穿着白大褂的大个子少年便急匆匆地小跑出来。

"队长，你怎么来了？"叶爽吃惊地打量着向日葵，队长从未在工作时间找过他。

向日葵微微一笑说道："找你借点东西。"

两人来到了会客室中，不一会儿，叶爽取来一只药盒大小的盒子，递到向日葵手上。向日葵打开盒子，三粒胶囊安静地躺在里面。

"注意点，别让监控拍到……"叶爽担心地四下张望，"虽然只是便宜的常规试剂，我拿出来也是违规的。"

"这东西不需要吞服也可以生效吗？"向日葵将盒子揣入衣兜，问道。

"对于纳米机器而言，吞服本就不是必需的，那么做只是为了保证血液中的浓度而已。最简单的方法，就是让它们顺着呼吸道进入人体。"叶爽解释道，"当然，因为浓度下降，有效时间会相应缩短，三十分钟左右就会失效。"

按照向日葵和田欣的计划，三十分钟已经足够。

"队长，我看你的样子有些疲惫，遇到什么事了吗？"叶爽突然问道。

向日葵吃了一惊，她从没想过一向迟钝的理工宅还有如此敏锐的一面。她温柔地笑了笑，问道："我在想……当初我想方设法地把你拉下水，你是不是觉得我很讨厌？"

"为什么突然问这个？"叶爽反问道。

"好奇嘛。"

"喜欢和讨厌涉及太多的变量，如果一定要给出判断，需要准确地量化。"叶爽给出了足够理工宅的回答，"在我看来，减分项包括'总是指使我干这干那''行事毫无逻辑，想到什么做什么''找来了总喜欢对我指手画脚的田欣''我明明很忙了却总塞给我复杂的任务'……"

"看来毫无疑问是讨厌了……"向日葵不满地挤着眉。

"加分项包括'每天都很阳光，能带给我正能量''带着我见识了以前没有想过的世界''行动力超群，想做就一定能做成''帮助星忆克服了心魔''因为有向日葵小队在，每天都可以和星忆在一起''只要大家聚在一起，即便插科打诨也觉得快乐'……"叶爽机关枪一般快速说着，"所以，如果打个分数，那一定是'喜欢'占了压倒性优势！"

见到星忆时已是傍晚，两人约在了闹市区的一家火锅店里，看到红彤彤的牛油底料，星忆双眼放光，对着全息菜单疯狂点击着。

"只有我们两个人，点太多了吧？"向日葵提醒道。

"不多！平日里教练对饮食管得很严，巧克力都不给吃，更不要说辣火锅了！啊，队长你要冰汤圆吗？"

几分钟后，两人的桌上摆满了各式各样的食材。星忆夹着一块涮好的毛肚放入口中，露出幸福的微笑。

"忘了问，队长今天怎么想到约我了？"大快朵颐后，星忆问道。

"这个嘛……"向日葵小口吃着，"想问问你，小说比赛的事怎么样了？"

"哈哈，这还是我们第一次当面谈写作的事情吧！"星忆笑道。

"怕你不好意思嘛。"向日葵支吾道。

"落选了，但评委给出了不错的评语，网站的编辑还找我聊了新作的事情。"

"不错嘛，好消息。"

"新的一篇，我准备以向日葵小队的故事作为题材！女主角毫无疑问就是你。"星忆越说越兴奋。

"我们做的那些小孩子气的事情，值得写出来吗？"向日葵装作满不在乎地问道。

"哪儿的话！就是因为小孩子一般地不计后果，才有足够的故事性嘛！"星忆顿时鼓起脸颊，拿着筷子指指点点，"像成年人那般活得瞻前顾后，写出来也只能是家庭剧、职场剧，完全没有爽点，读者们才不会买账。如果未来读者知道女主角就是我身边的朋友，一定会羡慕死的！"

向日葵微笑道:"这个故事的男主角是谁?"

"大女主故事,男人全部是配角啊!"星忆眉飞色舞道,"不过,我也许会考虑一下蕾丝边要素……"

告别星忆后,向日葵回到宾馆的房间,取回了放在那里的纳米机器胶囊。为了不暴露行踪,她同田欣约定好不彼此联系,由她取回胶囊放在房间,田欣将胶囊与主机配对后留在那里。

向日葵一度因为自己幼稚的行为自责,在短短一天的时间里,队员们以不同的方式鼓励了她。

罗曼·罗兰曾经说过,只有一种英雄主义,那就是得知生活的真相后依然热爱生活。

那么,也只有一种幼稚,那就是不能把自己想做的事情坚持始终。

今晚,向日葵要用小孩子的方式,对这个世界说不。

向日葵一个人来到了医院附近,距离行动的时间已经很近了。她吞下一粒纳米胶囊,不一会儿,一名外貌酷似小田溪的少女出现在她面前。这名少女的建模比之小田溪粗糙了不少,是田欣创作的向导AI。通过手机的通信容易被监控,增强现实游戏中主机与大脑的通信基于量子纠缠态原理,反而更加安全。

向日葵上下端详着眼前的少女,在心中将她称作小田溪二号。

"跟我来。"小田溪二号招招手,向日葵听到的却是田欣的声音。

"你不能做个变声处理吗?听上去好怪。"向日葵一面跟着小田溪二号跑了起来,一面抱怨道。

"稍等……这样好些吗?"小田溪二号确实变声成了女孩子的语调,但想到背后的人是田欣,感觉更加微妙了。

"为什么将向导做成这个样子?"

"我玩过的游戏中,向导全是女孩子。"

"那为什么用妹妹小时候的样子?"

"队长,目的地就在前面。"

眼见无法回答,田欣干脆岔开了话题。此刻向日葵已经绕到了主楼的后面,一名穿着白大褂的护士刚刚离开库房,向着远处走去。向日葵看准机会溜了进去,隆隆的噪声捶打着鼓膜,此处是主楼新风系统的中枢。她从管线中分辨出送风管道,摘掉过滤网,将剩余两粒胶囊中的纳米机器一并撒入管道。

几分钟后,这些纳米机器会随着空气进入医院里每一个人的呼吸道,最终固定在大脑上。一场几百上千名玩家参与的超大型增强现实游戏即将开启。

完成准备工作后,向日葵若无其事地从正门走进主楼,去往209病房必须穿过这里。在脚步匆忙的医务人员和患者中,向日葵很快辨认出几名形迹可疑的人员,他们穿着黑色的制服,戴着无线耳机,时不时地向四处张望。

向日葵大摇大摆地向前走着,一名黑衣人看到她,对同伴使了个眼神。不消片刻,距离向日葵最近的一名留着络腮胡的男人走到她身后,隔着衣兜将一把刀抵在了她的后背上。

"老实点,跟我走!"络腮胡在向日葵耳边小声说着。向日葵只是笑笑,乖乖地按照他的指示,向着不远处的应急通道走去。几分钟后,两人走出空无一人的通道,其余几名黑衣人也跟了进来。

络腮胡将匕首在向日葵面前晃了晃。"这次你跑不掉了,乖乖躺回病床上吧,我们还能保你性命。"

而向日葵却始终带着俯视一切的笑容说:"哦?那就要问问,

他们同不同意了。"

她的话音未落，应急通道里响起了震耳欲聋的爆炸声，一颗手雷滚来，络腮胡连忙卧倒，可手雷中冒出的却是浓烟。

络腮胡从怀中掏出手枪，对着同伴大喊："看住她，别让她跑……"可他还没来得及直起腰，冰冷的冲锋枪口已经抵在了他的额头上。他恐惧地举起双手，向日葵将手枪从他的手中夺下，用枪托用力地砸在他的后脑上，络腮胡顿时失去了意识。

浓雾散去，一队武装到牙齿的特种兵将三名黑衣人团团围住，不停缩小着包围圈。三人匆忙双手抱头蹲下，向日葵从容地没收了他们的武器，又用枪托将他们打晕过去。

"多谢啦，送给我武器。"

向日葵摆弄着抢来的枪械，她对火药兵器十分熟悉，但从未见过这样的型号。事不宜迟，向日葵尽快收起枪离开了紧急通道，在她的身后，特种兵部队和烟雾瞬间不见了踪影。它们本就不存在，是田欣远程操作的增强现实影像而已。

向日葵顺利地穿过主楼，来到通往209病房的竹林里，时候已晚，平日喜欢在竹林散步的病人也早已回房休息。突然间，竹林中传来一阵急促的脚步声，二十名左右的黑衣人从黑暗中冲了出来，每人手中都拿着致命的凶器。他们将向日葵层层围住，黑洞洞的枪口纷纷瞄准了她。

"你的小把戏行不通了，投降吧！"为首的黑衣人走上前，说道。

就在这时，上空响起风被划破的爆裂声，一架战斗机低空俯冲而下，两翼的武装机关枪对着地面一阵扫射。几名黑衣人条件反射一般地趴下，首领大喊：

"别害怕，这只是增强现实影像而已，看住那个女孩！"

尽管清楚这是增强现实影像，但如果没有经过专业训练，要克服内心的恐惧感还是要下些功夫的。所幸，直到黑衣人的队伍稳住阵脚，向日葵都没有移动位置。

首领啐了一口："小孩子的把戏玩完了吗？我们本想留你一命，可是……"

没等他说完，面前的向日葵突然发生了大爆炸。一阵烟尘过后，向日葵消失得无影无踪。原来此处的向日葵本就是增强现实影像，真正的她早已趁着黑衣人与影像纠缠之际，来到了209病房。

病房里只有一名黑衣人，正在对着病床上的田溪研究着什么。向日葵一脚踹开房门，持枪闯了进去。黑衣人见状，匆忙抓起身边的手术刀，架在了田溪的脖子上：

"放下枪，否则我杀了她！"

向日葵冷笑道："哦？你会比我的子弹更快吗？"

黑衣人哼了一声："你不过是一名中学生罢了，尽管特殊了点，开枪伤人这种事，你做得出来吗？"

清脆的枪声响起，黑衣人的膝盖冒出一道血光。他一下子跪倒在地，向日葵走到他的面前，一脚踢在他的胸口上，黑衣人顿时躺倒在地。

"捉住你了。"

向日葵俯下身子，扯掉黑衣人的面罩，出现在眼前的是一张熟悉的脸，她最近频繁地见到过这个人。

"罪魁祸首就是你，田溪。"

向日葵将手枪丢在一旁，得意地俯视着躺倒在地的小田溪。

"你什么时候注意到的？"小田溪面无表情地问道。

"从一开始我就觉得不对劲了。袭击者明明追了我一个晚上，为什么白天的时候却突然蒸发了？'翻转天堂'明明是虚拟世界，为什么一定要做得与现实世界别无二致？病房被人强占，医院里全是形迹可疑的人，为什么所有的医务人员都默许了这件事？我刚才闹了那么大的动静，为什么自始至终也没被人发现？这是因为，我所经历的一切，都是你的杰作，或者说，这才是真正的'翻转天堂'——"

向日葵露出胜利的笑容。"所谓'翻转天堂'，根本不是什么虚拟世界，而是增强现实。我第一晚遇到的袭击本就是增强现实，所以装了多重 AI 保险的车辆才能突破限制撞向我；增强现实并不足以对我施加强制力，所以我在轻轨上只是感到有人拉了衣服。试问，如果车上真的有人想要置我于死地，只需再用力一点，我至少会被车门卡住发生危险，可能这么轻易地逃脱吗？

"纳米机器的有效期是八个小时，所以凌晨纳米机器失效后，袭击者自然就消失了。第二晚，为了加深我'翻转天堂是虚拟世界'的认识，你带我见识了一番所谓虚拟世界，但那也不过是增强现实罢了。我根本不是在虚拟世界周游，而是在你的引导下去城里转了一圈，看到了一些增强现实的'游客'而已。城郊深井只有电梯在工作，监控摄像早已失效，你是根据什么数据构筑出场景？为什么明明在虚拟世界中，进入电梯还要规规矩矩地关闭舱门？为了保证安全，你将'冷夜'设定在了八百米的深度，就是因为这个深度温度压力都还合适，即便不穿防护服也不会有危险。最扯的是，为了'醒来'我居然需要走回 209 病房，因为只有这样，我在'醒来'时才会在这张床上。

"至于后面两天的绑架和突入，根本就是我的独角戏。不存在什么绑匪，你哥哥也没有参与其中，我所看到所经历的一切，都是一场增强现实的游戏罢了。所以看到匕首啊手枪啊，我才丝毫不感到害怕，要开枪打人也完全下得去手，反正不过是游戏的虚拟体验罢了。"

小田溪站起身，问道："你方才讲述的一切，都停留在推理的层面。有没有证据，让你确认'翻转天堂'是增强现实呢？"

"简直数不胜数。"向日葵解释道，"你哥哥每晚十一点准时睡觉，一个小时前，也就是十点会出去买好第二天的早餐。也就是说，晚上十点他是不在病房的。你说这个世界是根据现实世界的监控构筑的，那么十点他就不应当在这里，可我却在第二天的十点见到了他。包括他穿过我的身体在内，这不过是你为了让我相信身处虚拟世界而准备的戏码。"

"第二个证据，是我居然在这间病房里找到了手术刀。这里不允许带入电器和金属物品，为的是避免放电伤害你的大脑，可我不但找到了手术刀，绑匪和田欣还都能将电击器带进来，这不是摆明了要害死你吗？正因为知道了手枪也是增强现实，"向日葵瞥了一眼滚到墙角的手枪，"我才敢在这间病房里开枪，否则产生的静电就能将你的大脑破坏。"

"输给你了。"小田溪淡然地说道，"还有其他证据吗？"

"第三天晚上，你哥哥对我说的那一席话，一听就不是他这个闷骚鬼能说出来的。就是在那一刻我确信了，我根本就是一个人躺在客房里，看到的田欣是增强现实。"

听到这些，小田溪咯咯地笑了起来，这还是向日葵第一次看到她开心的样子。笑过后，小田溪擦擦眼角笑出的泪水，说道："哥哥最喜欢你了，我本想帮他打个辅助，可惜弄巧成拙了。"

向日葵哼了一声："该我提问了。第一个问题，既然田欣没有参与其中，我从叶爽那里拿到的纳米机器，与程序的配对是谁来完成的?"

小田溪答道："根本不需要配对。之所以让你去找叶爽取纳米机器，就是因为那里的纳米机器与这些天你服下的是同一型号，只要进入你的体内，我就可以再次让你看到增强现实。"

向日葵叹气道："你哥哥也真是够木的，这么久了，居然都没发现这一点。要我说，'翻转天堂'压根儿就没有所谓防御系统吧，更没有你接不接受他一说。"

小田溪点头道："你们看到的那间房子，并不是为了吓走谁。为了构筑起城市乃至行星规模的增强现实，这是必要的步骤。正是因为哥哥一直没有发觉让我很苦恼，我才决定与你玩另一个游戏，让你坚信'翻转天堂'是虚拟世界。"

"可是，你为什么要构筑这样一个增强现实呢？"向日葵问道。

"因为我玩了一款游戏。"

向日葵皱眉道："难道是《学姐的秘密》？"

小田溪颔首默认。"它让我意识到，比起沉浸式的虚拟世界，增强现实才是未来技术发展的趋势。所以我才将自己封锁在网络空间，就是为了尽快构建出一个基于增强现实的世界。"

向日葵顺势问道："第二个问题，那名奸商所说的攻略作者，就是你吧？"

"你怎么猜到的？"小田溪反问。

"玩那款游戏必须用到学校旧址，学校未撤离前，每一次使用都留下了记录；撤离后，使用成本高涨，也没有哪个笨蛋会不计代价地去攻略一款游戏。想来想去，还是模拟运行攻略最为合适。既然你可以构筑出行星规模的虚拟现实，想要模拟一款游戏应当也不是什么难事。"

小田溪诡笑道："如果你答应做我嫂子，我就免费把攻略给你，如何？"

向日葵敲了小田溪的头："嫂子你个大头鬼！如你所愿，田欣现在已经被开除出小队了。"

"请手下留情，队长。"小田溪立刻认怂了，她有些不情愿地在空中挥挥手，几道荧光汇集成一册厚厚的书，缓缓落在向日葵手中。向日葵立刻打开书，快速翻看到最后，又向前翻了一遍。

"这不是完美攻略本吗？为什么最高分数只有九十五？"向日葵皱眉道，"难道说即便是你，也无法完美解析雪鹰的程序吗？"

小田溪摇摇头："游戏程序我已完美解析，我甚至遍历了全部的可能性，但即便如此，依然无法得到一百分。"

"雪鹰想必不会开这么无聊的玩笑，也就是说……"向日葵若有所思道，"想要获得满分，还有游戏外的要素。"

"我甚至暴力破解了游戏代码，其中有一段类似暗号的语句，至今意义不明。"小田溪补充道，"除此之外，当年造成玩家连续死亡的凶手依然逍遥法外，而我至今也没能发现蛛丝马迹，保不齐军方也参与了。在这颗星球上我能通过网络保护大家，但你们一旦回到奥杜尔，我也无能为力了。"

向日葵将厚厚的攻略本递回到小田溪的手中。小田溪惊讶道："怎么，你不需要吗？"

"游戏的乐趣还是在于未知，就把这些乐趣留给你哥哥他们吧！"

小田溪从字里行间听出了些许端倪："难道说，你想要……"

向日葵看看窗外，说道："知道吗，我托宇寒搞了一艘太空船。"

"你想要一个人去搞定这些？"小田溪一下子严肃起来。

向日葵笑道："我可是接受了你的委托。一亿信用点，可不许赖账啊！"

"别开玩笑了！"小田溪喊了起来，"经过今天的事你还不明白吗？如果那些人并不是虚拟影像，而是活生生的现实，你怎么去反抗？即便再怎么与众不同，你也不过是个普通人而已，就像我一样！"

"可我是队长，或者说，孩子王。"向日葵摸了摸小田溪的头，"如果无力反抗就不去反抗，我可做不到。这是孩子王的责任。"

小田溪低下头，一副要哭出来的样子。就在这时，病房门开了，一无所知的田欣走了进来。看到向日葵，他惊讶地问道："队长？你什么时候来的，怎么也不打声招呼？"

向日葵回头一看，小田溪已经消失得无影无踪，方才的手枪、书册、弹痕，也全部蒸发一般地消失了，只听到换气扇在嗡嗡作响。她叹口气，答道："来看看小溪嘛，我这就离开。"

"怎么？今晚不尝试'翻转天堂'了吗？"田欣吃了一惊。

向日葵猛地凑到田欣面前，眼睛一眨不眨地看着他。田欣强忍住害羞，问道："队长……你这是干什么？"

"多和妹妹学着点！"

向日葵拍了拍田欣的肩膀，留下一头雾水的男生，快步离开了病房。

第十二章 对　峙

　　转眼间，时间已来到第五天，同时也是游戏设定中的最后一天。这一天结束后，雪鹰会等在教室里，对玩家的表现进行打分。

　　然而比起完成游戏，田欣他们还肩负着更加重要的任务，那就是找出杀害了同伴以及游戏中NPC的凶手。傍晚时分，无重力橄榄球邀请赛将在位于同步轨道上的球场进行，届时全校师生将集中在球场内，这将是找出凶手的最佳时机。

　　正午过后，田欣走出房屋，看到叶爽正在为太空船进行最后的调试。不远处的校园里人声嘈杂，隆隆的响声沿着地面传来，一艘巴士大小的太空船在学校后方附近缓慢升上了天空。这种太空船是轨道电梯技术的一类应用，它们有着从太空连接到地面的纳米纤维线缆，借助线缆的牵引力，即便不达到行星的第一宇宙速度也可以升空。

　　"三小时后，同学们都会到达无重力球场，我们也准备出发吧。"叶爽拍了拍田欣的后背。

　　就在这时，宇寒从校园里赶了过来，向着同伴们竖起大拇指："我打着学生会的旗号去交涉，球队那边很轻易就答应我们出场了。毕竟少了文江和文山，他们也在为人手不足而发愁。"

　　昨晚，三人商量了在比赛期间的对策。比赛场地分为两个彼此隔绝的区域,即赛场和观众席,他们需要同时兼顾。田欣思考片刻,说道:"你们先上吧,我运动方面实在不行,不要一开始就拉开太大差距。你们比赛时,我会在场下侦查。"

宇寒点点头:"下半场你替我,我会借着学生会的身份侦查,也有能使唤的人手。你体力不支后,再换我上场。"

简单商定后,三人跳上了太空船,向着悬浮在同步轨道上的无重力球场飞去。

从离开地表到进入同步轨道,只用了不到一小时的时间。由于乘坐了私家小型太空船,三人出发时间虽晚了一些,却几乎与第一批学生同时到达球场。借助线缆升空的中型太空船,在高度到达两万米左右时便消失了——这是增强现实游戏区域的边界——直到临近球场时才再次出现。

当半球形的场地在视野中有了篮球般大小时,田欣分辨出在球场一侧停了一辆陌生的太空船,与奥杜尔中学漆成深蓝色的太空船不同,这艘船的外壳上画着跃动的红色火焰。

"这是赤岩星中学的船吧,看外形就输给人家了。"田欣不禁感慨道。今天的对手来自一颗叫作"赤岩"的行星,这颗距离奥杜尔531光时的行星有着十分适合殖民的土壤和气候条件,因盛产一种富含铁元素的红色矿石而得名。

"你应该庆幸自己不用上场受虐才对!"叶爽一面奚落着好友,一面打开了碳基生物探测器,而然液晶屏上只有沙沙的白噪声。"靠!"他一拳砸在面板上,可电子仪器并不懂得去体会用户的心情,只闪出几条亮线,旋即恢复了平静。

作为重要参考的碳基生物探测器被破坏了。

叶爽梳理好心情,将太空船悬停在田欣的太空船附近,望着视野中豆粒大小的星忆沉默了片刻,然后径直将船开进了球场。

与凶手的最终决战,即将开启。

距离比赛开始还有不少时间,三人选择了分头行动。

在两天前的探索时,田欣已将球场的空间结构记得一清二楚,他装模作样地转了两圈,便返回了停泊太空船的船坞。这里停靠着二十多架小型太空船,部分家境较好的同学选择了使用私人交通工具出行。田欣在船坞搜索了一番,随即回到刚刚乘坐的太空船旁,开启货舱,取出一件宇航服套上。

他真正的目标并不在这座球场之中。

离开球场到达停靠在外围的太空船并没有花费田欣太多时间,无重力环境下的移动是现代中学的必修课。他趴在透明的观景窗上,看到星忆安详的睡脸好似小婴儿一般。自从星忆遇害后,他还是第一次如此近距离地看着她。田欣没有停留太久,他绕到太空船的尾部,钻进了后方的货舱中。同叶爽的太空船相比,这里的空间狭小了许多,堆满了建造房屋剩余的气凝胶板材。田欣打开材料清单,一项一项对比着。当清点到万用板材清单时,他终于发现了一直想要寻找的线索——

凶手使用的诡计,竟然如此简单粗暴!

田欣的工作并没有结束,他打开手机中的某个App,顺着指示在货舱中继续翻找。不一会儿,他便在角落的油毡布下找到了"那个东西"。田欣小心翼翼地拍了照,将油毡布盖好,随即离开了太空船。

关上球场入口处的法兰阀门,扯掉太空船的头盔,田欣用力地吸了一口气。球场中的空气虽然算不上新鲜,但比起闷热的氧气面罩,还是好了太多。

基于方才获得的线索,田欣渐渐拼凑出了事件真相,现在只剩下最后一块拼图了。他藏起宇航服，匆忙离开了船坞。

比赛场地位于半球形球场的正中心，除去常规体育场馆必备的观众席和更衣室外，为了保障太空赛事的安全，球场搭载了巨大的恒温和换气设备，空间十分开阔。即便是习惯了在无重力环境下活动的田欣，侦查下来也花了不少力气。眼见比赛就要开始了，田欣依然没有找到理想中的那块拼图。

向导机器人的电量即将耗光，田欣准备在它返回充电前，再探查最后一条通道。然而即便他下达了指令，机器人依然转着圆滚滚的脑袋，一动不动。

"右转，进入613号通道。"田欣用语音说出了指令。

"该区域为设备维护人员工作区域，请提供管理员的ID与密码。"向导机器人操着呆板的电子音回应。

田欣心一横，索性放弃了向导机器人，只身向着通道里飘去。里面只有一扇小门，推门进入，一股灼热的气息夹杂着金属的味道扑面而来。房间里遍布直径一米的管线，风机的轰鸣声聒得耳朵很不舒服。田欣识别出，此处是送风管道的调试区。

田欣不想久留，转身准备离开。就在这时，一道黑影在昏暗的视野中飘过，田欣猛然间想到，这就是他在城区警察局监控室中看到的"那个"。他匆忙开启备用的氧气追了上去，同时打开手机的闪光灯照亮。很快地，他捕捉到了那个黑影——

一具早已冰凉的尸体。

由于无重力球场的无菌环境，尸体的腐败速度大幅降低。尽管无法判断死亡时间，田欣还是一眼就辨认出了死者的身份。

连上了。从到达奥杜尔的那一刻起发生的林林总总，全部串联成了一条线。

田欣为尸体拍了照，对着死者鞠了一躬后离开了。尽管那不过是增强现实影像，田欣还是对死者表达了最后的敬意。

赶回赛场时，比赛已经开始了。田欣挤到靠前的座位坐下，身边同学们的情绪已经被点燃，不时高呼着加油。

在场上的二十二名队员中，田欣一眼便认出了大个子叶爽。拜暗恋星忆所赐，他有些橄榄球的基础，此刻正紧张地站在游卫的位置上。

目前是对方的进攻回合，对方的四分卫将球丢给右护锋，自己立即向前插去。这名四分卫是名女性，在《学姐的秘密》故事发生的年代，星区的无重力橄榄球队还是男女混合，女性上场队员不得少于四人。让女性担任四分卫，看来此人的实力非比寻常。

四分卫熟练地在立体空间的落脚点中移动着，宛如一只跃动的幽灵。很快地，她便越过了奥杜尔一方几个人的防守，来到了球场后方。对方的护锋一个长传，无重力环境下的球画出一条完美的直线，再次回到了四分卫的手上。

她与我方球门之间，只剩下叶爽一个障碍。

叶爽也没有大意，从他高度紧张的身姿来看，田欣甚至怀疑他在快速心算着对方的运动曲线。果不其然，尽管叶爽的动作远不及对方灵巧，却准确地预判了对方的行为，结结实实地挡在了四分卫的面前。

那一刻，无论是场上的队员还是观众，都没能跟上下一帧的画面。事后叶爽回想起来，他只看到了一道残影——

四分卫在他的面前几乎划过一道直角的转弯，完美地避开了他的拦截。之后她借助惯性，轻而易举地取得了一次达阵。

六比零。

田欣捂住额头，不忍直视。毫无疑问，对方使用了压缩空气，而且用法极其节约，后半程完全是依靠惯性完成的。

尽管对方的实力并不算强劲，但因为奥杜尔中学这边少了文江和文山两个进攻端主力，始终被对方压着打。开场六分钟左右的时候宇寒上场了，他虽然有着警校的锻炼基础，橄榄球却是个外行，充其量只能弥补我方人手不足的缺点。

最重要的是，我方没有任何人能够拦下对方的四分卫。只要她发动进攻，几乎百分百能够得手。好在对方似乎也在保存体力，进攻的欲望并不是十分强烈。

无重力橄榄球比赛分为上下半场，而非常规橄榄球比赛中的四节。半场过后，奥杜尔中学四比十八落后。

中场哨声刚一响起，田欣便匆匆离开了观众席。按照计划，他还有工作需要布置。正当他匆匆赶往船坞时，一名陌生的女同学叫住了他。

"请问……你是三年级的学长吗？"女生战战兢兢地问道。

田欣点点头，女生匆忙自我介绍道："我是一年级的许宁，刚才出来时发现有怪声，能不能陪我去看看？"

想到也许是新的线索，田欣答应了许宁的请求。他们来到了一条无人的通道里，这是一条备用的紧急通道，空旷得有些瘆人。

"就……就是这里。"许宁战战兢兢地指着一个小房间说道。田欣走上前去，清晰的咚咚声传来，好似有人在砸门。

这是存放清洁机器人零件的工具间，并没有开窗，田欣看不到里面的情况。转转门把手，从内侧反锁了。

"怎……怎么办？"许宁躲在远处问道。

这时，一台清洁机器人扭动着身子，沿着墙壁走了过来。田欣灵机一动，问道："可以打开房门吗？"

机器人扫描了片刻，用电子音回答："内侧反锁，无法开启。"

"里面有人受伤了，请强行打开。"

机器人又运算了片刻，双眼闪过两排黄灯，随即伸出机械臂，轻轻一扳便破坏了门锁。保护人类不受伤害是阿西莫夫第一定律的内容，在 AI 中的优先级远远高于保护公物。

推开房门，田欣惊讶地发现里面锁着一名身材健硕的女生，身上穿着红白色的校服，一看就是赤岩中学的学生。

"喂！你们怎么搞的！就这么款待客人吗？"见到门开，女生立即怒骂道。

田欣皱眉问道："请问你是……"

"我叫程露，是赤岩中学的四分卫！"女生一把抓住田欣的手腕，强劲的握力弄得田欣一阵酸痛。"你们把我关起来，是想用这种下三烂的方式获胜吗？"

"可是……"躲在田欣身后的许宁支支吾吾地说道，"你们的四分卫上场了啊，还强得一塌糊涂。"

程露吃了一惊。她想去赤岩的更衣室，却突然一阵头晕，险些在原地翻滚起来。田欣扶住她，程露摸着后脑，说道：

"该死，我原本是走错了通道，却突然被人从后面打晕了，醒来后就被锁在了这里。"

"你这个样子，无论如何也无法上场了吧，不如将错就错如何？"田欣提议，"那个顶替你的人很强，她上场应该对赤岩没有坏处。我偷偷把你送去医务室，反正奥杜尔中学这边也没人认得你。"

尽管很不情愿，程露还是同意了田欣的提案。安顿好程露和许宁后，田欣再次来到船坞。他取出藏好的太空服，拧松法兰阀门，又取出手机对着球场外的太空船下达了指令。就在这时，一个熟悉的声音叫住了他：

"你想去哪里？"

宇寒自船坞的入口处走来，锐利的眼神仿佛要将田欣射穿。雪鹰跟在他的身旁，微微上扬的嘴角仿佛在看着一出好戏。

"你们又在这里做什么？"田欣反问道。

"球队的一名女队员身体有些不适，我们的队伍原本就以男性为主，这样一来，剩下的两名女队员就要打满全场，压力很大。"宇寒看看身边的雪鹰，"雪鹰的体能不错，我正在劝说她作为替补上场。"

"可惜啊，让大家失望了。"雪鹰微微一笑，"球类方面我一向少根筋。"

宇寒看了看腕表："还有半小时就要开始比赛了，按照约定，下半场你要顶替我上场。"他瞪了田欣一眼，"穿着宇航服离开球场很危险，如果想要侦查外面，应当在太空船着陆前进行。"

说罢，宇寒转身准备离去，雪鹰对着田欣笑笑，也转身跟上了宇寒的步伐。就在这时，田欣冷不防地问道：

"雪鹰，你说过，发现了你的秘密随时可以找你……这个承诺现在还有效吗？"

雪鹰回过头，露出饶有兴致的表情说道："当然。你有什么要对我说的吗？"

田欣半笑道："想说得太多了。不过在此之前，我有件事情想和宇寒确认一下。"他紧盯着宇寒的背影，说道："我刚才去了我的太空船，发现货舱里的气凝胶万用板材少了一些。你知道这是怎么回事吗？"

宇寒头也不回地答道："修缮校园主要由叶爽负责吧，不如去问问他？"

"修缮工作结束后,我们清点过材料,当时的数目一清二楚。也就是说,有人在游戏开始后,取走了万用板材。"田欣在解释的时候,并没有顾及一旁身为 NPC 的雪鹰。

宇寒叹口气,转身盯着田欣的眼睛,问道:"你怀疑我吗?我要那种东西做什么?"

"昨天体育仓库失火,我们赶去营救,却发现门被反锁,即便用蛮力也无法打开。"田欣不疾不徐地阐述着,"然而就在前一天,我们趁着'防沉浸时间'的一小时,破坏了仓库门的电磁锁。也就是说,物理上并没有办法能够锁死那扇门。增强现实固然可以给我们'门被锁上'的感觉,但如果使用蛮力,不可能无法突破。我一直在想,凶手究竟用了什么方法,锁上了原本无法锁死的门呢?"

宇寒没有作声,田欣继续说了下去:"答案就是我们建造临时房屋使用的气凝胶板材。仓库失火,房门被锁,匆匆赶去的我们第一反应是强行破门而入。只要将一块气凝胶板材粘在仓库门的内侧——板材有着很好的力学强度,还能短暂地耐受高温——我们便产生了门被锁死的错觉。但气凝胶毕竟耐不住长时间的烘烤,火灾被扑灭后,它也随之消失了。"

"这个推理真是漏洞百出啊,不像是你的风格。"宇寒冷笑着回应道,"凶手用板材从内侧将门封死,仓库岂不是成了密室?凶手是怎样逃脱的?更可笑的是,仓库的门再怎么说也能开启一道缝隙,如果里面挡着一块硬板,我们不会连这么明显的状况都看不到吧?"

"第一个问题很简单,仓库上方有一扇透气窗,凶手封死仓库并纵火后,可以从那里逃脱。小默默——就是年轻时代的默默老师被锁死在仓库时,就是利用这个窗口逃出的。窗子开得高些，但既然有病在身的小默默都没有问题，对身体健全的凶手而言更是轻而易举。至于第二个问题嘛……凶手为了不让我们发现气凝胶板材，使用了增强现实。如果透过门缝能看到仓库里面，我们理所当然会忽略板材的存在。"

宇寒反驳道："你忘了吗？我们都做了检测，体内只有一种纳米机器，换言之，我们只能感受到一种增强现实。你的推理依然无法成立。"

田欣看了看一副旁观态度的雪鹰，说道："抱歉让你久等了。要说明我的推理，还要从你的秘密讲起。"

雪鹰笑道："我不在乎等待，只是希望别让我空欢喜一场。"

田欣注视着雪鹰的双眼，说出了那个一直等待被发现的秘密：

"雪鹰，你并不在这里，我眼前的这个你，是增强现实影像，对吗？"

雪鹰没有回应，只是用眼神让田欣继续说下去。田欣深吸一口气，说道："小默默曾经说过，只要仔细观察你的一言一行，就能发现你的秘密。跑步结束后，你不会去接同学递来的水；无论是上讲台解答问题，还是在学生会的记录上签字，你都坚持用自己的笔；最明显的证据就是刚才，你说自己不擅长球类，恐怕作为增强现实影像的你，根本就无法触碰到现实中的球吧！"

雪鹰听罢微微一笑："如果不是在这样的场合下，我真想称赞你呢。没错，这就是我的秘密。但我不得不多问一句，我的秘密，和你说的什么放火诡计，又有什么关系呢？"

田欣将右手伸到雪鹰面前："拿来吧！"

"你想要什么？"

"猜中了你的秘密，应该会有奖励吧。"田欣丝毫不理会雪鹰的挑衅，"我相信，优理、许洋、小默默，包括宇寒，都拿到了这个奖励。"

雪鹰没有再纠缠下去,她取出一只鸡蛋大小的设备递了过去,但在碰到田欣手掌之前却停下了动作。"听到这里,我倒想让你猜猜,这奖励是什么?"

"增强现实设备。"田欣立即答道,"你曾经对我讲过,有一种增强现实设备,可以模拟出使用者远程参与现实世界的互动。你利用这个设备远程参与学校生活,同样,揭开你秘密的同学需要利用这一设备,制造出自己死亡的假象,以便在日常生活中退场,参与到你的计划中。"

完成这个推理,还是多亏了艾晗的提示。说完了雪鹰的秘密,田欣转头看向宇寒:"现在要解释你的诡计就很简单了。我们的确只能够接受《学姐的秘密》这一重增强现实,但利用雪鹰的设备,可以实现增强现实中的增强现实。你只需要在内部的板材上投影出教室或者那个室内场景,在那个紧急的状态下,我们便不会发觉仓库门内侧镶嵌了一块气凝胶板材。

"这样一来,你对小默默的霸凌行为也可以得到解释。小默默与你并无太多交集,将她锁在仓库里对你有什么好处呢?实际上,你在最开始就发现了雪鹰的秘密,同时,你怀疑小默默也做到了同样的事情。如果小默默得到了雪鹰的设备,出现在校园里的她很可能是增强现实影像;为了验证这件事,你刻意接近她,将她锁在了仓库里。如果那个小默默是增强现实,她应该会在仓库中凭空消失,而不是选择跳窗逃跑。只可惜,这一次你误算了。"

宇寒叹了口气,再次看了看腕表:"下半场比赛很快要开始了,我没有时间继续和你胡闹下去。你的推理很精彩,但这些事情谁做出来都不奇怪,包括你自己。为什么偏偏找上我呢?莫非我会为了这无聊的游戏,杀掉自己的恋人?"

"翕然死亡的谜题确实还没有解开,不过,我有其他的证据。"田欣打开手机,将一张照片展示在宇寒面前——

一台厚重的笔记本电脑,正安静地躺在太空船的货舱里。

"星忆遇害后,我们匆忙赶去关闭游戏,却发现笔记本电脑已经被人拿走了。按照我的设置,保险箱只有获得三个人的虹膜信息才能开启,这就是证据。"

"你在说什么呢?"宇寒嗤笑道,"星忆遇害,默默老师不在校园里,我和翕然两人能做什么,还是说你怀疑叶爽也是同谋?"

"不,你们能够做到。"田欣立即回应,"保险箱的事情,在回到奥杜尔之前我和你商量过,你早就做好了动手脚的准备。"

宇寒嗤笑道:"准备?我能准备什么?难道让我黑入警察的系统,窃取你们的虹膜信息吗?这事如果是你干的,我看更说得过去吧!"

"翕然是人工智能,为了不暴露身份,就必须在录入虹膜信息的环节骗过大家。因此,她事先为自己安装了假的虹膜,而且不止一套。还记得她录入虹膜的时间比别人都长吗?实际上,那时系统连续扫描到了多组虹膜信息。换言之,早在大家的信息录入完成之前,系统就已经集齐了六组虹膜信息。只要有她在,开启保险箱简直易如反掌。"

听过田欣的讲述,宇寒向前两步,正面面对着田欣。

"你们有没有想过,自己就是害死向日葵的凶手?"他一字一句地说道,"你明知道向日葵身陷危险之中,却没有制止她;星忆和叶爽则被她保护得好好的,直到最后都不知道她是为了谁、为了什么才撞向黑洞。只有我,自从向日葵出事的那一天起,就一直活在炼狱般的自责中,直到翕然将我拉了回来。"

"于是呢?你就给自己安了个审判者的人设吗?"田欣毫不畏惧地回看着他,挑衅道。

突然间,宇寒抬起膝盖顶在田欣的肚子上。一阵剧痛袭来,可田欣还没来得及反应,宇寒又一拳打在他的右脸上。田欣一个趔趄躺倒在地。

宇寒骑在田欣身上,右腿的膝盖抵住他的小腹,从怀中取出一把弹簧刀。

"我好歹通过了警校的考试,就你那手无缚鸡之力的样子,还是省省吧!"

说罢,他高高举起了弹簧刀——

就在这时,宇寒的身后传来一声巨响,船坞内扬起一阵猛烈的风,呼啸着朝一个方向吹去。宇寒吃了一惊,可就在他的注意力分散的瞬间,田欣从他的束缚中挣脱出来,对着他的胸口用力踢了一脚。宇寒后退两步,又一阵猛烈的气流袭来,他一个没站稳,向远处滑去。这时,他才看到发生了什么——

田欣通过手机控制球场外的太空船,将船坞撞开一个破洞。大量的空气伴随着刺耳的鸣叫声向着真空的宇宙涌去,外层空间的寒意顺着缝隙渗透进来。

"你这浑蛋……"

宇寒正在挣扎,田欣将丢在身边的太空服丢了过来,径直胡在他的脸上。残酷的物理定律并没有给宇寒第二次机会,气流携带的冲量战胜了他脚底的摩擦力,宇寒连同太空服一同被卷向了宇宙空间。球场外壁的紧急修复程序立即启动,淡粉色的胶体填补了破洞,空气循环系统迅速补充了流失的氮气和氧气。

田欣爬了起来,看到雪鹰一直若无其事地在一旁看戏,忍不住奚落道："我们两个可是解开你秘密的人，你不怕损失人才吗？"

"我只需要留到最后的强者。"雪鹰笑道，"为了以后能轻松点，你还是习惯今天这种事为好。"

"事情还远未结束。走吧，比赛快开始了。"

田欣掸了掸身上的灰尘，向着赛场的方向走去。

第十三章 真　相

　　雪鹰坐在观众席后方，静静地注视着刚刚走上赛场的运动员们。距离比赛开始还有几分钟的时间，奥杜尔中学的啦啦队已经按捺不住，此起彼伏地欢呼着。透过躁动的人群，雪鹰注意到奥杜尔中学一方替换下了一名外接手，田欣穿上了一身运动装备站在场边，不停摆弄着别扭的防冲撞垫。

　　不久前，田欣刚刚在她的面前，完成了一起命案的推理，嫌疑人也在争执中掉落到了冰冷的宇宙空间。

　　运动员们站在了各自的位置上，等待裁判的哨声。就在这时，观众席上有人注意到了安静观战的雪鹰，笑了笑，走到雪鹰身边坐下。

　　"怎么样，这场较量？"那人问道。

　　"实力悬殊，但胜负尚未分晓。"雪鹰瞥了那人一眼，"你是哪位？"

　　"我叫艾晗，眼熟吗？"那人笑道。

　　雪鹰没有再看她一眼，答道："我不记得见过你。找我有什么事吗？寒暄就免了。"

　　"NPC 就是 NPC……"那人小声咕哝一句，收敛起笑容，"雪鹰，关于你本人是增强现实影像这个秘密，我早就失去了兴趣。但我想问一句，你为什么变成了这个鬼样子？"

"女人的秘密可不止一个。"雪鹰半笑道,"怎么可能这么轻易就被看透真面目。"

艾晗倒也不急,应道:"无所谓了,你和你的秘密,今天全都会被我埋葬。"

雪鹰饶有深意地笑笑,没有回应。艾晗凑到雪鹰面前,指尖轻轻滑过了她脸颊的轮廓线:"雪鹰,我一直在想,如果现在杀死你,这个游戏会怎样?"

"有趣的提议,你不妨试试。"雪鹰不疾不徐地答道。

艾晗却一下子失了兴致,将双臂枕在脑后,目光涣散地盯着前方的赛场说:"杀死你易如反掌,但我更希望你看到最后。"

真正踏上赛场,田欣才体会到专业的比赛有多么困难。开赛前,当教练得知他就是学生会派来的援兵时,无奈地揪着所剩无几的头发。

"你不懂橄榄球吧?一眼就能看出来。"他用力拍拍田欣的肩,痛得对方直皱眉,"你的任务,就是让我们的队员休息十分钟。在十分钟内,你只参与防守,尽量避免一对一,队友一起擒抱时,你帮帮忙就是。明白了吗?"

田欣匆忙点头,教练又看向上半场累得够呛的叶爽:"你虽然有些基础,但对方在进攻时已经找准了你这个弱点。我们的板凳太窄了,下半场还是你上,把主力的体力留到最后。"

"是!"叶爽一个立正。

观众席上传来有节奏的欢呼声,田欣站在自己的位置上望向前方,赤岩中学队服上的火焰如同燃烧般刺眼,空气似乎都被烤得扭曲了。

哨声响起,比赛正式开始。

从赤岩中学开球的那一刻起,即便是外行的田欣,也能感觉到对方的进攻欲望明显加强了。四分卫抛出一记长传,中锋接到球后,和左护锋一个精妙的配合,便将奥杜尔中学的防线抛在了身后。

田欣站在角卫的位置上,无所适从地看着。眨眼间,赤岩中学已经推进到了奥杜尔的后场,四分卫不知何时飞到了最前方,接过队友的传球。这一次,叶爽和己方的强卫共同组成一道人墙,挡在了她的正前方。

眼见难以正面突破,赤岩的四分卫却突然改变了方向,向着两人的上方飞去。叶爽吃了一惊,尽管这样可以远离拦截,但与球门的直线距离却毫无疑问地增加了——无重力橄榄球赛的运动范围拓展到了三维空间,因此球门的设计不再是上方向无限延伸,而是改良成了足球那种矩形的区域。如果选择远射,球在无重力环境中的飞行轨迹多为一条直线,拦截起来也会容易很多。

正当防守队员疑惑之际,四分卫却在不知不觉间开启了压缩空气。气流在垂直于她速度的方向上产生了一个加速度,令她的运动轨迹画出一道弧线。四分卫在叶爽和强卫能够反应之前越过了他们的防守,获得了又一次达阵。

由于缺少了文江和文山这两个主力,奥杜尔一方的进攻始终不见起色。一次进攻被对方拦截后,四分卫接到了后场的长传,向着空旷的球门冲去。此刻,她面前的障碍,只剩下了田欣一人。

田欣绷紧了全身的神经,双臂由于紧张不停颤抖着。四分卫径直向着他冲了过来,没有借助落脚点改变方向,也没有开启压缩空气;就在她与田欣身体接触的刹那,空闲的那只手盘住了田欣的腰部,以他的身体为轴心轻盈地一转,便来到了他的身后。

之后，四分卫将田欣当作了落脚点，向后方用力一推，便再次获得了冲向球门的动量。

直到对方冲过球门，田欣才反应过来，刚才发生了什么。

叶爽攀着落脚点飘了过来，小声对田欣说："那个四分卫太厉害，而且她看准了我们两个是弱点，穷追猛打。"

田欣双手叉腰，喘着粗气："那又能怎样？再借我两条腿，也追不上那种怪物。"

叶爽凑到好友耳边，轻语了几句。田欣眼前一亮："行啊，看你平时也不怎么运动，怎么能想到这种方法？"

"和星忆小说中的角色学的！"叶爽拍了拍田欣的肩膀。

奥杜尔的又一次进攻在距离对方十码的位置功亏一篑，观众席上一片哀叹。可还没等大家的遗憾平复，对方一记娴熟的长传，球再次落在了四分卫的手中。双方的啦啦队声嘶力竭地呼喊着，四分卫轻而易举地绕开了两名防守队员，冲到田欣面前。

以田欣的水平，他的防守在对方眼里相当于不存在，因此这是最安全的线路。

田欣心一横，按照叶爽布置的战术，直挺挺地站在原地。他出人意料的动作令四分卫产生了些许迟疑，但她还是借助落脚点来了一次九十度的变向，轻而易举过了田欣。在擦身而过时，她不由得转过头看了看依旧站桩的田欣，就在这一瞬间——

早已埋伏在附近的叶爽冲了过来，一把擒抱住了四分位的腹部。尽管四分卫的身体素质极佳，叶爽毕竟是个身高马大的男生，她拼尽了全力也依然无法挣脱。

"嘿嘿，在你获胜的瞬间，就是注意力最松懈的时候。"叶爽笑道，"这可是索菲娅教给我的！"

四分卫四处张望，试图将手中的球传给队友。可是突然间，一声巨响自穹顶传来，整个球场发出剧烈的震颤。全场顿时鸦雀无声，所有的球员都停下了步伐，观众们也全部屏息凝神地注视着头顶的大屏幕。

一阵沙沙声响起，继而是刺眼的红色警报：

"请注意，球场外围发生不明原因的爆炸，目前球场已脱离同步轨道，将在三小时内坠落到行星地表。"穹顶响起了人工智能的电子音，"请大家有秩序地撤离，重复一遍……"

骤然间，球场内响起一阵惊呼，观众席上的学生们一窝蜂地涌向赛场的各个出口。赛场内部的队员们也全都开启了剩余的压缩空气，迅速向着出口飞去。叶爽松开了四分卫，看到田欣别扭地操控着压缩空气离开赛场，终于松了口气。

又是一声爆炸响起，尖叫声变成了哀号。AI立即播报了新的警报："船坞出口已损坏，请各位妥善选择逃生通道。重复一遍……"

"船坞被炸？那我们岂不是回不去了吗？"四分卫喘着粗气问道，由于隔着面罩，她的声音听上去很奇怪。

"只能穿上太空服离开球场，再等待地面救援。"叶爽解释道。

"可是……"

"跟我来！"叶爽拉住她的胳膊，不由分说地向着出口飞去。

人群已拥出赛场，大部分通道被挤得水泄不通。叶爽和四分卫落在最后方，他四下张望了一番，只有通向船坞的通道空无一人。他继续拉着四分卫，逆着人群的方向飞了过去。

"等等！船坞出不去，那边不是死路吗？"四分卫问道。

"相信我吧！"叶爽紧紧拉着她，自顾自地前进。

由于失去了原有的轨道，球场在万有引力的作用下，开始向着地面加速。球场外侧与散逸层稀薄的气体摩擦，生成的热量虽然不能熔毁建筑，却足以对内部结构造成毁灭性的破坏。通道中的照明忽闪了几下灭掉了，两人只得在应急灯昏暗的照明下前进。就在这时，四分卫看到远处飞来一个黑点，在视野中越来越大，好似一枚飞行的导弹。当她终于分辨出那东西的真面目时，不由得一声惊呼：

"是钢筋！小心！"

叶爽的反应慢了一拍，但他还是猛地扑了过来，将四分卫挡在了自己身后。通道中回荡起一声闷响，两人被钢筋巨大的动量撞飞出去，拍在坚硬的墙壁上。

"你是白痴吗？！救人也要考虑一下自己的斤两好吧！"四分卫扶住叶爽的肩膀，后者因为肩部的疼痛，用力地咬破了嘴唇。

叶爽哼了一声："那个速度，你真觉得自己能躲开吗？"

四分卫也不服输："我不但躲得开，还能一脚把你也踹开！谁让你多管闲事了？"

"你……"叶爽正想反驳，却突然没了气势。他自嘲般地笑了笑，向着四分卫双手合十，"抱歉啊，因为你很像我深爱的一个女孩，不自觉地就把喜欢和她争执的毛病带出来了。"

四分卫一把揪住了叶爽的衣领："你说什么？再说一遍？"

叶爽连忙摆手："别生气，我说的是真的，真的有那么一个女孩……"

四分卫一把扯掉头盔，那一瞬间，叶爽仿佛看到了幻觉。星忆一只手揪住他的衣领，另一只手按住他的后脑，不由分说地深吻过来。叶爽一下子失了分寸，他的理性无法接受星忆会出现在这里的事实，可是很快他便放弃了反抗。

幻觉也好，梦境也罢，哪怕是鬼魂也没关系。这一刻，享受就好了。

学生的惊叫声回荡在通道中，带队的教师们冲在前面，为稳定秩序徒劳地努力着。球场已坠入奥杜尔的大气圈，剧烈的摩擦使得整个建筑剧烈地震颤，墙壁在巨大的加速度下龟裂，断掉的电缆闪着阵阵火花。一根钢筋落在人群前方，尖叫声和哭声不绝于耳。

艾晗站在船坞的高层，居高临下地看着慌乱的人群。她已经等了很久，但依然没有看到那个人的身影。

雪鹰并没有出现在逃亡的人流中。

"看来你也不过如此啊……"艾晗自言自语道，"你在制作游戏时压根儿就无法预料到这种情况，尽管NPC们能按照设定的程序逃亡，身为主角的你却只能选择消失。"

说罢，艾晗套上早已备好的宇航服，打开手机，呼叫了藏在外围的小型太空船。她走到紧急出口前，握住法兰阀门的转轮，最后看了一眼临近崩溃的球场。

"再见，我赢了。"

艾晗早已计算好了球场下落的轨迹，太空船会按照预设的航线追踪，此刻应当悬停在紧急出口外，与不断下落的球场保持相对静止。她戴好氧气面罩，奋力打开阀门，准备一跃而出时，却不由得呆住了——

紧急出口外空空如也，完全不见太空船的踪影。

艾晗匆忙关上阀门，以免卷来的气流将自己抛向宇宙空间。她拿出手机，检查了程序，可屏幕上却显示太空船已到达预定位置。正当她准备再次打开阀门时，一只手握住了转轮的另一侧，制止了她的动作。

"现在可是侦探道破谜底的关键时刻。"田欣脸上挂着看透一切的笑容，"大逃杀，还是要等到真相大白之后。"

艾晗隔着氧气面罩瞪了田欣一眼，不屑地说道："某位神探早就找到了真凶，莫非他要推翻自己的结论吗？"

"如果宇寒是凶手，确实可以解释他对小默默的所作所为，也能够给仓库纵火案一个合理的答案。然而，星忆坠楼时，他一直和我一起守在教学楼外，有充分的不在场证明，我也完全找不到他杀死翕然的理由。"

"忘了吗？在这个游戏里，雪鹰有个骗人的玩意儿。"艾晗反驳道，"这东西可以远程制作增强现实影像，也许你面前的宇寒根本就是增强现实，只是你自己没发觉罢了。"

"雪鹰为了隐瞒自己是增强现实影像的事实，甚至不敢接过现实世界中的笔。而星忆遇难当天，我亲眼看到宇寒和叶爽一起抬走了星忆的尸体。如果那时的宇寒是增强现实影像，他是无法做到这一点的。"田欣答道。

艾晗没有作声，田欣继续推理道："我还是按照时间顺序来说吧。星忆遇难时，我们看到她和优理在楼顶起了争执，但事后的现场调查，却指向了争执现场在二层的闲置教室这一事实。此二者本是矛盾的，但借助着雪鹰的秘密，却能够串联在一起。

"只要发现雪鹰的秘密并告诉她，就能获得远距离增强现实设备。但雪鹰提供这种设备可不是为了好玩，获得者需要借助此设备制造假死的现场，在日常生活中退场，并被雪鹰背后的组织——我想是军方吧——所接纳。优理获得设备后，想到的方式就是伪造跳楼现场。

"优理之所以找学生会借来闲置教室，就是为了完成这一计划。她在二层的闲置教室中表演，别人看到的却是她在楼顶天台一跃而下。之后，她只需在不被发觉的情况下来到楼下——例如借助教室外侧的树枝跳下，再解除增强现实，自己装作尸体躺在那里即可。只是她误算了一点，星忆居然发现了闲置教室的秘密，跑过去制止她。我想，两人在纠缠时的距离太近，导致星忆同样被投影到了天台上，因此我们看到了两人在天台上争执的假象。如此一来，通往天台的那扇上锁的门也不形成阻碍了，它可挡不住增强现实的影像。"

艾晗哼了一声："假死可没有你想象中那么儿戏。带走优理的是警方，他们会连假死都无法发现吗，还是说要给活着的优理来个法医解剖？"

"优理有个在警局工作的哥哥，提前做好沟通，伪造一张死亡证明，应当不是什么难事。"田欣回应道，"不仅是在游戏中，历史上真实的优理，应当也是用这样的方法'假死'的。"

艾晗追击道："按照你的说法，星忆是在与优理的争执中，不慎坠落而死喽？"

田欣摇摇头："非也。游戏中的优理无论怎样真实，也不过是增强现实罢了，不可能有能力将现实中的玩家推落。因此，一定是凶手在争执之际闯入闲置教室，将星忆推了下去。凶手闯入时星忆已来到房间的另一侧，在教学楼下无法看到天台对应的位置，即便凶手同样被远距离增强现实设备投影，我们也无法看到。你一开始就准备好了利用这次事件杀害玩家，因此才会在房间中丢下纸条，将我们的注意力引导到那里去。"

一阵剧烈的晃动，艾晗连忙扶住转轮，以防由于突如其来的加速度飞出去。她冷笑道："你想说凶手是我吗？真是傻得可爱。我倒想听听看，许洋和翕然在坑下被杀又是怎么回事？"

"这要先从许洋其人讲起。他一开始对雪鹰的秘密并没有太大兴趣，然而有一件事，却激发了他的好奇心——"田欣打了个响指，"那就是身为学生会干部的宇寒，居然做出了将女生锁在体育仓库这种事情。小默默一早就发现了雪鹰的秘密，证据是我在餐厅见到她时，她面前的食物居然一动都没有动，也不愿意接受我给的食物。我想，这是因为和我对话的她是增强现实影像，根本就碰不到现实世界的食物吧。宇寒更早地发现了这一点，所以将她锁在体育仓库中验证。恰巧撞见并解救了小默默后，聪明的许洋一定察觉此事与雪鹰的秘密有关，索性给宇寒安上了'霸凌'的帽子，想要借助我的力量侦查宇寒。

"但是很快，许洋便得到了第二次机会。优理找他来借闲置教室的钥匙，他一下就猜到了对方想要做什么。于是，他将宇寒对付小默默的手段，用在了优理的身上。他先是通过言语刺激优理——这一幕发生在教学楼二层和食堂之间的通道上，被我看到了。我猜不到许洋用了什么话术，结果是优理独自跑去了教学楼顶的天台，他便借机锁上了天台的门，将优理独自留在了那里。被我撞见算是一个瑕疵吧，但这一次他得到了想要的结果，被关住的优理是增强现实影像，在不开门的情况下也能逃脱。之后，由于优理和星忆的死，许洋刻意找来我和雪鹰谈话，其间递给雪鹰签字笔，也是为了验证这一点。

"证实了自己的猜想后，许洋得到了远距离增强现实设备。他选择的假死方式更加简单粗暴，那就是在探井时制造斩首的假象。"

"雪鹰的玩具，需要真人来演。"艾晗打断了田欣的推理，"假跳楼我还可以理解，脑袋都掉了，这事也能伪装？"

"太简单了。这就好像你在摄像机面前表演一样，如果跑得太远，就会跑出摄影范围。许洋他只需要摸清楚远距离增强现实设备的'摄影范围'，再令自己的身子在范围内，头在范围外就好了。所以，克劳斯看到的无头尸体，才会没有血迹。"田欣答道。

艾晗双手叉腰问道："那翕然又是怎么回事？"

"翕然在我之后下井，那时井下有能力动手的只有两名现实世界的玩家。如果排除宇寒杀害恋人的可能性，凶手就是你——"田欣的食指直指艾晗，"游戏结束了，默默老师。"

艾晗直挺胸膛面对着田欣的指控，少顷，她耸耸肩，摘下了氧气面罩。

"你什么时候发现的，是我假死的时候吗？"她问道。

"小默默和我说再见的时候。"田欣立即答道，"如果没有玩家的干预，游戏就会按照史实上演。历史上的连续杀人事件本就没有凶手，它的真相是找到雪鹰秘密的同学们，为了加入军方而制造的连续假死事件。我们介入优理的事件已是后期，因此她按照历史的剧本跳楼假死；历史上并没有宇寒这名同学，小默默也没有被关在体育仓库，因此许洋并没有燃起探索雪鹰的秘密的兴趣，找到秘密的是克劳斯。且不论一早被宇寒拦在校外的文江和文山，按照这套逻辑，还有两处很明显的矛盾：游戏中的艾晗始终也没有找到雪鹰的秘密，历史上的她为什么会在死者之列？小默默早在我们介入前就发现了秘密，又为什么没有离开奥杜尔，反而留下来做了老师？"

看着面无表情的老师，田欣苦笑着摇摇头："给了我答案的不是别人，正是你自己。艾晗刺伤你之后，通过警方找我密谈。正是这次谈话，让我开始怀疑，我所熟悉的默默老师与游戏中的小默默不是同一个人，因为你和艾晗更加相像。"

艾晗惊讶地问道："游戏中的艾晗找过你？"

田欣哼了一声："你自己都没有想到吗？密谈时，艾晗隐瞒了与你之间的矛盾，反而将雪鹰的计划毫无保留地抖了出来。你曾几次三番地述说自己对命运不公、对军方的怨恨，艾晗在字里行间透露出的怨恨之情，简直和你一模一样。"

"确实，是我的行事风格。"艾晗撇了撇嘴角，"这件事，是我的误算。"

田欣继续推理道："回到案件吧。为什么小默默发现了雪鹰的秘密，也愿意接受雪鹰的条件，连续杀人案的死者名单中却没有她？我想来想去，只有一种解释，那就是历史上小默默原本想要制造假死现场，却一个不小心真的丧了命。而原本没有加入这场游戏的你，却阴差阳错地成了替死鬼。于是，你只得顶替小默默，以新的身份活下去。证据有两个，首先是艾晗死后，默默病休了很长时间，我想，那并非病休，而是在接受整容手术吧！另一个证据，小默默始终排斥人工神经纤维的植入，即便在游戏中，她也对我表达过这个意思。历史上的她之所以突然改变了想法，是因为那压根儿就不是她本人。

"在探井组队时，你无视了原本的组队计划，同过去的自己组队，就是为了行动方便。我们几个不过是小孩子，对你威胁最大的就是翕然，因为她是人工智能，根本看不到游戏中的增强现实，想要揪出你并不困难。你将过去的事情一股脑地告诉了游戏中的自己，原本认为她会乐于协助，没承想她却因此恨上了你，甚至捅了你一刀。我想，这就叫作因果报应吧！"

艾晗看着远处杂乱的人群，似是在自言自语："雪鹰的游戏并不困难，默默第一天就破解了，我也差不多同时获得了答案。这是我渴望已久的机会，我终于可以加入军方，成为强者，沿着这条路一直走下去。因此，我想要向雪鹰证明，我才是最适合她的强者，比默默更强。"

田欣思考片刻，恍然大悟道："莫非历史上的火灾，也是你……"

"既然默默想要借着火灾假死,那我就假戏真做。我想要告诉雪鹰,通过选拔的只会有我一个。可是雪鹰那个浑蛋……"艾晗将双拳握得咯咯作响,"那天晚上,雪鹰主动给我发送信息,内容只有三个字:看新闻。我匆忙打开电视,新闻上的大字标题赫然写着:连续杀人案再添死者,奥杜尔中学二年级学生艾晗罹难。我恍然大悟,她居然用增强现实技术,将默默的尸体替换成了我的样子。"

艾晗一面讲述,一面回忆起了当天的情况。看到新闻中自己被烧得面目全非的尸体,只有十几岁的她不由得头皮发麻,恐惧感与无助感死死地摄住了她的灵魂。就在这时,雪鹰发来了第二条信息:

"好玩吗?耍小聪明破坏规则,这就是惩罚。"

该怎么办?道歉求饶,对方会放过自己吗?艾晗完全乱了方寸,几分钟后,她收到了雪鹰的最后一条信息,那条改变了她人生轨迹的信息:

"两条路,自求多福,或者变成你的朋友。"

走出回忆的泥沼,艾晗看着面前的田欣,仿佛记起了自己那遗忘已久的正常的人生。田欣看着她,冷冰冰地说道:"我想,即便是雪鹰,也不愿意接纳如此黑心的你吧。既然做出伤天害理的事情,就要自己负责。"

"负责,对谁负责?"艾晗眼中燃烧着怒火,"军方无聊的实验毁了我的人生,为什么没人对我负责?既然默默选择了军方,我让她来负责不可以吗?雪鹰无聊的游戏葬送了我的未来,我让那些喜欢这个的笨蛋来负责不可以吗?毁了雪鹰,毁了她的游戏,毁了与她相关的一切,这就是我的复仇!"

"这不是复仇。"田欣毫不畏惧地回看艾晗,"你四处寻找并杀害《学姐的秘密》的玩家,是为了掩饰自己当年的罪行。游戏中会完美地还原你杀死默默的过程,你不想让任何人发现,只得在玩家发现秘密后干掉他们。"

又是一阵剧烈的震动,田欣一个趔趄,险些飞了出去。艾晗冷笑道:"你全说对了,但那又怎样?将我交给警察吗?一群毛孩子而已,你们甚至没法活着离开。"她套上面罩,飞快地打开阀门,然而太空船依然没有等在那里。她焦急地摆弄着手机,可无论怎样呼叫,太空船都回复已到达指定位置。

"投降吧,老师。"又一个声音传来,艾晗应声看去,叶爽在星忆的搀扶下也来到了船坞。"即便使用暴力,你也不可能同时对付我们这么多人的。"

艾晗瞥了星忆一眼,讥讽道:"假死装得不错嘛,在太空船里躺尸的感觉如何?我看,你还是放弃写作,改当演员吧!"

星忆眼中噙泪:"老师,回头吧,现在还有机会重新开始……"

"重新开始?别开玩笑了。"艾晗啐了一口,"如果可以选择,我宁肯自己压根儿就没有出生在这该死的宇宙世纪!"

说罢,艾晗抓住转轮的手臂用力一拉,跃到田欣面前。田欣慌了神,眨眼间便被对方勒住了脖子。艾晗掏出一把枪,抵在田欣的太阳穴上:

"熊孩子的游戏,我已经玩腻了。你们在外面停了一艘太空船吧?快给我叫过来,否则一枪崩了他!"

"居然带着手枪……"叶爽用力咬着嘴唇。

"这可不是普通的手枪。"艾晗啧啧嘴,"如果不准备一把核铳,一旦有翕然这种人工智能搅进来,我怎样保护自己呢?"

众人吃了一惊,艾晗嘴角微微上扬:"被这玩意儿击中,可是连万分之一生存的概率都没有。还不快照我说的做!"

"遥控器在我这里……"田欣一只手高高举起,另一只手颤抖着拿出手机,打开 App 后选择了呼叫。艾晗将枪口抵得更加用力,一面保持警惕,一面通过田欣的手机观看太空船的定位显示。不一会儿,太空船的坐标已近在眼前,她的嘴角漾出一抹冷笑——

下一瞬间,前所未有的剧烈冲撞感自后方传来,田欣和艾晗一并被猛烈的冲击波掀飞,重重地摔在对面的墙壁上,叶爽等人牢牢抓住扶手才没有被一并卷走。艾晗眼前一黑,她匆忙稳住姿势,握住核铳;冰冷的气流袭来,她向方才的位置望去,却看到田欣的太空船将球场撞出一个大洞,船身也因撞击破损,由着惯性向宇宙空间飘去。

"试验过一次,这次力度果然能控制好,哈哈。"摆脱了束缚的田欣顾不上身体的酸痛,将手机顺着气流丢了出去。球场外侧的自我修复装置再次启动,粉色的胶体缓缓填充着破洞。

"你疯了吗?船坞已经不能用了,你的船是唯一的逃生手段!"艾晗大叫着。可是突然间,一个黑影闪到她身后,钢筋般的手臂钳住了她的脖子,又抓住她的手臂一拧卸掉核铳。

"他们也许不是你的对手,但我可是接受过警队系统训练的。"宇寒在她的身后冷冰冰地说道,"更何况,现在是四对一。"

"你……居然没有死?"艾晗吃了一惊。就在这时,远处的观景窗上闪出红色的火光,球场外围的大气密度急剧上升,坠落产生的摩擦热将毫不留情地烧毁这座人工建筑。

"宇寒知道雪鹰的秘密,他当然也有雪鹰的远距离设备;和我起争执跌入太空的,是他的增强现实影像,这本就是为你准备的戏码。"田欣不慌不忙地解释道,"只有这样,你的注意力才会从宇寒身上移开,他也有更大的空间完成我们的计划。"

"又是雪鹰……"艾晗徒劳地挣扎着,咬牙切齿道,"她能帮你逃命吗?这里马上就要被烧毁了,我和你们都得死!都得死!"

令艾晗吃惊的是,围在她四周的同学们却满脸的不在乎,脸上甚至还挂着笑容,仿佛看到了什么有趣的事情。田欣看了看腕表,嘴上念叨着:

"马上要开始了,五,四,三,二,一!"

倒计时结束,骤然间,四周的一切改变了模样。球场不再颤抖,窗外没了火光,损毁的建筑也在一瞬间恢复了原样。艾晗目瞪口呆地看着眼前的一切:

"你们……做了什么?"

"没什么,'防沉浸时间'到了而已。"田欣笑道。

"防沉浸时间?"艾晗如同被电流击中了一般,"你说,刚才球场的坠落,是增强现实?"

田欣点点头说:"没错,是游戏的一部分。雪鹰早就预料到了会有人在游戏中这么做,并为玩家准备了相应的内容。"

"别开玩笑了!"艾晗想要发飙,却被宇寒强有力的手臂牢牢固定住,不能动弹分毫。她干咳两声,怒吼道:"我准备的炸药可是货真价实的,为什么没能炸掉这里?"

"因为你的炸药被替换掉了。"田欣解释道,"叶爽去了游戏中的理科实验室,调配出了虚拟的炸药。宇寒退场后并没有闲着,他到球场外围将你的炸药替换掉了。作为警队的训练生,这种事可难不倒他。这样一来,我们既可以体会到虚拟的坠落,又不会真的产生危险。至于你的太空船……"田欣干笑两声,"它确实在按照你预设的轨道航行，但球场本就没有坠落，想必它正在几千千米外的远方寻找目标吧！"

突然间，艾晗舞起自由的那只手臂，从腰间取出一支电击枪，对准宇寒的腿部按了下去。一阵噼啪声后，宇寒由于剧痛松开了束缚，她借机对着宇寒的腹部用力踢了一脚，借助反作用力向一旁的核铳飞去——

就在这时，另一个身影挡在了她与兵器之间。艾晗还没来得及反应，只感到自己伸出的手臂被牢牢握住，继而被一击过肩摔丢了出去。那人捡起核铳，啧啧赞叹着：

"这就是核铳吗？小溪真是过分啊，游戏中明明是自动手枪，却做成了核铳的样子。是为了让我熟悉业务吗？"

艾晗方才看清楚，将她丢出去的正是雪鹰，向日葵模样的雪鹰。可是突然间她察觉到了不对劲，现在是"防沉浸时间"，作为 NPC 的雪鹰怎么会……

向日葵将核铳抵在艾晗的头上：

"Zonnebloemen 小队，胜利！"

第十四章　学姐的秘密（二）

返回奥杜尔地表时天已微亮，黑洞先一步跃出了地平线，旋涡状的火焰燎燃了云海。

星忆跳出太空船，长长地伸了个懒腰。单独驾驶太空船落地的向日葵早已等在操场上，她悄悄走到星忆身后，对着她的肋部轻轻一戳。

"呀！"星忆一声惊叫，面带愠色地看着向日葵，嗔怪道，"队长，我可还没有原谅你啊！不打招呼就消失了，你知道我们多担心吗？"

宇寒走了过来，追问道："几个月的时间，你究竟去了哪里？为了给你买太空船我差点儿被赌场卖掉！"

叶爽也凑了上来问道："我最好奇的是，撞上黑洞也能活下来，你到底是人是神？"

"好啦！"向日葵摆着双手，平息下队员们的情绪，"这么多问题，我一下子答不过来啊！"

"我先提问！"星忆高高举着双手，"你为什么这么无情？"

"我从小溪那里得知，有人通过黑市，一直在关注这款游戏的玩家。有连续杀人犯盯着游戏的玩家，我也不敢保证军方没在暗处观察。"向日葵揉着星忆的肩膀，"这件事的始作俑者就是我，作为队长，必须负起责任。既然敌人在暗处，那么我也藏在黑暗里，这才是最好的办法。"

"可是……"

星忆正想说些什么，向日葵猛地凑上来，在她的脸颊上亲了一口。星忆脸涨得通红，向日葵捏着她的脸，耍赖道："亲爱的，原谅我吧，好吗？好吗？"

星忆用力地推开队长，宇寒插了进来，问道："该回答我的问题了吧？这三个月来你在做什么？"

向日葵答道："我一面暗中调查，一面为保护大家做着准备。其间我拜托了很多私家侦探，却没有一个人愿意帮我。最后，居然是一间赌场的老板娘二话不说就答应了我的请求，甚至没有要求付钱。"

宇寒吃了一惊："你说的是翕然？"

"是啊！"向日葵诡笑道，"感谢我吧，为你找到这么棒的女朋友！"

宇寒难为情地挠挠头，不知该说些什么。田欣凑了过来，问道："队长你什么时候来奥杜尔的？"

"早你们几天吧！学校这边条件太差，我便住在了城里。"向日葵答道。

田欣追问道："城里发现有人生活的痕迹，就是你吧？"

"当然了，好在你们察觉时我已经离开了原来的据点，才没有露馅。"向日葵笑了笑，反问道，"你是怎么发现我本人就在奥杜尔的？"

"碳基生物探测器。"田欣立即答道，"来到奥杜尔时探测器的数值是6，既然翕然是人工智能，那就证明有人藏在学校附近。发现星忆假死也是同一道理，人工智能和尸体都不会被识别，可球场附近的数目却是2。若非球场中藏着什么人，就只有星忆还活着这一个可能性了。"

"这件事是队长和翕然一同完成的。"星忆解释道,"当时我正守在通往天台的通道上,看到雪鹰走了过来,告诉我优理在二层闲置教室。我匆忙赶了过去,就在同优理争执之时,不知谁来到我的身后,将我从窗口推了下去。我吓坏了,可万万没想到的是,翕然早就等在了那里,帮助我毫发无损地落了地。之后,她将远距离增强现实设备交给了我,用增强现实制造出假死现场,我本人则乘上了备好生活物资的太空船,去球场附近等待。翕然还叮嘱我,第一个晚上的'防沉浸时间'一定要好好在睡袋里躺着,之后可以用增强现实对付过去。"

"太过分了!"叶爽大喊道,"你知道我有多难过吗?"

星忆拍拍叶爽的脸颊:"想骗过敌人,先要骗过同伴啊!"

叶爽依旧不依不饶:"那也不至于混进赤岩中学的队伍里吧?藏在暗处打个招呼不行吗?"

"哈哈,那可是我心爱的橄榄球赛啊,不知不觉手就痒了。"星忆捏了捏叶爽的脸,"更何况能和你一对一,这可是难得的机会。说好了啊,以后我打橄榄球的时候,你要多陪陪我。"

叶爽失了锐气,转头看着向日葵,问道:"总算轮到我提问了吧。撞上黑洞到底是怎么回事?你又是怎样替换掉雪鹰的?老田不是证明过了吗,游戏中的雪鹰是增强现实影像。"

向日葵看着学校的方向,笑道:"剩下的问题,我们去那边好好聊吧,雪鹰在等着咱们。"

晨光透过纱窗,在教室中洒下一道光晕。推开教室门的瞬间,田欣终于第一次近距离地见识了真正的雪鹰。她靠在讲台桌上,漆黑的长发越过若隐若现的肩膀,披在同样黑色系的连衣裙上。

雪鹰饶有深意地看着众人，说道："恭喜你们，顺利完成了游戏。"

"我们的表现怎样？"向日葵带头问道。

"游戏开场时，你在我入学前找到我，说出了我的秘密。这点确实做得不错，三十分。"

做到这一步，居然只得到三十分。田欣一面在心中感慨，一面暗自思忖：向日葵没有在游戏前录入信息，她的身份是"外来者"，也难怪没有任何NPC知晓她的存在。

雪鹰继续讲述道："你不但开场就解开了秘密，还在解开秘密后杀死了我，抢走了所有的远距离增强现实设备，又把尸体丢到了太空的球场上。之后，你居然冒充我的身份，加入了游戏。我在设计AI时完全没有料想到这种可能，所以NPC全都无法识别伪装。做到这一步，可以得到八十五分以上了。"

众人大吃一惊，不是因为雪鹰打出的高分，而是由于队长惊世骇俗的行为。向日葵看看田欣，问道："这件事，你也发现了吧？"

"我看过城中警局的监控，无重力球场中有一个人影飘过，那时我就在怀疑，是什么人被杀了，凶手将尸体丢在了这个几乎不可能被发现的地方。"田欣抱着双臂答道，"当时游戏中一个死者都没有，因此我推理，会不会那位队长模样的雪鹰，根本就不是她本人，真正的雪鹰已经被杀死了呢？来到球场后，我费了好大力气去找监控中的尸体，好在终于让我找到了。"

"等等，你不是说过到了'防沉浸时间'，雪鹰会消失吗？"叶爽追问道，"这又怎么解释？"

田欣耸耸肩，答道："队长并没有亲身参与到游戏中来，而是用了从雪鹰那里得来的设备。游戏中雪鹰的设备，也是游戏的一部分，到了'防沉浸时间'，自然会消失喽。"

雪鹰淡然地看着众人，继续说道："游戏中的几起杀人案，你们非但破解了，还用自己的方式阻止了惨剧发生在玩家身上。最后，你们同时发现了太空橄榄球比赛和球场坠落这两个彩蛋。完成这两个事件，是获得高分的关键。"

田欣恍然大悟，向日葵和翕然之所以将大家引导去太空，除去捉住凶手外，还考虑了游戏的完成度。也就只有孩子王向日葵，才会在与杀人犯较量时还想着游戏吧！

雪鹰给出了结论："综合上述行为，你们的表现可以得到九十五分。"

"为什么？不是满分吗？"叶爽惊讶道。

雪鹰看着大家，深邃的双眸中仿佛闪烁出星空。她用平淡如水的语调问道：

"最后，请你们回答我，我的秘密是什么？"

"等等，我们不是已经……"

星忆刚要开口，却被向日葵伸手制止了。她深吸一口气，回望着雪鹰答道："为了解开这个秘密，我曾经驾驶太空船，撞向了天空中的那颗黑洞。"

"哦？"雪鹰意味深长地笑了笑。

"进入引力旋涡后，仪器开始失灵，船体不断被挤压，那时我认为，这次死定了。"向日葵噗的一声笑了出来，"不过，我毕竟是熊孩子嘛，就这么一咬牙，继续开了过去。在一切突破临界点的刹那，世界恢复了平静，太空船安然无恙，黑洞就悬停在我的身边，伸出手就可以触碰。那一刻我恍然大悟，这才是你真正的秘密。"

向日葵的手指向了窗外的火焰旋涡继续说：

"那颗即将毁灭恒星的黑洞根本就不存在。它才是军方真正的实验品，一颗基于增强现实制造的黑洞，通过蒙骗感官和检测设备虚拟的恒星级武器。军方使用的纳米机器可没有什么'防沉浸时间'，所以直到现在，也没有人能够发现。至于选拔人才和制作这款游戏，不过是副产品罢了。雪鹰，这就是你真正的秘密。"

就在这时，叶爽怀中的笔记本电脑突然亮了起来。他匆忙打开来看，惊呼道：

"机器竟然在自动连接星区公网！《学姐的秘密》不是单机游戏吗？"

雪鹰抿嘴一笑，淡淡地回应道："答对了，一百分。不过订正一点，这款游戏，和黑洞的实验本就是一体的。"

雪鹰话音未落，望向窗外的星忆发出一声惊叫。众人匆忙围了过去，晴朗无云的天空上只挂着一颗恒星，即将毁灭一切的黑洞如同玩笑般不见了踪迹。游戏中那段即便是田溪也无法解析的程序，原来连接着模拟黑洞的实验。

然而向日葵却似乎对此等奇观不感兴趣，她盯着雪鹰的眼睛，问道："告诉我，当年那些解开了你秘密的学生，他们去了哪里？"

"假死后，他们暂时藏在了无重力球场里，我离开奥杜尔的时候带走了他们。到军队后，我将他们交给了研究超能力战士的特种部队，之后就不清楚了。"

看来无重力球场中的增强现实场景，不仅是为可能发生的球赛准备的，如果沿着历史的轨迹进行游戏，还可以在球场上发现假死的几个人。想到他们加入军队后也是凶多吉少，向日葵只得无奈地摇摇头。

"游戏结束后,程序会自动在电脑上安装通信软件。里面有一个加密的地址,无论何时,你都可以通过它联系到现实中的我。目前我在一个叫作'远星'的地方,我们可以一起,做一些有趣的事情。"

留下最后的话语,雪鹰化作光点,不见了踪迹。

游戏结束后的校园一片寂静,在教室中说话,似乎都可以听到空旷的回响。众人还没有整理好思绪,围坐在一起沉默不语。

"队长,你准备怎么办?"叶爽问道。

"无论军方的实验品是黑洞还是增强现实,它毁了奥杜尔的未来,这个事实是不会改变的。"宇寒抱着双臂说道,"你能原谅这样的人吗?"

"默默老师……不,艾晗她就是因为接受不了这样的事情,才走上了极端的道路吧!"星忆低着头说道。

"时代的一粒沙,落在个体的身上就是一座山。"田欣念起了不知从何处看到的名言,"我们就是这般渺小,任人玩弄。"

被大家围在中间的向日葵长出一口气,她仰视着天花板,问道:"我说,如果大人强制小孩子去做一件不喜欢的事情,小孩子会怎样?"

星忆举起手,答道:"大哭大闹,说'我不要'!"

"没错!"

向日葵猛地站起身来,脸上挂着太阳般的笑容。她打开笔记本电脑,点开了雪鹰留下的程序。众人屏住呼吸,漫长的等待后,扩音器中传来了一个女声,与游戏中的雪鹰如出一辙。

"你是谁?你完美地攻略了我的游戏吗?"

向日葵没有立即回应。她深吸一口气，以平生最大的音量，对着话筒大吼道：

"我不要！！！"

说罢，她立刻关闭通话，在系统中删除了雪鹰的程序。

图书在版编目（CIP）数据

学姐的秘密／付强著．－－北京：新星出版社，2020.12
ISBN 978－7－5133－4136－3

Ⅰ．①学… Ⅱ．①付… Ⅲ．①长篇小说－中国－当代 Ⅳ．① I247.5

中国版本图书馆 CIP 数据核字（2020）第 157886 号

学姐的秘密

付强 著

责任编辑：王　萌
责任校对：刘　义
责任印制：李珊珊
封面绘图：猫　一
装帧设计：冷暖儿

出版发行：新星出版社
出 版 人：马汝军
社　　址：北京市西城区车公庄大街丙3号楼　　100044
网　　址：www.newstarpress.com
电　　话：010-88310888
传　　真：010-65270449
法律顾问：北京市岳成律师事务所

读者服务：010-88310811　　service@newstarpress.com
邮购地址：北京市西城区车公庄大街丙 3 号楼　　100044

印　　刷：北京美图印务有限公司
开　　本：910mm×1230mm　　1/32
印　　张：8.75
字　　数：149千字
版　　次：2020年12月第一版　　2020年12月第一次印刷
书　　号：ISBN 978－7－5133－4136－3
定　　价：45.00元

版权专有，侵权必究；如有质量问题，请与印刷厂联系调换。